Middernachters 1

Middernachters 1

Het heimelijke uur

Scott Westerfeld

the house of books

Oorspronkelijke titel: *Midnighters – The Secret Hour*
Oorspronkelijke uitgave: Eos, een imprint van HarperCollins Publishers

Vertaling: Suzanne Braam
Vormgeving omslag: marliesvisser.nl
Omslagbeeld: Getty Images/marliesvisser.nl
Opmaak binnenwerk: ZetSpiegel, Best

ISBN 978 90 443 2038 2
NUR 284
D/2008/8899/76

www.scottwesterfeld.com
www.thehouseofbooks.com

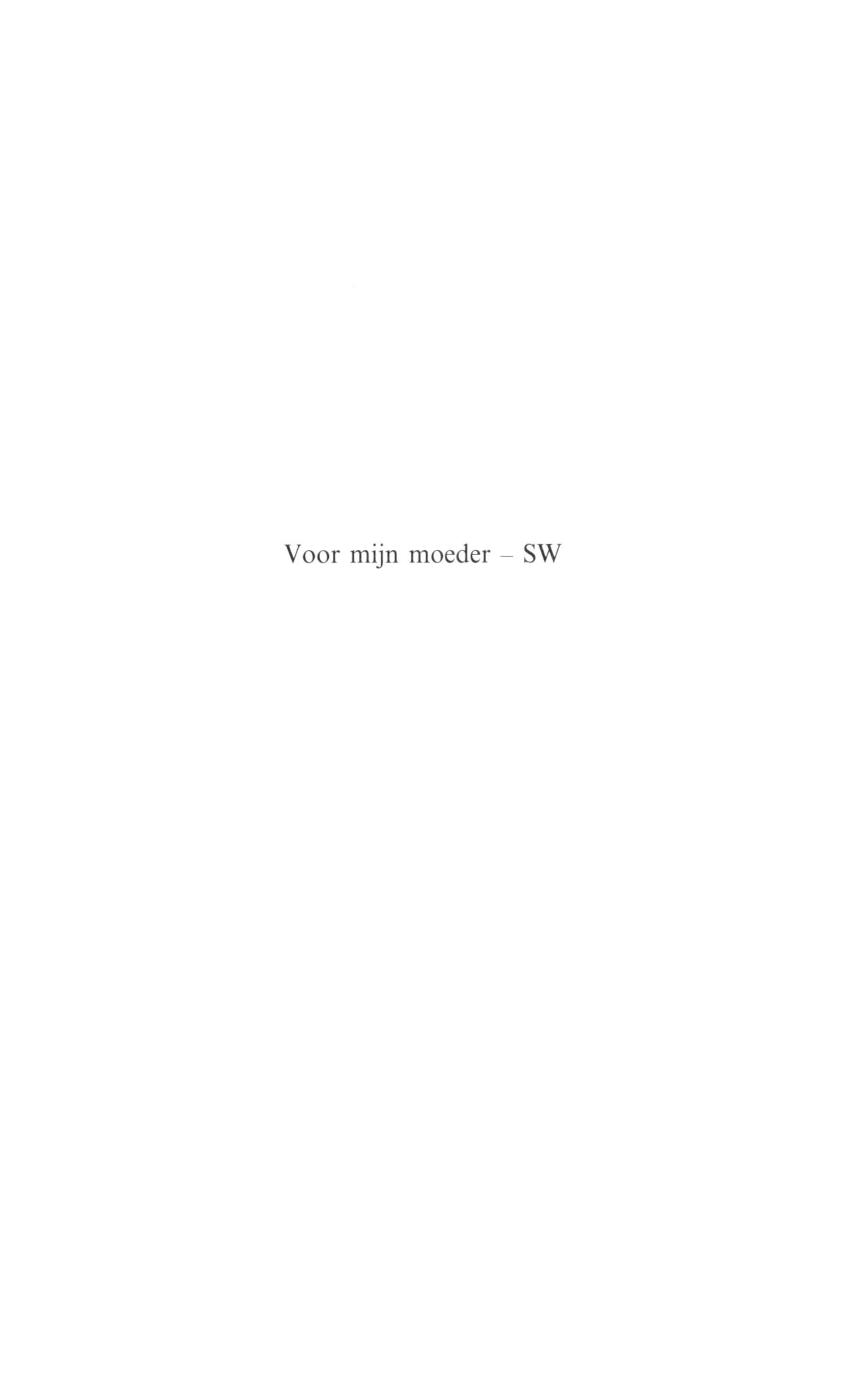

Voor mijn moeder – SW

1 8.11 uur

REX

De gangen van Bixby High School waren altijd gruwelijk schoon op de eerste schooldag. Er plakten geen dode insecten meer aan de honingraatvormige beschermkappen van de tl-buizen aan het plafond. De pasgeboende vloeren glansden schitterend in het felle zonlicht van september, dat door de open voordeuren van de school binnenstroomde.

Rex Greene liep langzaam. Hij vroeg zich af hoe de leerlingen die hem stotend en duwend inhaalden, hier rennend naar binnen konden gaan. Elke stap die hij zette was een strijd, een gevecht tegen de irritante schittering van Bixby High, tegen het feit dat hij hier weer een jaar gevangen zou zitten. Voor Rex was de zomervakantie een manier om zich te verstoppen. Elk jaar gaf deze dag hem het weeë gevoel in zijn buik alsof hij betrapt was, gepakt en vastgegrepen als een ontsnappende gevangene in de lichtbundel van een schijnwerper.

Rex kneep zijn ogen half dicht tegen de schittering, en drukte zijn bril hoger op zijn neus, intussen wensend dat hij een zonnebril over het dikke montuur kon haken. Nog een laag tussen hem en Bixby High School.

Hij zag allemaal dezelfde gezichten terug. Timmy Hudson die hem bijna elke dag een pak slaag had gegeven in groep 7 op de basisschool. Hij liep langs, maar keek Rex geen seconde aan. In de golvende massa zag hij veel oude pestkoppen, klasgenoten en vrienden van vroeger, maar niemand scheen hem meer te herkennen. Rex trok zijn lange zwarte jas wat strakker om zich heen en bleef wachten bij de rij kluisjes langs de muur. Hij wachtte tot de menigte voorbij was en vroeg zich af wanneer hij precies onzichtbaar was geworden. En waarom. Misschien kwam het doordat de wereld van overdag nu zo weinig meer voor hem betekende.

Met gebogen hoofd was hij op weg naar zijn klas. Hij keek op en... hij zag het nieuwe meisje.

Ze was van zijn leeftijd, misschien een jaar jonger. Haar haar was dieprood. Een groene boekentas hing over haar schouder. Rex had haar nooit eerder gezien. En op een school zo klein als Bixby High kwam dat nauwelijks voor. Maar het nieuwe was niet het vreemdste aan haar.

Ze was onscherp.

Haar gezicht en handen waren wazig alsof ze achter dik glas stond. De andere gezichten in de drukke gang waren wel scherp in het heldere zonlicht, maar het hare bleef wazig, hoe hij ook naar haar tuurde. Het leek of ze een beetje buiten het brandpunt stond en niet duidelijker zichtbaar wilde worden. Zoals een kopie van een kopie van een oude cassetteband die gespeeld wordt op een cassetterecorder.

Rex knipperde met zijn ogen om zijn zicht helderder te maken, maar de wazigheid bleef rond het meisje hangen, ook toen ze langzaam opging in de massa leerlingen. Rex mengde zich weer in de menigte en probeerde dichter bij haar te komen.

Dat was een vergissing. Met zijn zestien jaar was hij groter en zijn zwartgeverfde haar was opvallender dan ooit. Dus terwijl hij zich een weg door de menigte baande, verdween zijn onzichtbaarheid.

Rex voelde een harde stomp in zijn rug en verloor bijna zijn evenwicht. Meer handen duwden en hij werd duizelig. Vier of vijf jongens versperden hem de weg. Hij sloeg met zijn schouder met een klap tegen de rij kluisjes aan de muur.

'Opzij, sukkel!' Rex voelde een klap tegen de zijkant van zijn gezicht. Hij knipperde met zijn ogen, omdat de wereld om hem heen wazig werd en de gang veranderde in een golf van kleuren en bewegende vlekken. Hij hoorde hoe zijn bril op de grond kletterde. Hij werd misselijk van het geluid.

'Ach, wat een spijt, Rex is zijn brilletje kwijt!' riep een stem. Dus Timmy Hudson herinnerde zich zijn naam wel. In de gang klonk gelach.

Rex merkte dat hij zijn handen voor zich uitgestoken hield als een blinde man. Hij had net zo goed blind kunnen zijn. Zonder zijn bril was de wereld niet meer dan een mengeling van vage kleuren.

De bel ging.

Rex liet zich tegen de kluisjes op de grond zakken. Hij wilde wachten tot de gang leeg was. Zo kon hij het nieuwe meisje toch niet inhalen. Misschien had hij het zich alleen maar verbeeld.

'Hier,' zei een stem.

Rex keek op en zijn mond zakte open.

Zonder bril kon Rex haar met zijn slechte ogen uitstekend zien. Achter haar was het in de gang nog steeds heel druk. Hij zag vage gestalten, maar haar gezicht was scherp en voor hem tot in detail duidelijk te zien. Hij zag nu dat ze groene ogen had, met gouden vlekjes in het zonlicht.

'Je bril,' zei ze, terwijl ze hem zijn bril voorhield. Zelfs van zo dichtbij was het dikke montuur nog steeds vaag, maar hij zag de uitgestrekte arm en hand van het meisje met kristalheldere duidelijkheid. Zij bleef het brandpunt.

Rex deed zijn mond met een klap dicht, pakte de bril aan en kwam overeind. Terwijl hij de bril opzette, sprong de rest van de wereld in beeld en werd het meisje weer wazig. Zoals ook altijd bij de anderen gebeurde.

'Bedankt,' zei hij met moeite.

'Oké.' Ze glimlachte, haalde haar schouders op en keek om zich heen in de bijna lege hal. 'We zijn nu te laat, hè? Ik weet niet eens de weg hier.'

Zo te horen kwam ze uit het midwesten. Ze praatte sneller dan Rex met zijn lijzige Oklahoma-accent.

'Nee, dat was de bel van kwart over acht,' legde hij uit. 'De laatste bel gaat om tien voor halfnegen. Waar moet je heen?'

'Lokaal T-29.' Ze hield een kaart met het lesrooster erop stevig in haar hand geklemd.

Hij wees naar de voordeur achter hen. 'Daar zijn de noodlokalen. Buiten rechtsaf. Die keten die je hebt gezien toen je hier binnenkwam.'

Ze keek fronsend naar buiten. 'Oké,' zei ze aarzelend, alsof ze nooit eerder les had gehad in een noodgebouw. 'Dan ga ik maar.'

Hij knikte. Terwijl ze terugliep zette Rex zijn bril weer af en opnieuw kwam ze haarscherp in beeld terwijl de rest van de wereld wazig werd.

Eindelijk stond Rex zichzelf toe het te geloven en hij glimlachte. Weer eentje, nu van ergens buiten Bixby, Oklahoma.

Misschien zou dit jaar inderdáád anders worden.

Rex zag het nieuwe meisje nog een paar keer voor de lunch.

Ze praatte al met andere leerlingen. Op een kleine school als Bixby was het altijd spannend als er een nieuwe leerling bij kwam. Mensen waren nieuwsgierig naar hem of haar. De populaire leerlingen hadden het over haar. Ze vertelden elkaar wat ze over haar hadden gehoord en deden hun best haar aandacht te trekken.

Rex wist dat hij volgens de populariteitsregels beter bij haar uit de buurt kon blijven, maar toch was hij veel bij haar in de buurt, luisterend en gebruikmakend van zijn onzichtbaarheid. Hij was niet echt onzichtbaar natuurlijk, maar zo goed als. In zijn zwarte shirt en spijkerbroek, met zijn zwartgeverfde haar, kon hij in de schaduw en in donkere hoekjes verdwijnen. Er waren niet zoveel leerlingen van het type Timmy Hudson op Bixby High. De meesten vonden het prettiger te doen of ze Rex en zijn vrienden niet kenden.

Het duurde niet lang voordat Rex een paar dingen over Jessica Day te weten was gekomen.

In de kantine vond hij Melissa en Dess op hun gewone plek.

Hij ging tegenover Melissa zitten om haar ruimte te geven.

Zoals altijd waren haar mouwen naar beneden gerold. Ze bedekten bijna volledig haar handen tegen welke onopzettelijke aanraking ook. En ze had oortjes in haar oren. Het sissende geluid van metalen snaren was hoorbaar als een indringend gefluister. Melissa hield niet van massa's. Ze werd gek van grote groepen gewone mensen. Zelfs een vol klaslokaal was haar vaak te veel. Zonder de oortjes in haar oren kon ze niet tegen het geklets en geschreeuw in de drukke kantine.

Dess at niets. Ze nam niet eens de moeite om met haar bestek het eten op haar bord voor de schijn wat heen en weer te schuiven. Ze vouwde haar handen alleen maar en gluurde door een donkere zonnebril naar het plafond.

'We zijn weer hier voor nóg een jaar,' zei Dess. 'Is het niet walgelijk?'

In een reflex wilde Rex het al met haar eens zijn, maar hij wachtte. De hele zomervakantie had hij opgezien tegen wéér een jaar van verschrikkelijke lunches. Wéér een jaar wegkruipen uit het felle licht van de lampen aan het plafond naar de allerdonkerste hoek. Maar deze keer voelde hij zich eigenlijk heel opgewonden in de kantine van Bixby High.

Het nieuwe meisje zat een paar tafels verderop, met een stel nieuwe vrienden.

'Misschien. Misschien ook niet,' zei hij tegen Dess. 'Zie je dat meisje?'

'Mmmm,' antwoordde Dess. Ze keek nog steeds naar de platen van het plafond en telde waarschijnlijk de vierkanten.

'Ze is nieuw. Ze heet Jessica Day,' zei Rex. 'Ze komt uit Chicago.'

'En is dat interessant? Waarom?' vroeg Dess.

'Ze is pas een paar dagen geleden hier komen wonen. Ze zit in de tweede.'

'Nog steeds saai.'

'Ze is niet saai.'

Dess zuchtte en liet haar hoofd zakken om door haar zonnebril naar het nieuwe meisje te gluren. Ze proestte het uit van het lachen. 'De eerste dag op Bixby en ze zit al helemaal tussen de daglichtmensen. Daar is niets spannends aan. Ze is precies hetzelfde als de andere honderdachtenzeventig mensen hier.'

Rex schudde zijn hoofd. Hij was het niet met Dess eens, maar zei niets. Als hij het hardop zou uitspreken, moest hij er zeker van zijn. Hij schoof zijn bril met de dikke glazen omhoog op zijn neus. Dat had hij die dag al zeker tien keer gedaan. Hij keek naar Jessica Day. De kantine veranderde in een kleurig, wazig, rumoerig geheel, maar zelfs vanaf deze afstand zag hij Jessica scherp en duidelijk.

Het was na twaalven en ze bleef scherp. Ze bleef scherp en duidelijk. Er was maar één uitleg mogelijk.

Rex haalde diep adem. 'Ze hoort bij ons.'

Dess keek naar hem en eindelijk was er een vleugje

belangstelling in haar ogen. Melissa voelde de verandering onder haar vrienden en keek niet-begrijpend op. Ze luisterde, maar niet met haar oren.

'Zíj? Hoort zij bij ons?' vroeg Dess. 'Geen sprake van. Ze zou nog eerder burgemeester kunnen worden van de stad Normaal, in Oklahoma.'

'Luister, Dess,' drong Rex aan. 'Ze heeft de Scherpte.'

Dess tuurde naar het meisje, alsof ze probeerde te zien wat alleen Rex maar kon zien. 'Misschien is ze gisteravond aangeraakt of zoiets.'

'Nee. Het is te sterk. Ze is een van ons.'

Dess keek weer naar het plafond. De uitdrukking op haar gezicht werd die van intense verveling. Het ging haar goed af. Ze had er vaak op geoefend. Maar Rex wist dat hij haar aandacht had.

'Goed,' gaf ze toe. 'Als ze tweedejaars is, volgt ze misschien wel een paar lessen die ik ook volg. Ik zal haar wel in de gaten houden.'

Melissa knikte ook. Ze bewoog haar hoofd op de maat van de gefluisterde muziek.

2 14.38 uur

DESS

Toen Jessica eindelijk achter een tafel neerplofte voor de laatste les van de dag, was ze volkomen uitgeput. Ze propte het verkreukte lesrooster in haar zak. Het kon haar nauwelijks meer schelen of ze in het goede lokaal zat en liet dankbaar haar boekentas op de grond vallen. Het leek wel alsof de tas gedurende de dag zwaarder was geworden.

Geen enkele eerste schooldag was ooit gemakkelijk. Maar in Chicago had Jessica in elk geval dezelfde oude gezichten en bekende gangen van Openbare School 141 gehad om naar uit te kijken. Hier in Bixby was alles een uitdaging. Deze school was misschien kleiner dan de Openbare School 141, maar het was allemaal gelijkvloers met een netwerk van aanbouwen en noodgebouwen. Elke wisseling van lokaal, waarvoor je vijf minuten had, was moeilijk geweest.

Jessica had er een hekel aan om te laat te komen. Ze had altijd een horloge om dat minstens tien minuten voorliep. Vandaag was ze al opgevallen als het nieuwe meisje. En daarom was ze bang te laat een klas in te moeten sluipen.

Iedereen zou naar haar kijken. Het zou ongelofelijk stom staan als ze de weg niet wist. Maar het was haar weer gelukt. De bel was nog niet gegaan. Jessica had het klaargespeeld de hele dag op tijd te zijn.

Het lokaal vulde zich langzaam. Op ieders gezicht lag de vermoeidheid die hoorde bij het einde van de eerste dag. Maar hoe moe ze ook waren, er waren toch een paar leerlingen die Jessica opmerkten. Het leek of iedereen op de hoogte was van de komst van het nieuwe meisje uit de grote stad. Op haar oude school was Jess een van de tweeduizend leerlingen geweest. Maar hier was ze al bijna een beroemdheid. Iedereen was in elk geval vriendelijk. De hele dag hadden mensen haar de weg gewezen, hadden ze geglimlacht en was haar door de leraren gevraagd op te staan en zich voor te stellen. Nu kon ze het verhaaltje dromen.

'Mijn naam is Jessica Day en ik ben net hierheen verhuisd vanuit Chicago. We zijn gekomen omdat mijn moeder een baan kreeg bij Aerospace Oklahoma, waar ze vliegtuigen ontwerpt. Niet het hele vliegtuig, alleen maar de vorm van de vleugel. Maar dat is het onderdeel dat een vliegtuig een vliegtuig maakt, zegt mijn moeder altijd. Iedereen in Oklahoma lijkt heel aardig en het is hier veel warmer dan in Chicago. Mijn zus van dertien heeft ongeveer twee weken gehuild voor we gingen verhuizen. En mijn vader wordt gek, omdat hij nog geen baan heeft kunnen vinden in Bixby, en het water smaakt hier raar. Dank jullie wel.'

Natuurlijk had ze dat laatste gedeelte nooit hardop uitgesproken. Misschien zou ze het voor deze klas wel doen, al was het maar om zichzelf wakker te schudden.

De laatste bel ging.

De leraar stelde zich voor als meneer Sanchez. Hij begon de namen af te roepen. Hij wachtte even toen hij bij Jessica's naam kwam en keek haar aan. Maar hij moest haar vermoeide gezicht hebben gezien. Hij vroeg niet of ze haar toespraakje wilde houden om zich voor te stellen.

Toen werden boeken uitgedeeld. Jessica zuchtte. De leerboeken die meneer Sanchez op zijn tafel stapelde, zagen er schrikwekkend dik uit. Om te beginnen trigonometrie ofwel driehoeksmeting. Nog meer gewicht in de boekentas. Haar moeder had de decaan omgepraat Jessica alle vakken op het hoogste niveau te laten volgen, en terug te vallen op een normaal niveau als dat nodig was. Het voorstel was vleiend geweest, maar nadat Jessica het dikke natuurkundeboek had gezien, de stapel klassieke boeken voor Engels en nu deze berg, begreep ze dat ze beetgenomen was. In Chicago had haar moeder ook altijd geprobeerd haar in de klassen geplaatst te krijgen met een hoger leerniveau. Nu was Jessica hier en zat ze in de trigonometrieval.

Terwijl de boeken werden doorgegeven, kwam er een meisje binnen. Ze zag er jonger uit dan de anderen in de klas. Ze was helemaal in het zwart gekleed, droeg een donkere zonnebril en een heleboel glanzende metalen kettingen. Meneer Sanchez keek naar haar op en glimlachte, oprecht blij.

'Leuk je te zien, Desdemona.'

'Hoi Sanchez.' Het meisje klonk even moe als Jess zich voelde, maar het leek eerder uit gewoonte dat ze zo praatte. Ze keek het lokaal rond met verveelde walging. Meneer Sanchez keek haar bijna stralend aan, alsof ze een of andere beroemde wiskundige was die hij hier had uitgenodigd om te vertellen hoe driehoeksmeting je leven kon veranderen.

Hij ging door met het uitdelen van de boeken en het meisje keek rond, op zoek naar een plaats. Toen gebeurde er iets geks. Ze deed haar donkere bril af, keek naar Jessica en liep met opzet naar de lege stoel naast haar.

'Hoi,' zei ze.

'Hoi, ik ben Jessica.'

'Ja,' zei het meisje, alsof dat overduidelijk was. Jessica vroeg zich af of ze haar misschien al in een andere les had gezien. 'Ik ben Dess.'

'Hoi.' Oké. Dat was dan tweemaal 'hoi'. Maar wat moest ze anders zeggen?

Dess keek haar onderzoekend aan, alsof ze ergens achter wilde komen. Ze kneep haar ogen half dicht, alsof het licht in de klas te schel voor haar was. Haar bleke vingers speelden met de doorzichtige, geelachtige kralen aan een van haar halskettingen, gleden erlangs van de ene kant naar de andere. Ze klikten zachtjes terwijl zij ze in onduidelijke patronen schikte.

Een boek kwam op Jessica's tafel terecht en verbrak de betovering die Dess' vingers hadden bewerkstelligd.

'Als je je boek hebt gekregen,' kondigde meneer Sanchez aan, 'vul dan nauwkeurig het formulier in dat aan de binnenkant van de omslag is bevestigd. En dan bedoel ik nauwkéúrig, mensen. Alle schade die je niet vermeldt, is júllie verantwoordelijkheid.

Jessica had dit de hele dag al gehoord. Blijkbaar waren studieboeken een bedreigde soort hier in Bixby, Oklahoma.

De leraren lieten hen het hele boek bladzijde voor bladzijde doorbladeren. Elk bijgeschreven woordje, elke scheur in een bladzijde moest gerapporteerd worden. Vermoedelijk zou er aan het eind van het jaar een verschrikkelijke boete volgen voor iedereen die misdadig genoeg was om zijn boeken te beschadigen. Jessica had haar vader hetzelfde helpen doen voor hun huurhuis. Elk spijkergat in de muren moest gerapporteerd worden. Alle elektrische contactdozen moesten worden gecontroleerd, en er moest uitvoerig gerapporteerd worden waarom de automatische garagedeur de laatste 35 centimeter niet meer omhoogging. Verhuizen was vervelend geweest op allerlei onverwachte manieren.

Plichtsgetrouw begon ze het studieboek pagina voor pagina te controleren. Ze had een slecht exemplaar gekregen. Ze zuchtte. *Onderstreepte woorden op pagina 7. Gekrabbel in de grafiek op pagina 19…*

'En, bevalt het een beetje in Bixby tot nu toe, Jess?'

Jessica keek op. Dess zat afwezig door haar boek te bladeren en vond blijkbaar niets. Haar aandacht was voor de helft op Jess gericht.

Ze had haar toespraakje klaar. *Iedereen lijkt aardig in Oklahoma en het is hier veel warmer dan in Chicago.* Maar op de een of andere manier wist ze dat Dess die toespraak niet wilde horen.

Jess haalde haar schouders op. 'Het water smaakt hier raar.'

Het lukte Dess bijna om te glimlachen. 'Dat meen je niet?'

'Ja, dat meen ik wel. Ik zal er wel aan wennen, denk ik.'

'Nee. Ik ben hier geboren en het smaakt nog steeds raar.'

'Geweldig.'

'En dat is niet het enige rare.'

Jess keek op, verwachtte meer, maar Dess was nu hard aan het werk. Ze was naar de antwoorden gegaan achterin het trigonometrieboek. Haar pen sprong van het ene antwoord naar het andere in geen duidelijke volgorde, terwijl ze met haar andere hand druk wriemelde aan de amberkleurige kralen. Af en toe veranderde ze iets en noteerde dat dan op het formulier.

'Een aantal debiele antwoorden gecorrigeerd door een niet-debiel, pagina 326,' mompelde ze. 'Wie controleert deze dingen? Ik bedoel, als je helemaal gaat voor het nieuwe rekenen en de antwoorden achterin zet, kun je er net zo goed de juiste antwoorden in zetten.'

Jessica slikte. Dess controleerde de antwoorden op de vragen in hoofdstuk 11, en ze waren nog niet eens aan het boek begonnen. 'Eh... ja, dat denk ik ook. We vonden verleden jaar een fout in mijn algebraboek.'

'Eén fout?' Dess keek met gefronste wenkbrauwen op.

'Nou ja, misschien wel een paar.'

Dess keek naar het boek en schudde haar hoofd. Op de een of andere manier kreeg Jessica het gevoel dat ze iets verkeerds had gezegd. Ze vroeg zich af of dit de manier van Dess was om haar – het nieuwe meisje – te pesten. Op een of andere rare manier een beetje tegen haar op te scheppen.

Jessica keek weer in haar eigen boek. Wie dit boek vorig jaar ook had gehad, hij of zij was van school gegaan of had alle belangstelling verloren. De bladzijden waren nu ongerept. Misschien was de hele klas niet verder dan de helft gekomen. Jessica hoopte het. Alleen het bladeren door de laatste pagina's met ingewikkelde formules en grafieken maakte haar al bang.

Dess mompelde weer: 'Een mooie weergave van de briljante meneer Sanchez, pagina 214.' Ze krabbelde een paar correcties in de hoek van een bladzijde en noteerde toen de schade.

Jessica rolde met haar ogen.

'Weet je, Jess,' zei Dess, 'het water in Bixby smaakt niet alleen raar, je gaat er ook raar van dromen.'

'Wat?'

Dess herhaalde langzaam en duidelijk wat ze gezegd had, alsof ze praatte tegen een of andere gek die antwoorden controleerde in leerboeken. 'Je gaat raar dromen van het water in Bixby. Heb je het gemerkt?' Ze keek Jessica strak aan, alsof ze wachtte op het antwoord op een van de belangrijkste vragen ter wereld.

Jessica knipperde met haar ogen en probeerde iets grappigs te bedenken om te zeggen. Maar opeens had ze genoeg van Dess' spelletjes en ze schudde haar hoofd. 'Niet echt. Met de verhuizing en alles was ik te moe om te dromen.'

'Echt waar?'

'Echt waar.'

Dess haalde haar schouders op en zei de hele les niets meer tegen haar.

Jessica was dankbaar voor de rust. Ze kon meneer Sanchez maar met moeite volgen. De leraar vloog door het eerste hoofdstuk alsof het oud nieuws was en gaf het tweede hoofdstuk op als huiswerk.

Het leek bijna een wet voor Jessica dat er elk jaar op zijn minst één vak in haar rooster zat dat ervoor moest zorgen dat de school niet per ongeluk leuk werd. Jess was er tamelijk zeker van dat trigonometrie de voortdurende nachtmerrie zou zijn voor het komende jaar.

En wat het nog erger maakte, was dat Dess voortdurend naar haar zat te kijken. Jessica huiverde toen de laatste bel ging en haastte zich opgelucht naar het lawaaierige gedrang op de gang.

Misschien was niet iedereen in Oklahoma zo leuk.

3 24.00 uur

DE STILLE STORM

Jessica werd wakker, omdat het geluid van de regen gewoon… stopte.

De verandering kwam heel plotseling. Het geluid stierf niet weg, zoals het geluid van ruisende regen verondersteld wordt te doen. Het ene moment kletterde het buiten zo hard dat het geruis haar in slaap wiegde. Het volgende moment was het bijna oorverdovend stil. Het leek of iemand het geluid van de televisie had uitgedraaid.

Jessica deed haar ogen open. De plotselinge rust echode om haar heen.

Ze ging rechtop zitten en keek verward rond. Ze wist niet wat haar had gewekt – het duurde een paar seconden voor ze zich herinnerde waar ze was. In de schemerige kamer bevond zich een mengeling van vertrouwde, maar ook van onbekende dingen. Haar bureau stond in de verkeerde hoek en iemand had een lamp aan het plafond bevestigd. Er waren te veel ramen en ze waren groter dan ze hadden moeten zijn.

Overal stonden dozen opgestapeld. Kleren en boeken puilden er hier en daar uit. En toen kwam alles terug. Jessica Day en haar bezittingen waren hier vreemd, als pioniers op een kale vlakte. Dit was haar nieuwe kamer, in het nieuwe huis van het gezin. Ze woonde nu in Bixby, Oklahoma.

'O, ja...' zei ze treurig. Ze zuchtte diep. Het rook naar regen. Dat klopte – het had de hele avond hard geregend – maar nu was het opeens stil.

De maan scheen in de kamer. Jessica lag wakker, bijna verlamd van schrik omdat alles er in het bijna-donker zo raar uitzag. Het was niet alleen het onbekende huis. Met de nacht zelf was hier, in Oklahoma, op de een of andere manier iets mis. De ramen en het dakraam glommen, maar het leek of het licht van alle kanten kwam, blauw en koud. Er waren geen schaduwen en de kamer zag er plat uit, als een oude, vervaagde foto.

Jessica vroeg zich nog steeds af wat haar wakker had gemaakt. Haar hart klopte snel, alsof er net iets heel spannends was gebeurd. Maar ze kon zich niet herinneren wat.

Ze schudde haar hoofd en deed haar ogen weer dicht, maar de slaap kwam niet. Ook met haar oude bed leek iets mis, alsof het 't niet prettig vond in Bixby te zijn.

'Fantástisch,' mompelde Jessica. Net was ze nodig had: een slapeloze nacht na al die uitputtende dagen van uitpakken, ruziemaken met haar jongere zus Beth en proberen zich thuis te voelen in het doolhof van Bixby High. Haar eerste week op school was in elk geval bijna voorbij. Morgen was het eindelijk vrijdag.

Ze keek op de wekker. Zeven minuten over twaalf. Maar hij liep voor, Jessica's tijd. Het was waarschijnlijk rond middernacht. Vrijdag, eindelijk.

Een blauwe schittering vulde de kamer, bijna zo helder als wanneer het licht brandde. Wanneer was de maan dan tevoorschijn gekomen? De hele dag had de lucht vol dikke, donkere wolken gehangen die de zon verduisterden. Zelfs onder een dak van wolken was de hemel hoog en ruim in Oklahoma, omdat het land zo plat was als een dubbeltje. Die middag had haar vader gezegd dat hij aan de bliksemflitsen aan de horizon kon zien dat het in Texas onweerde. (Nu hij werkloos was, keek hij vaak naar de weersvoorspellingen op tv.)

Het leek of het koude, blauwe maanlicht steeds helderder werd.

Jessica stapte uit bed. De ruwe planken van de vloer voelden warm onder haar voeten. Ze stapte voorzichtig tussen de rommel door. Elke halfuitgepakte doos was duidelijk te zien in het licht van de maan. Het raam gloeide als een neonreclame.

Jessica keek naar buiten. Ze kneep haar handen tot vuisten en slaakte een zachte kreet. Buiten schitterde en glansde de lucht als een sneeuwbol met glitter.

Jessica knipperde met haar ogen, wreef haar ogen uit, maar de Melkweg bezaaid met diamanten verdween niet. Het waren er duizenden. Het leek of ze stuk voor stuk aan een onzichtbaar touwtje hingen. Ze glinsterden, schitterden, glansden en glommen. Ze vulden de straat en haar kamer met het blauwe licht. Sommige waren maar een paar centimeter van het raam verwijderd. Volmaakte bolletjes, niet groter dan de kleinste parel, doorschijnend als glazen kralen.

Jessica deed een paar stappen naar achteren en ging op haar bed zitten.

'Rare droom,' zei ze hardop, en daar had ze meteen spijt van. Het leek niet goed om dat te zeggen. Doordat ze zich afvroeg of ze droomde, voelde ze zich op de een of andere manier... wakkerder. En dit was al te werkelijk: geen onverklaarbare paniek, ze keek niet van bovenaf op zichzelf neer, ze had niet het gevoel dat ze in een toneelstuk meespeelde en haar tekst kwijt was; ze was Jessica Day. Ze zat op haar bed en voelde zich verward.

En buiten was de lucht gevuld met diamanten.

Jessica kroop opnieuw onder de dekens en probeerde weer te slapen. Een bewusteloze slaap. Maar achter haar gesloten oogleden werd ze steeds wakkerder. Ze voelde de lakens, hoorde het geluid van haar ademhaling en genoot van de zich langzaam opbouwende lichaamswarmte onder de dekens, alles was precies goed. Maar de werkelijkheid van alles knaagde aan haar.

En de diamanten waren prachtig. Ze wilde ze van dichtbij zien. Ze stond weer op. Ze trok een sweatshirt over haar pyjama aan en ging op zoek naar schoenen. Het duurde even voor ze er twee in de verhuisdozen had gevonden die bij elkaar hoorden. Ze sloop haar kamer uit en liep de gang op. Het nog steeds onbekende huis zag er geheimzinnig uit in het blauwe licht. De muren waren kaal en de kamer was leeg alsof er niemand woonde.

De keukenklok stond op precies twaalf uur.

Jessica bleef bij de voordeur staan. Ze was even bang. Toen trok ze hem open.

Dit moest wel een droom zijn: miljoenen diamanten vulden de lucht, zweefden boven het natte, glanzende asfalt. Ze waren slechts een paar centimeter van elkaar verwijderd en strekten zich uit zo ver Jessica maar kon kijken, de straat uit en de lucht in. Kleine blauwe edelstenen, niet groter dan tranen.

Er was geen maan te zien. Dikke wolken hingen nog steeds boven Bixby, maar nu zagen ze er zo hard en bewegingloos uit als steen. Het leek of het licht van de diamanten kwam, alsof een invasie blauwe vuurvliegjes in de lucht was bevroren.

Jessica's ogen werden groot. Het was zo prachtig, zo stil, zo wonderbaarlijk dat haar angst verdween.

Ze stak een hand op om een van de blauwe edelsteentjes aan te raken. De kleine diamant wiebelde even, en liep toen over haar vinger, koud en nat. Een halve seconde later was hij verdwenen. Hij liet alleen maar een beetje water achter.

Toen pas besefte Jessica wat de diamant eigenlijk was geweest. Een regendruppel! De zwevende diamanten waren de regendruppels die op de een of andere manier roerloos in de lucht bleven hangen. Niets bewoog zich op straat of in de lucht. Om haar heen was de tijd bevroren.

Half verdoofd stapte ze naar buiten, de roerloos hangende regen in. De druppels voelden koel aan tegen haar gezicht en veranderden in water, als zij ze aanraakte. Ze smolten onmiddellijk, sierden onder het lopen even haar sweatshirt als nopjes en maakten haar handen nat met water dat niet kouder was dan regen in september. Ze kon de frisse geur van regen ruiken, voelde de elektriciteit van de bliksem van kortgeleden, de gevangen vitaliteit van het onweer om zich heen. Haar haren kriebelden en ze voelde een lach opkomen.

Maar haar voeten waren koud, merkte ze, haar schoenen kletsnat. Jessica knielde neer en bekeek het trottoir. Roerloze plassen water lagen verspreid over de tegels, waar regendruppels waren bevroren op het moment dat ze de grond raakten. Het wemelde van de plassen op straat, als een tuin met ijsbloemen.

Een regendruppel hing recht voor haar neus. Jessica boog zich ernaartoe, kneep een oog dicht en tuurde in de roerloze druppel. De huizen in de straat, de stille hemel erboven, de hele wereld was zichtbaar in die ene regendruppel, ondersteboven en kromgetrokken in een cirkel. Het was of je door een kristallen bol keek. Ze moest te dichtbij zijn gekomen – de regendruppel trilde en sprong op haar wang. Hij rolde naar beneden als een koude traan.

'O,' mompelde ze. Alles was bevroren tot ze het aanraakte, alsof ze een betovering verbrak. Glimlachend keek ze om zich heen, op zoek naar meer wonderen.

Het leek of alle huizen in de straat gloeiden. Hun ramen waren gevuld met blauw licht. Ze keek om naar hun eigen huis. Het dak flonkerde door bevroren regenspatten en een bewegingloze straal water spoot uit de plek waar twee dakgoten op een hoek bij elkaar kwamen. Er lag een matte glans op de ramen, maar er brandde nergens licht. Misschien waren het niet alleen de regendruppels. De huizen, de stille wolken erboven, alles scheen te fonkelen door het blauwe licht.

Waar komt toch dat koude licht vandaan? vroeg ze zich af. Er zat meer achter deze droom dan alleen maar de tijd die stilstond. Toen zag ze dat ze een spoor had achtergelaten, een tunnel door de hangende, bevroren regen. De tunnel had de vorm van Jessica. Het deed denken aan een gat dat een figuur uit een stripverhaal maakt als hij door een wand springt.

Ze lachte en zette het op een lopen. Onderweg greep ze handenvol regendruppels uit de lucht. Ze was helemaal alleen in een wereld vol diamanten.

De volgende ochtend werd Jessica Day glimlachend wakker.

De droom was zo prachtig geweest, even volmaakt als de regendruppels die in de lucht hingen. Misschien betekende de droom dat Bixby uiteindelijk toch niet zo'n rare stad was.

De zon scheen helder haar kamer binnen. Ze hoorde het geluid van water dat uit de bomen op het dak druppelde. Zelfs met stapels dozen in haar kamer had ze eindelijk het gevoel dat het háár kamer was. Jessica lag in bed en slaakte een diepe, blije zucht van opluchting. Na maanden van gewend raken aan het idee van verhuizen, weken van afscheid nemen, dagen van in- en uitpakken had ze eindelijk het gevoel dat de wervelwind was gaan liggen.

Jessica's dromen gingen meestal niet erg diep. Als ze zenuwachtig was voor een repetitie had ze daar verschrikkelijke nachtmerries over. Als ze gek werd van haar jongere zus, was de Beth in haar dromen een reusachtig monster dat haar achtervolgde. Maar Jessica wist dat de droom van de afgelopen nacht een diepere betekenis had. De tijd was in Chicago ook gestopt. Haar leven was bevroren terwijl ze op het punt stond haar vrienden te verlaten en alles wat ze kende, maar dat was nu voorbij. De wereld kon wat haar betrof weer beginnen.

Misschien zou de familie Day ten slotte hier toch gelukkig worden.

En het was vrijdag.

De wekker ging af. Ze sloeg de dekens terug en zwaaide haar benen op de grond.

Op het moment dat haar voeten de grond raakten, liep een rilling over haar rug. Ze stond op haar sweatshirt dat ineengefrommeld naast haar bed lag.

Het was kletsnat.

4 8.02 uur

MELISSA

Hoe dichter Melissa bij de school kwam, hoe viezer de smaak in haar mond werd. Het was de smaak van school.

Op deze afstand was hij nog zuur en koud, zoals koffie die je een volle minuut onder je tong houdt. Ze proefde de ongerustheid over de eerste week en de onontkoombare verveling vermengd tot een saai, wazig beeld, met de bittere gal van verspilde tijd die uit de muren van het gebouw sijpelde. Maar Melissa wist dat de smaak zou veranderen zodra de school dichterbij kwam. Nog anderhalve kilometer en ze zou de verschillende smaken kunnen onderscheiden van wrok, kleine overwinningen, afwijzingen en korte, boze woordenwisselingen over wie de baas was. Nog een paar kilometer verder zou Bixby High bijna ondraaglijk worden, als een cirkelzaag in haar hoofd.

Maar nu trok ze alleen een lelijk gezicht en zette haar muziek harder.

Rex stond voor het huis van zijn vader, lang en mager, zijn zwarte jas strak om zich heen. Het grasveld onder zijn voeten verwelkte. Zelfs de graspollen schenen te vechten tegen een of andere boze, onzichtbare kracht. Sinds het ongeluk van zijn vader was het huis elk jaar meer in verval geraakt.

Dat had de oude man verdiend.

Melissa reed met haar auto langs de stoeprand en stopte. Toen Rex het portier opendeed, verwachtte ze half dat koude winterlucht haar auto in geblazen zou worden tussen het verdorde gras van het gazon en Rex' lange jas door. Maar de afschuwelijke zon had de kou van het onweer van die nacht al weggebrand.

Het was vroeg in de herfst, het begin van het schooljaar. Nog drie maanden voor het winter werd en nog negen maanden tot het derde jaar voorbij was.

Rex stapte in en trok het portier met een klap dicht. Hij lette er goed op dat hij niet te dicht bij Melissa kwam. Toen Rex boos keek omdat de muziek zo hard stond, zuchtte Melissa en zette hem ietsje zachter. Menselijke wezens hadden het recht niet om te klagen over muziek van welke soort dan ook. De chaos in hun hoofd, op elk wakker uur van de dag, veroorzaakte honderd keer meer lawaai dan welke wilde metalband ook, en meer chaos dan een groep tienjarige, aan suiker verslaafde kinderen met trompetten. Als ze zichzelf eens konden horen.

Maar Rex was niet zo erg. Hij was anders, zat op een andere golflengte, vrij van de drukte van de daglichters. Zijn gedachten waren de eerste individuele gedachten die ze ooit uit de walgelijke massa had gefilterd en ze kon hem nog steeds beter lezen dan wie ook.

Melissa kon zijn opwinding duidelijk voelen, zijn honger naar kennis. Ze proefde zijn ongeduld, scherp en doordringend boven zijn gewone kalmte uit.

Ze besloot hem te laten wachten. 'Lekker onweer vannacht.'

'Ja. Ik heb een tijd naar bliksem gezocht.'

'Ik ook, zo zou je het althans kunnen noemen. Maar ik kwam doorweekt thuis.'

'Ooit vinden we er wel een, cowgirl.'

Ze snoof om dat kinderlijke koosnaampje, maar mompelde: 'Natuurlijk. Op de een of andere avond.'

Toen ze klein waren, en nog met zijn tweetjes, waren ze altijd op zoek geweest naar een bliksemflits. Een bliksemflits die precies op het juiste moment was ingeslagen, en dichtbij genoeg was om te halen voor de tijd om was. Jaren geleden hadden ze er eens het hele uur over gedaan om per fiets naar een plek te rijden waar ze een heldere, hoekige flits aan de horizon hadden gezien. Maar ze hadden het niet gehaald, waren er zelfs niet in de buurt gekomen. Het was veel verder geweest dan het aanvankelijk had geleken. De terugrit door de stromende regen duurde nog langer, natuurlijk, en tegen de tijd dat ze thuiskwamen waren ze drijfnat.

Melissa was er nooit helemaal zeker van geweest wat ze moesten doen met een bliksemflits als ze er een gevonden hadden. Rex zei daar nooit veel over. Ze voelde dat het hemzelf ook niet helemaal duidelijk was. Maar hij had iets doorgekregen, ergens, op een van zijn tochten.

De school kwam dichterbij. De botsing van strijd en

angst in de vroege ochtend groeide van een smaak in haar mond naar een heleboel lawaai in haar oren. De bitterheid op haar tong breidde zich uit tot een kakofonie die een aanval deed op haar hele geest. Melissa wist dat ze snel de oortjes in haar oren moest stoppen, wilde ze het redden tot het begin van de les. Ze remde de oude Ford iets af. Het was altijd moeilijk om tot vlak bij school te rijden, vooral aan het begin van het schooljaar. Ze hoopte dat haar gewone plek vrij was, achter een vuilstortplaats op het stuk bouwterrein aan de overkant van Bixby High. Als ze ergens anders moest parkeren, moest ze nadenken. De parkeerplaats van school was te dicht bij de overstelpende stroom nieuwe gezichten om veilig te rijden.

'Ik heb een bloedhekel aan school,' zei ze met moeite.

Rex keek haar aan. Zijn gewone, gerichte gedachten maakten alles even beter en ze was in staat om diep adem te halen.

'Er is een reden voor dit alles,' zei hij.

Een reden voor hoe zij was? Voor de pijn die ze elke dag voelde? 'Ja... om mijn leven te verzieken.'

'Nee. Iets wat echt belangrijk is.'

'Bedankt.' De vering van de Ford piepte toen ze een bocht te scherp nam. Rex' geest kromp ineen, maar niet vanwege haar slordige manier van rijden. Hij wilde haar nooit pijn doen, dat wist ze.

'Ik bedoelde niet dat jouw leven niet...'

'Maak niet uit,' viel Melissa hem in de rede. 'Laat maar zitten, Rex. Ik kan niet tegen het begin van het schooljaar. Te veel problemen worden erg overdreven.'

'Ja. Ik weet wat je bedoelt.'

'Nee, dat weet je niet.'

Ze reed de parkeerplaats op, die leeg was. Ze remde af en zette de radio uit. Melissa wist dat ze bijna te laat waren – de menigte die het gebouw binnen stroomde was onrustig, nerveus. Ze stopte haar auto. Een blikje raakte gedeukt onder een van haar banden. Leerlingen slopen in de lunchpauze soms hierheen om bier te drinken.

Rex wilde iets vragen, maar ze was hem voor.

'Ik voelde haar gisteravond al. Het nieuwe meisje.'

'Ik wíst het,' zei hij terwijl hij een klap gaf op het dashboard. Zijn opwinding doorsneed het lawaai van de school met een heldere, zuivere toon.

Melissa glimlachte. 'Nee, niet waar.'

'Oké,' gaf Rex toe. 'Maar ik was er 99 procent zeker van.'

Melissa knikte. Ze stapte uit en trok haar tas achter zich aan. 'Je was doodsbang dat je het bij het verkeerde eind had. Daardoor wist ik hoe zeker je was.' Rex knipperde met zijn ogen. Hij begreep haar logica niet. Melissa zuchtte. Na jaren luisteren naar zijn gedachten begreep ze een paar dingen over Rex die hij zelf niet wist. Dingen, zo leek het, die hij nooit door zou krijgen.

'Maar ja, ze was vannacht buiten,' ging ze verder. 'Wakker en...' Nog iets. Ze wist alleen niet wat. Dit nieuwe meisje was anders.

Terwijl ze naar school liepen, ging de laatste bel. Het geluid bracht altijd het lawaai in Melissa's hoofd tot bedaren. Het verzachtte het tot een geroezemoes terwijl leraren hun klas tot de orde riepen. Een paar leerlingen probeerden zich te concentreren. Tijdens de lessen kon Melissa bijna normaal denken.

Ze herinnerde zich de avond ervoor in de fantastische stilte van de blauwe tijd. Zelfs in het holst van een normale nacht hoorde ze het lawaai van dromen en nachtelijke verschrikkingen, maar in het blauwe uur was het volkomen stil. Dat was de enige tijd dat Melissa zich héél voelde, volkomen vrij van de chaos van het daglicht. Voor dat ene deel van elke dag had ze inderdaad het gevoel dat ze een talent bezat. Het was eerder een gave, dan een vloek die op haar rustte.

Melissa had geweten wat Rex wilde dat zij deed, vanaf het moment dat hij de kantine binnen was gelopen op de eerste schooldag. Deze week was ze elke nacht uit haar raam gekropen, naar het dak. Zoekend.

Het kon een paar dagen duren voor ze voor het eerst wakker werd. En ze wist niet waar het nieuwe meisje woonde. Het had lang geduurd voordat ze Dess had opgespoord aan de verlaten kant van de woestenij.

Gisteravond waren er geen bliksemflitsen geweest, voor zover ze had kunnen zien. Wel een bevroren flits achter de bewegingloze wolken. Dus had Melissa de waterspatten op haar hoge zitplaats weggeveegd en was gaan zitten.

Ze had haar geest gekalmeerd – zo gemakkelijk om te doen rond middernacht – en over Bixby heen gereikt. De anderen waren gemakkelijk genoeg te voelen. Melissa kende hun tekens, de manier waarop ze ieder het heimelijke uur ondergingen, opgelucht, opgewonden, of rustig. Ze waren allemaal op hun gewone plek en de andere dingen die leefden in de blauwe tijd hielden zich schuil, bang gemaakt door de krachten van het onweer.

Een volmaakte avond om geesten af te tasten.

Vannacht had het niet lang geduurd. Het nieuwe meisje woonde dicht bij haar, of was heel sterk. Melissa kon haar duidelijk voelen, haar nieuwe vorm helder tegen de lege nacht. Melissa proefde iets van verbazing eerst, toen lange momenten van bedachtzaamheid, daarna een zich langzaam opbouwende uitbarsting van vreugde die nog tot ver in het uur had geduurd. Ten slotte was het meisje weer in slaap gevallen, vrij van elk ongeloof.

Sommige mensen hadden het zo gemakkelijk.

Melissa wist niet goed wat ze moest denken van het nieuwe meisje. Onder haar wisselende emoties proefde Melissa een onverwacht aroma, een scherpe metaalachtige smaak, als een munt die tegen het puntje van haar tong drukte. De geur van tomeloze energie hing overal, maar misschien kwam dat alleen maar van het onweer. En natuurlijk hingen er een heleboel onbekende geuren en onverwachte gaven rond iemand die nieuw was. Iedere vriend of vriendin van Melissa voelde tenslotte anders voor haar.

Maar Jessica Day voelde méér dan alleen maar anders.

Melissa dacht eraan haar oortjes uit haar tas te halen. Ze zou ze nodig hebben om door de gangen naar haar klas te lopen. Terwijl ze de straat overstaken legde Rex een hand op haar onderarm. Hij was zo voorzichtig niet haar blote huid aan te raken, en gaf haar steun, zoals hij altijd deed zo dicht bij de drukte en afleiding van de school.

Hij hield haar tegen, omdat er een auto voorbijschoot.

'Voorzichtig.'

'Ze is heel bizar, Rex.'

'Het nieuwe meisje?'

'Ja. Vreemd, zelfs voor een van ons. Of misschien is ze erger.'

'Hoezo erger?'

'Misschien is ze normaal.'

Melissa zette haar discman aan terwijl ze verder liepen. Ze zette het ding harder om het enorme, naderende lawaai, geschreeuw en gelach van school weg te drukken. Ze trok haar mouwen naar beneden om haar handen te bedekken.

Rex keek haar aan toen ze bij de voordeur kwamen. Hij gaf haar een kneepje in haar schouder en wachtte tot ze hem aankeek. Alleen Rex wist dat Melissa kon liplezen.

'Kun je haar vinden?'

Ze antwoordde opzettelijk zacht – ze had een hekel aan mensen die over de muziek in hun koptelefoon heen schreeuwden. 'Geen probleem.'

'Gauw,' vormde hij met zijn lippen. Was dat een vraag of een bevel? vroeg ze zich af. Ze vond iets in Rex' gezichtsuitdrukking en de zorgen in zijn geest storend.

'Waarom heb je zo'n haast?'

'Ik denk dat er gevaar is. Meer dan anders. Er zijn tekenen.'

Melissa fronste haar wenkbrauwen, haalde haar schouders op. 'Maak je niet druk. Ik vind haar wel.'

Ze draaide zich om, weg van Rex, en miste zijn antwoord omdat ze niet in staat was zich te concentreren. De school – met zijn lawaaierige uitbarstingen van angst, verveling, verlangen, verkeerd gebruikte energie, zorg, concurrentie, cheerleaderpep, verstikte woede, een beetje lol en te veel onmiskenbare angst – slokte haar op.

5 | 11.34 uur

LEGENDES VAN HET PLATTELAND

'Oké, tien griezelige dingen over Bixby...'

Constanza Grayfoot streek een blanco pagina van haar aantekenboekje glad en legde het boekje netjes op haar knieën. De andere meisjes aan de tafel in de bibliotheek wachtten in stilte. Constanza schreef de nummers een tot tien in een kolom aan de linkerkant.

'Ik heb er een,' zei Jen. 'Twee winters geleden werd de auto van sheriff Michaels in de woestenij gevonden.' Met opgetrokken wenkbrauwen voegde ze eraan toe: 'Maar zonder sheriff Michaels.'

'Nummer één: de verdwijning van sheriff Michaels.' Constanza praatte net zo voorzichtig als ze schreef.

'Ik heb gehoord dat drugshandelaren met hem hebben afgerekend,' zei Liz. 'Ze hebben een geheime landingsbaan in de woestenij voor als ze spullen invliegen vanuit Mexico. Hij moet erachter zijn gekomen waar die landingsbaan was.'

'Of ze namen wraak en hebben hem opgelicht,' zei Constanza.

'Nee hoor,' zei Jen. 'Ze hebben zijn uniform, zijn insigne en zijn wapen gevonden, heb ik gehoord.'

'Nou én?'

'En ook zijn tanden en haar. En zijn *vingernagels.* Wie of wat er ook in de woestenij rondstruint, het moet veel erger zijn dan drugshandelaren.'

'Drugshandelaren willen dat je dat denkt.'

'Mmm, alsof jij dat weet.'

Liz en Jen keken naar Jessica alsof zij dit moest oplossen.

'Nou,' zei Jessica, 'die woestenij klinkt... slecht.'

'Absoluut.'

'Meisjes!' riep een stem van de balie voor in de zaal. 'Dit is studietijd, geen tijd om te praten.'

'Ik werk aan mijn artikel voor de schoolkrant, mevrouw Thomas,' legde Constanza uit. 'Ik ben dit jaar redacteur.'

'Moet iedereen in de bibliotheek daaraan meewerken?'

'Ja. Ik schrijf over de tien dingen die Bixby... bijzonder maken. Meneer Honorio zei dat ik voor een grote variëteit aan inbreng moest zorgen. Zo moet ik het artikel schrijven, dus zit ik te werken en niet te kletsen.'

Mevrouw Thomas trok een wenkbrauw op. 'Misschien hebben de anderen zelf nog werk te doen?'

'Het is de eerste week van het schooljaar, mevrouw Thomas,' legde Jen uit. 'Niemand hoeft nu al serieus te studeren.'

De bibliothecaresse liet haar ogen over de vijf meisjes dwalen en keek toen weer naar haar computerscherm. 'Oké. Maar verval niet in slechte gewoonten,' zei ze wat toegeeflijker. 'En hou je een beetje in qua stemgeluid.'

Jessica keek naar haar trigonometrieboek. Zij had wél iets serieus te bestuderen. Meneer Sanchez was bliksemsnel door het eerste hoofdstuk gegaan, alsof ze verleden jaar al in het boek waren begonnen. Van hoofdstuk twee begreep ze redelijk veel, maar er bleven nog een paar lastige begrippen over die steeds weer naar voren kwamen. Meneer Sanchez leek ervan overtuigd dat Jessica in Chicago een niveau hoger had gezeten en dat ze zo stil was omdat ze voor was op de rest. Maar dat klopte niet helemaal.

Jessica wist dat ze moest studeren, maar ze voelde zich te rusteloos, zo vol energie. De droom van de afgelopen nacht had iets met haar gedaan. Ze wist niet precies wat. Was het eigenlijk wel een droom geweest, vroeg ze zich onzeker af. Was ze echt aan het slaapwandelen geweest? Haar sweatshirt was op de een of andere manier nat geworden. Maar kon je werkelijk rondlopen in de stromende regen zonder wakker te worden? Misschien was ze alleen maar bezig langzaam gek te worden.

Maar wat er de afgelopen nacht ook gebeurd was, het had haar een geweldig goed gevoel gegeven.

Haar zusje Beth had die ochtend haar gewone driftbui gehad bij het ontbijt. Ze had geschreeuwd dat ze nooit opnieuw kon beginnen in Bixby, nadat ze de eerste dertien jaar van haar leven in Chicago had gewoond. Haar vader, die geen werk had, was nog niet op. En haar moeder was heel gejaagd naar haar nieuwe baan vertrokken. Ze had Jessica de ondankbare taak gegeven haar zusje de deur uit te helpen. Maar op de een of andere manier hadden de drama's van die ochtend haar koud gelaten. De wereld was heel duidelijk in beeld vandaag. Jess wist eindelijk de weg naar de leslokalen en de cijfercombinatie van haar kluisje had ze ingetoetst zonder één seconde te hoeven nadenken. Alles voelde opeens bekend, alsof ze al jaren in Bixby woonde.

In elk geval was ze veel te rusteloos om een wiskundeboek te bestuderen. Het luisteren naar haar nieuwe vrienden die praatten over de vreemde geschiedenis van Bixby was veel interessanter dan trigonometrie. Constanza Grayfoot was mooi. Ze had donker, sluik haar, een olijfkleurige huid en maar een spoortje van een accent. Zij en haar vrienden waren allemaal een jaar ouder dan zij, maar Jessica voelde zich bij hen in de buurt niet jonger. Alsof er, omdat ze het nieuwe meisje uit de grote stad was, op geheimzinnige wijze een jaar aan haar leeftijd was toegevoegd.

'Ik heb er nog een,' zei Maria. 'Hoe komt het dat er hier een avondklok is?'

'Nummer twee: vervelende avondklok,' zei Constanza nadrukkelijk.

'Avondklok?' herhaalde Jessica.

'Ja!' Jen rolde met haar ogen. 'In Tulsa en zelfs helemaal in Broken Arrow County kun je zo laat uitgaan als je wilt. Maar in Bixby word je opgepakt na elf uur 's avonds. Tot je boven de achttien bent. Vind je dat niet raar?'

'Het is niet raar, het is alleen maar stom,' zei Liz.

'Alles is griezelig in Bixby.'

'Alles in Bixby is stóm.'

'Vind jij Bixby niet griezelig, Jessica?' vroeg Jen.

'Nou, nee. Ik vind het wel leuk hier.'

'Dat meen je niet!' riep Liz. 'Nadat je in Chicago gewoond hebt?'

'Ja, het is cool hier.' Jessica vond het raar om dat te zeggen, maar het was waar. Ze was vanmorgen in elk geval gelukkig geweest. De andere vier meisjes keken haar ongelovig aan. 'Er zijn inderdaad een paar rare dingen in Bixby. Neem het water bijvoorbeeld. Er zit een rare smaak aan. Maar dat weten jullie al.'

De anderen keken haar aan. Er was geen enkele reactie te zien op hun gezichten.

'Maar weet je, ik denk dat als je er eenmaal aan gewend bent...' begon Jessica.

'En neem de Slangenkuil...' viel Maria haar in de rede.

Opeens was iedereen stil aan de tafel. Jessica zag mevrouw Thomas opkijken. Haar belangstelling werd even getrokken door de plotselinge stilte, maar ze keerde snel terug naar haar scherm.

Constanza knikte. 'Nummer drie: Slangenkuil.' Ze had die woorden gefluisterd.

'Oké,' zei Jessica. 'Ik neem aan dat die Slangenkuil eerder griezelig is dan stom?'

'Ja!' zei Liz. 'Als je in die dingen gelooft.'

'Welke dingen?' vroeg Jessica.

'Stomme legendes,' zei Liz. 'Zo denken ze bijvoorbeeld dat hier ergens een panter zit.'

'Hij is ontsnapt uit een circus dat hier lang geleden geweest is,' legde Jen uit. 'Er zijn artikelen over in de bibliotheek. Ze komen uit het *Bixby Journaal.* Een krant uit de jaren dertig van de vorige eeuw.'

‘Heb jij die artikelen gelezen?’ vroeg Liz verbaasd.

Jen rolde met haar ogen. ‘Ik misschien niet, maar iedereen...’

‘En die panter is ongeveer tachtig jaar oud?’ viel Liz haar weer in de rede.

‘Nou, misschien was die krant er nog niet in de jaren dertig...’

‘Hoe dan ook, Jess,’ zei Liz. ‘De Slangenkuil is een of andere stomme plek waar je oude pijlpunten kunt vinden. Van de indianen. Nou én?’

‘Wij worden de oorspronkelijke Amerikanen genoemd,’ verbeterde Constanza haar.

‘Maar dit is bijna uit de oertijd,’ zei Maria. ‘Vóór de Engelsen kwamen alle andere stammen vanuit het oosten hierheen. Hier leefden vroeger de oerbewoners van Oklahoma. Dat waren grotbewoners uit het stenen tijdperk. En niet de oorspronkelijke Amerikanen die hier nu leven.’

‘Je hebt gelijk, dat is niet stom,’ zei Jessica. ‘Maar je kunt je een Bixby uit het stenen tijdperk moeilijk voorstellen.’

‘Het gaat niet alleen om pijlpunten,’ vertelde Jen ernstig. ‘Midden in de Slangenkuil steekt een grote steen uit de grond. Mensen gaan er rond middernacht heen. En als je een bepaald symbool van stenen bouwt, verandert dat klokslag twaalf waar je bij staat.’

‘Verandert in wat?’

‘Nou... de stenen veranderen niet in iets anders,’ zei Jen. ‘Het blijven stenen. Maar ze komen in beweging.’

‘Stom,’ zei Liz.

‘Mijn oudere broer heeft het een jaar geleden een keer gedaan,' zei Maria. 'Hij vond het heel griezelig. Hij kan er nog steeds niet over praten.'

Jen boog zich naar voren en haar stem klonk alsof ze een spookverhaal voorlas: 'En hoewel archeologen daar lang aan het werk zijn geweest, vind je nog steeds pijlpunten als je goed zoekt. En die zijn misschien wel duizend jaar oud.'

'Tienduizend zul je bedoelen.'

Jessica en de anderen draaiden zich om. Het was Dess, het meisje uit Jessica's wiskundeles, die alleen in een hoek aan een tafel zat.

'Oké...' zei Liz langzaam. Ze rolde even met haar ogen en toen fluisterde ze: 'Over stom gesproken.'

Jessica keek om naar Dess, die het niet gehoord leek te hebben. Ze keek door haar donkere bril weer in haar boek alsof ze niet meer geïnteresseerd was in hun conversatie. Jessica had Dess niet eens opgemerkt, maar ze moest er al die tijd zijn geweest, ver weg in de hoek van de bibliotheek, terwijl boeken en papier op tafel lagen uitgespreid.

'Nummer vier...' begon Constanza met haar groene pen hangend boven het boekje. Jen giechelde en Maria maakte een sussend gebaar dat ze stil moest zijn. Jessica keek naar haar boeken, vooral naar de dikke pil over trigonometrie. Haar energie begon – zoals altijd vlak voor de lunch – iets te verslappen. Ze vond Constanza en haar groepje leuk, maar ze had een vieze smaak in haar mond gekregen van de manier waarop ze Dess geplaagd hadden. Ze herinnerde zich hoe het voor haar in Chicago was geweest, voor ze hierheen was verhuisd en mevrouw Populair was geworden.

Jessica keek weer naar Dess. Een van de boeken op de

tafel was *Trigonometrie voor Beginners*. Als Dess maar half zo slim was als ze beweerde, was het misschien een goed idee haar om hulp te vragen.

'Ik moet echt iets gaan doen,' zei Jessica. 'Mijn moeder is gek geweest. Ze heeft me in het hoogste niveau laten plaatsen. Ik vind trigonometrie verschrikkelijk.'

'Oké,' zei Constanza. 'Maar als je nog iets anders raars kunt bedenken over Bixby, moet je het tegen me zeggen. Ik wil graag weten hoe een nieuw meisje erover denkt.'

'Ik zal je op de hoogte houden.'

Jessica pakte haar boeken bij elkaar en liep naar de hoek. Ze ging tegenover Dess zitten, op de andere stoel aan de lage tafel. Het meisje had haar voeten op tafel gelegd. Ze droeg glanzende metalen ringen om haar enkels. Ze had een zwarte panty aan.

Jess dacht dat ze Dess iets hoorde fluisteren, maar ze deed of ze het niet hoorde.

'Dess?'

Het meisje keek op. Haar gezicht verried geen enkele uitdrukking. Niet ongeduldig, verveeld, geïrriteerd, alleen maar op een vreemde manier neutraal achter haar bril.

Jessica trok haar trigonometrieboek uit de stapel.

'Denk je dat...' Haar stem haperde. De blik van Dess was zo koel en beheerst. 'Ik wilde je vragen,' begon Jess opnieuw, 'eh... lees je altijd met een zonnebril op?'

'Niet altijd. In de lessen moet ik hem vaak afdoen.'

'O. Maar waarom?'

'Ik ben overgevoelig voor licht. Zonlicht doet vaak pijn aan mijn ogen.'

'O. Maar dan moeten ze het toch goedvinden dat je een zonnebril draagt?'

'Dat vinden ze niet goed. Er is geen regel voor. Maar ze vinden het niet goed.'

'Misschien moet je een briefje vragen aan je dokter.'

'En jij dan?' vroeg Dess.

'Wat bedoel je?'

'Doen jouw ogen geen pijn van het licht?'

'Nee,' antwoordde Jessica.

'Dat is raar.'

Jessica knipperde met haar ogen. Was ze maar aan de andere tafel blijven zitten. Ze had het spannend gevonden om met Dess te praten in de trigonometrieles, maar niet spannend op een leuke manier. De meisjes aan de tafel bij Constanza vroeg zich af wat ze hier deed, pratend met dit meisje. Jessica zelf vroeg het zich ook af.

Maar ze moest vragen: 'Waarom is dat raar?'

Dess deed haar bril een stukje omlaag en keek geconcentreerd in Jessica's ogen. 'Sommige mensen, bepaalde mensen die naar Bixby verhuizen, vinden het zonlicht hier heel fel en schel. Ze moeten opeens een zonnebril kopen en dragen die voortdurend. Maar jij niet?'

'Nee, ik niet. Komt zoiets vaak voor?'

'Niet zo heel vaak.' Des duwde haar zonnebril weer omhoog op haar neus. 'Het is een van de tien griezelige dingen van Bixby.'

Jess leunde naar achteren in haar stoel en mompelde: 'Tienduizend, zul je bedoelen.'

Dess knikte glimlachend. Toen Jessica zag hoe tevreden

Dess keek, voelde ze zich beter. Op een bepaalde manier had ze medelijden met Dess. De andere meisjes hadden vervelend tegen haar gedaan, maar Dess viel best mee.

'Hé, Jessica, wil je iets over Bixby weten wat écht griezelig is?'

'Natuurlijk. Waarom niet?'

'Kijk.' Dess trok een willekeurig bibliotheekboek van de plank achter zich en gaf het aan Jessica.

'Hmm. *Vanity Fair.* Alleen is het geen tijdschrift, maar een boek van vijfhonderd pagina's. Eng.'

'Nee, op de rug. Het zegel van Bixby.'

Jessica keek naar de kleine witte sticker die op de rug van het boek stond: 'Bixby High. Eigendom van de schoolbibliotheek.' Onder de streepjescode stond een logo: een stralende zon.

'Wat, dat zonnetje?'

'Het is geen zon, het is een ster.'

'De zon is een ster, heb ik ergens gehoord.'

'Ja, klopt. In symboliek zijn ze anders. Zie je de kleine puntjes die uit het zonnetje komen? Tel ze.'

Jessica zuchtte en tuurde naar de sticker. 'Dertien?'

'Klopt, Jess. Het is een ster met dertien punten. Komt hij je bekend voor?'

Jessica perste haar lippen op elkaar. Het plaatje kwam haar inderdaad bekend voor. 'Ja, er zit een gedenksteen met dezelfde afbeelding erop naast de voordeur van ons huis. Een heel oude steen. De makelaar zei dat het vroeger betekende dat je verzekerd was. De brandweer kwam bij brand alleen maar blussen als je zo'n steen op je huis had.'

'Dat zegt iedereen altijd. Maar bijna elk huis in Bixby heeft zo'n steen naast de voordeur.'

'Dus wilden de mensen niet dat hun huizen afbrandden. Wat is daar zo raar aan?'

Dess glimlachte weer terwijl ze haar ogen half dichtkneep. 'En er is een grote ster bij de ingang van het gemeentehuis. En eentje in het logo van het *Bixby Journaal*. Bovendien is er eentje op de vloer geschilderd bij elke ingang naar deze school. Al die sterren hebben ook dertien punten.' Ze boog zich naar voren en zei vlug en zachtjes: 'De gemeenteraad bestaat uit dertien leden. Bijna elke trap in de stad heeft dertien treden en "Bixby, Oklahoma" heeft dertien letters.'

Jessica schudde haar hoofd. 'En dat betekent?'

'Dat Bixby de enige stad is waarvan ik weet dat dertien daar als een geluksgetal wordt beschouwd. En die dertien is niet alleen maar geluk, maar zelfs noodzakelijk.'

Jessica slaakte een diepe zucht. Ze keek naar de boekenplanken achter het hoofd van Dess. Nu Dess haar erop attent had gemaakt zag ze de kleine witte stickers duidelijk, rij na rij boven hen. Honderden sterren met elk dertien punten.

Ze haalde haar schouders op. 'Dat is inderdaad wel een beetje vreemd, Dess.'

'Heb je al rare dromen?' vroeg het meisje.

Een rilling liep langs Jessica's rug. 'Wat?'

'Weet je nog bij trigonometrie? Ik zei dat je rare dromen kreeg van het water hier. Is het al begonnen?'

'O. Eh... ja.' Jessica's geest werkte op volle toeren. Om

de een of andere reden wilde ze Dess niet over haar droom vertellen. Het was zo'n perfect gevoel geweest. En ze wist zeker dat Dess iets zou gaan zeggen wat het gevoel dat de droom bij haar had achtergelaten, zou bederven. Maar het meisje keek haar zo gespannen aan met ogen die een antwoord vroegen...

'Misschien is het begonnen,' zei Jess langzaam. 'Ik heb een rare droom gehad. Maar of het echt een droom was? Ik weet het niet zeker.'

'Daar ben je gauw genoeg achter.' Dess keek op de klok die hoog aan de muur hing. Ze glimlachte. 'Over 43.207 seconden om precies te zijn.'

Zeven seconden later ging de bel voor de lunch.

6 12.01 uur
JONATHAN

Jessica was op weg naar de kantine. Ze had het gevoel dat ze een stomp in haar maag had gekregen.

Dess had haar opnieuw bang gemaakt, net als die eerste dag bij trigonometrie. Jessica begreep waarom Dess niet veel vrienden had. Elke keer dat Jess het gevoel kreeg dat de klik op komst was, maakte het meisje een of andere rare, veelbetekenende opmerking alsof ze Jessica ervan wilde overtuigen dat ze paranormale krachten bezat. Jessica had alleen maar wat hulp willen hebben met trigonometrie, en niet een cursus in de duistere gewoonten en gebruiken van Bixby, Oklahoma.

Jessica slaakte een diepe zucht. Nu ze erover nadacht, was Dess helemaal niet zo mysterieus. Alleen maar zielig. Ze duwde Jessica met opzet van zich weg. De verwarrende manier van praten was waarschijnlijk bedoeld om mensen buiten te sluiten. Knoeien met de gedachten van mensen was gemakkelijker dan hen te leren kennen en vertrouwen. Misschien was ze bang.

Maar Dess leek nooit bang, alleen maar rustig en vol zelfvertrouwen. Hoe verwarrend en raar ze ook praatte, het leek allemaal zo veelbetekenend. Dess praatte alsof ze in een buitenaardse wereld leefde met andere regels, die haar echter allemaal geheel duidelijk waren. En dat was een andere manier om te zeggen dat ze gek was.

Aan de andere kant had Jess in haar hart het gevoel dat Dess inderdaad met haar probeerde te communiceren. Dat ze probeerde haar te helpen een beetje hoogte te krijgen van haar nieuwe stad. Of misschien zelfs haar te waarschuwen voor iets. Dess had inderdáád volkomen gelijk gehad over de rare droom. Natuurlijk maakte dat niet meteen van Dess een gedachtelezer. En het betekende evenmin dat het kwam door het water in Bixby. Een heleboel mensen hadden rare dromen als ze verhuisden. Dess besefte waarschijnlijk dat Jessica van streek was over de verhuizing en had besloten dat het leuk zou zijn haar nog een beetje meer van streek te maken.

Het had gewerkt.

De dubbele deuren van de kantine stonden open. De enigszins ranzige lucht van de frituur kwam Jess al tegemoet, samen met het geroezemoes van honderden stemmen. Jessica begon langzamer te lopen toen ze binnen was. Als het nieuwe meisje werd ze nog steeds door paniek bevangen terwijl ze rondkeek. Waar zou ze gaan zitten? Ze wilde haar nieuwe vrienden of vriendinnen niet voor hun hoofd stoten door niet bij hen aan te schuiven, maar ze wilde ook niet aan tafel belanden bij mensen die ze niet of nauwelijks kende.

Een moment wenste Jessica bijna dat haar vader geen

lunchpakket voor haar gemaakt had. Als ze in de rij had moeten staan voor de officiële lunch van Bixby High had ze meer tijd gehad om rond te kijken waar ze ging zitten. Misschien waren lunches op de middelbare school om die reden uitgevonden. Ze waren zeker niet bedacht vanwege hun voedingswaarde. En ook niet vanwege hun smaak en geur.

Terwijl ze rondkeek begonnen de vlinders in Jessica's maag weer te fladderen. Toen zag ze Dess, die haar recht in haar ogen keek. Het meisje moest een of andere kortere weg naar de kantine weten in de doolhof van Bixby High. In een verre hoek zat Dess aan een tafel met een jongen en een meisje. Net als zij droegen de andere twee zwarte kleren. Jess herkende de jongen van de eerste schooldag. Ze herinnerde zich dat angstige moment: ze ging voor het eerst Bixby High binnen, doodsbang dat ze te laat was. De herinnering was ongewoon duidelijk; zijn bril werd van zijn neus geslagen en dat moment stond in haar geheugen gegrift. Jessica vroeg zich af waarom ze hem niet meer gezien had sinds die dag. Met zijn lange, zwarte jas had de jongen moeten opvallen op Bixby. Er waren een heleboel leerlingen zoals hij en Dess geweest op school in Chicago, maar hier waren er maar drie of vier... Het was te warm en de zon scheen te fel in Oklahoma voor vampiergedoe. Tenzij je fotofobisch was natuurlijk, als Dess tenminste dáárover de waarheid had verteld.

Nu keek de jongen ook naar Jessica alsof hij en Dess allebei verwachtten dat ze bij hen kwam zitten. Het andere meisje aan de tafel luisterde door haar koptelefoontje naar muziek en staarde in de ruimte. Jessica keek om zich heen, op zoek naar een andere plaats om te zitten. Ze had vandaag geen zin in nog meer denkspelletjes. Ze zocht naar Constanza of Liz, maar zag ze niet, en de andere meisjes uit de bibliotheek zag ze evenmin. Haar ogen keken rond op zoek naar een bekend gezicht, maar Jess herkende niemand. De tientallen gezichten werden een vage massa. Het leek of de kantine in het niets verdween en of het duizelingwekkende geroezemoes van stemmen haar van alle kanten bedreigde. Haar moment van aarzeling duurde nog even en veranderde toen plotseling in complete verwarring.

Maar haar voeten bleven op de een of andere manier lopen en brachten haar dichter bij Dess' tafel. Het meisje en haar vrienden waren het enige stabiele deel van de ruimte. Instinctief liep Jessica naar hen toe.

'Jessica?'

Ze draaide zich om, herkende een gezicht in de massa. Een heel aantrekkelijk gezicht.

'Ik ben Jonathan van de natuurkundeles. Weet je nog?'

Zijn glimlach sneed de mist open die haar omhulde. Hij keek haar recht aan met zijn donkere, bruine ogen.

'Natuurlijk. Jonathan. Natuurkunde.' Ze had hem inderdaad in de les gezien. Iedereen zou hem hebben gezien.

Jessica stond daar maar. Ze kon geen woord meer uitbrengen. Maar ze was in elk geval gestopt met haar gang naar Dess' tafel.

Een bezorgde uitdrukking gleed over zijn gezicht. 'Wil je zitten?'

'Ja, graag.'

Hij bracht Jessica naar een lege tafel in de hoek tegenover die waar Dess zat. Haar duizeligheid begon te zakken. Ze gooide haar boekentas en broodtrommel met boterhammen op de tafel terwijl ze ging zitten.

'Gaat het weer?' vroeg Jonathan.

Jessica knipperde met haar ogen. De kantine was weer gewoon: chaotisch en rumoerig. Het stonk er een beetje, maar ze had niet meer het gevoel dat ze in een achtbaan zat. Haar duizeligheid was even plotseling verdwenen als ze was opgekomen. 'Veel beter.'

'Je zag eruit alsof je van je stokje zou gaan.'

'Nee, ik... ja, misschien. Moeilijke week.' Jessica wilde eraan toevoegen dat ze zich meestal niet als een zombie gedroeg in de buurt van leuke jongens, maar kon op de een of andere manier de juiste woorden niet vinden. 'Ik denk dat ik iets moet eten.'

'Ik ook.'

Jonathan draaide zijn broodtrommel om en schudde de inhoud op de tafel. Een appel rolde gevaarlijk dicht langs de rand van de tafel, maar hij deed of hij het niet zag. Op het laatste moment bleef de appel liggen. Jessica trok een wenkbrauw op terwijl ze naar zijn lunch keek. Ze zag drie boterhammen, een zakje chips, een banaan en een potje yoghurt. En dan nog de onvoorspelbare appel.

Jonathan was zo mager als een lat. Een hongerige lat. Hij pakte een boterham van de stapel, haalde het plasticfolie eraf en nam een grote hap.

Jessica keek naar haar eigen lunch. Zoals altijd had haar vader zich gisteravond verveeld en iets ingewikkelds gecreeerd. Geraspte kaas, gehakt, stukjes groente en tomaten hadden allemaal een plekje gevonden in een doos die in vakjes was verdeeld. Door de plastic deksel van een andere doos waren een paar gebakken tacoschelpen te zien. De taco's waren al gebroken. Jess zuchtte en haalde de deksels van de dozen. Ze gooide alle ingrediënten bij elkaar en begon te mengen.

'Mmm, tacosalade,' zei Jonathan. 'Ruikt lekker.'

Jessica knikte. Het kruidige aroma van het vlees verdoezelde de baklucht in de kantine een beetje. 'Mijn vader is tegenwoordig helemaal thuis in de keuken van het Zuidwesten.'

'Die verslaat de boterhammen.'

'Maar deze zien er lekker uit,' wees Jessica.

'Dit zijn boterhammen met banaan en pindakaas.'

'Met banaan en pindakaas? Alle drie?'

'Dat spaart tijd,' zei Jonathan. 'Ik ben nooit vroeg genoeg op om er iets lekkers van te maken.'

'Maar dríé?' vroeg ze.

Hij haalde zijn schouders op. 'Dat is niéts. Er zijn vogels die elk uur hun eigen lichaamsgewicht opeten.'

'Sorry, ik miste je veren al.'

Jonathan grijnsde. Hij zag er slaperig uit. Zijn ogen waren nooit helemaal open, maar ze twinkelden als hij glimlachte. 'Hé, als ik niet genoeg calorieën binnenkrijg, ben ik degene die van zijn stokje gaat.' Hij haalde de tweede boterham uit het folie en nam een reusachtige hap, alsof hij door zijn gepraat achter was geraakt op zijn schema.

'Ik wil je nog bedanken dat je me gered hebt,' zei Jessica. 'Dat zou een goeie zijn geweest, als ik in mijn eerste week hier voor de hele school was flauwgevallen.'

'Je kunt altijd het water van Bixby de schuld geven.'

Jessica's vork bleef een centimeter of twee voor haar mond hangen. 'Vind jij het ook niet lekker?'

'Ik ben hier twee jaar geleden komen wonen en ik kan het nog steeds niet drinken.' Jonathan huiverde.

Jessica voelde dat de onrust in haar binnenste begon te verdwijnen. Ze was zo langzamerhand gaan denken dat iedereen was geboren en getogen in deze stad en dat zij de eerste was die ooit hierheen was verhuisd. Maar Jonathan was blijkbaar ook een vreemdeling in dit rare stadje.

'Waar kom je vandaan?' vroeg ze.

'Philadelphia. Nou, uit een plaatsje daar dichtbij in elk geval.'

'Ik kom uit Chicago.'

'Dat heb ik gehoord.'

'Oké! Iedereen weet alles over het nieuwe meisje.'

Hij haalde glimlachend zijn schouders op. 'Niet alles.'

Jessica glimlachte terug. Ze zaten een poosje rustig te eten en negeerden het lawaai van de kantine om hen heen. Haar tacosalade was echt lekker, nu ze er met aandacht van at. Misschien zou het haar toch goed bevallen dat haar vader voorlopig huisman was. En Jonathan, die rustig zat te genieten van zijn boterhammen, stelde haar op de een of andere manier gerust. Jessica voelde zich op haar gemak op een manier zoals ze zich niet meer had gevoeld sinds ze naar Bixby waren verhuisd. Ze voelde zich... gewoon.

'Hé, Jonathan,' zei ze een poosje later. 'Mag ik je iets vragen?'

'Natuurlijk.'

'Vond jij Bixby in het begin ook een beetje raar?'

Jonathan kauwde nadenkend.

'Ik vind Bixby nog steeds raar,' zei hij. 'En niet een beetje, maar héél raar. Het is niet alleen het water. Of de Slangenkuil of al die andere rare geruchten. Het is...'

'Wat?'

'Bixby is echt psychologisch.'

'Bixby is wát?' vroeg ze.

'Psychologisch.'

'Betekent dat niet dat het "allemaal tussen de oren zit" of zo?'

'Het is zoiets als wanneer je je ziek voelt, maar er met je lichaam helemaal niets mis is. Je geest heeft de kracht om je ziek te maken. Dat is Bixby ten voeten uit: psychologisch. De soort stad die je rare dingen laat dromen.'

Jessica verslikte zich bijna in een hap tacosalade.

'Heb ik iets verkeerds gezegd?' vroeg Jonathan.

'Mm-mm,' bracht ze met moeite uit. Ze schraapte haar keel. 'Mensen blijven dingen vertellen die niet...' Jess zweeg even. 'Die heel veelbetekenend zijn.'

Jonathan keek haar onderzoekend aan. Zijn bruine ogen werden streepjes.

'Oké. Ik neem aan dat dit misschien heel stom klinkt,' gaf Jessica toe. 'Maar het lijkt soms of mensen in Bixby weten wat er in mijn hoofd omgaat. Of in elk geval één mens. Ik bedoel dat meisje.' Ze knikte in de richting waar Dess zat. 'Heel vaak kraamt ze maar wat onzin uit, maar soms lijkt het of ze mijn gedachten kan lezen.'

Jessica zag opeens dat Jonathan niet meer at. Hij keek

haar gespannen aan.

'Klinkt dit krankzinnig?' vroeg ze.

Hij haalde zijn schouders op. 'Ik had een vriend in Philadelphia. Hij heette Julio. Elke keer als hij maar vijf dollar overhad, zat hij bij een spiritistisch medium. Het was een oude vrouw die in een oud winkeltje in het centrum woonde. Het winkeltje had een kleine etalage. Daarin stond een hand van paars neonlicht.'

Jessica lachte. 'We hadden in Chicago ook van die mensen. Ze lazen je hand.'

'Maar zij keek niet naar je handpalm en ze keek ook niet in een glazen bol,' zei Jonathan. 'Ze praatte alleen maar.'

'Kon ze echt in de toekomst kijken?'

Jonathan schudde zijn hoofd. 'Ik betwijfel het.'

'Jij gelooft niet in dat soort dingen?'

'Nou, niet wat haar betreft.' Jonathan nam een hap en praatte door: 'Ik ben een keer met Julio meegegaan en ik geloof dat ik erachter ben hoe het werkte. De vrouw zei voortdurend rare, willekeurige dingen, tot iets bij Julio aansloeg en zijn ogen oplichtten. Ze bleef duwen in die richting en hij begon te praten en vertelde haar alles. Zijn dromen, waar hij zich zorgen over maakte, wat dan ook. Hij dacht dat ze zijn gedachten kon lezen, maar ze kreeg hem alleen maar zover dat hij haar vertelde wat er zich in zijn hoofd afspeelde.'

'Klinkt als een mooie truc.'

'Ik weet niet zeker of het maar een truc was,' zei Jonathan. 'Ik bedoel, ze scheen Julio echt te helpen. Als hij op het punt stond iets stoms te doen, luisterde hij naar niemand, maar zij kon hem altijd tot rede brengen. Hij had een keer besloten van huis weg te lopen, maar zij was degene die het hem uit zijn hoofd praatte.'

Jessica legde haar vork neer. 'Dus ze was niet alleen maar bezig hem geld te ontfutselen.'

'Nou, het gekke is dat ik niet zeker weet of ze wist wat ze deed. Misschien was het allemaal instinctief. Misschien dacht ze echt dat ze helderziend was, weet je. Maar ze was het niet echt, het zat tussen haar oren.'

Jessica glimlachte en nam, in gedachten verdiept, een hap van haar salade. De vrouw die Jonathan had beschreven deed haar erg aan Dess denken. Haar rare, indringende vragen en willekeurige beweringen werden allemaal gepresenteerd met een absolute autoriteit. Jessica was bijna gaan geloven dat Dess een of andere speciale kracht bezat. De beweringen van het meisje hadden haar in elk geval flink bang gemaakt. Misschien zat het inderdaad tussen haar oren. Als Jessica gelóófde dat Dess een speciale kracht bezat, dan bezat ze die op een bepaalde manier ook.

In elk geval bracht Dess het 'psycho'-deel terug in 'psychologisch'.

'Dus het is mogelijk,' ging Jonathan verder, 'dat dat meisje niet helemáál gek is. Ze heeft misschien een andere manier van communiceren, maar wie weet heeft ze iets belangrijks te zeggen.'

'Ja, wie weet,' zei Jessica. 'Maar wat het ook is, ik zou graag willen dat ze ermee voor de dag kwam.'

'Misschien ben je nog niet zover dat je het kunt horen.'

Jessica keek Jonathan verbaasd aan. Hij knipperde onschuldig met zijn slaperige bruine ogen.

'Nou, misschien heb je gelijk,' zei ze terwijl ze haar schouders ophaalde. 'Maar tot dan ga ik me er niet druk over maken.'

'Dat lijkt me verstandig.'

Jessica glimlachte om die vier woorden, terwijl Jonathan zijn laatste boterham wegwerkte. Het werd tijd dat er iets verstandig leek.

7 24.00 uur
DONKERE MAAN

Die nacht verscheen de blauwe droom opnieuw.

Jessica had wakker gelegen en naar het plafond liggen staren, opgelucht dat het eindelijk weekend was. Morgen, besloot ze, moest ze klaar zijn met uitpakken. Het gescharrel in de veertien dozen die in haar kamer opgestapeld stonden, begon haar te vervelen. En misschien zou het organiseren van haar spullen haar het gevoel geven dat ze haar leven wat beter onder controle had.

Ze moest vermoeider zijn geweest dan ze had beseft. De slaap besloop haar zo stilletjes dat haar droom scheen te botsen met bewustzijn. Het leek of alles, terwijl ze met haar ogen knipperde, veranderd was. Plotseling was de wereld blauw. Het zachte suizen van de Oklahomawind werd opgeslokt door stilte.

Ze ging rechtop zitten, plotseling alert. De kamer was gevuld met het vertrouwde blauwe licht.

'O nee hè,' zei ze zachtjes. 'Hebben we dát weer.'

Vannacht wilde Jessica geen tijd verspillen door te proberen weer in slaap te vallen. Als dit een droom was, sliep ze toch al. En het wás ook een droom. Waarschijnlijk.

Maar dan was er natuurlijk nog altijd de zaak van dat kletsnatte sweatshirt.

Ze sloeg haar dekbed terug en trok een spijkerbroek en een T-shirt aan. De roerloze regen was prachtig geweest, dus moest ze maar even gaan kijken welke wonderen haar onderbewustzijn deze keer had getoverd.

Jessica keek voorzichtig rond. Alles was scherp en duidelijk. Ze voelde zich heel kalm en had geen last van dromerige verwarring. Ze herinnerde zich van de psychologielessen die ze het vorig jaar had gevolgd, dat dit 'helder dromen' werd genoemd.

Het licht was precies hetzelfde als in haar droom van de vorige nacht, een diep indigoblauw dat elke oppervlak liet glanzen. Er waren geen schaduwen, geen donkere hoeken. Ze gluurde in een van haar verhuisdozen en kon alles wat erin zat zien met dezelfde volmaakte helderheid. Het leek of elk voorwerp van binnenuit zachtjes gloeide.

Ze keek uit het raam. Deze keer waren er geen zwevende diamanten, alleen maar een rustige straat, zo stil en zo plat als een schilderij.

'Dat is saai,' mompelde ze.

Jessica sloop naar haar deur en deed hem voorzichtig open. Waarom wist ze niet, maar ze respecteerde de diepe stilte. In het blauwe licht leek de wereld geheimzinnig en raadselachtig, waarin je je sluipend voortbewoog.

Halverwege de gang was Beth's deur. Hij stond op een kier. Jess duwde hem voorzichtig open. De kamer van haar zusje was even donkerblauw verlicht als de hare. De kamer was gevuld met dezelfde stilte en leek even vlak en plat als het uitzicht op straat vanuit haar eigen kamer. Ook de kamer van haar zusje deed haar denken aan een schilderij, hoewel het duidelijk Beth's kleren waren die her en der op de grond lagen. Haar zusje had nóg minder bereikt aan het uitpakfront dan Jessica.

Een gedaante lag in het bed, ongemakkelijk verstrengeld in lakens en dekens. Sinds de verhuizing had Beth niet goed geslapen, waardoor ze voortdurend chagrijnig was.

Jessica liep naar het bed en ging zachtjes op de rand zitten. Ze bedacht hoe weinig tijd ze met haar zusje had doorgebracht sinds ze in Bixby woonden. Al in de maanden voor de verhuizing hadden de driftbuien van haar jongere zus dat onmogelijk gemaakt. Beth had zich voortdurend verzet tegen het idee dat ze weggingen uit Chicago en iedereen in het gezin had de gewoonte aangenomen haar een beetje links te laten liggen als ze een slecht humeur had.

Misschien had deze droom haar om die reden hierheen gebracht. Omdat Jessica zelf aan Bixby moest wennen had ze niet veel nagedacht over de problemen van haar zusje.

Ze legde zachtjes een hand op de slapende gestalte van Beth.

Huiverend trok Jessica met een ruk haar hand terug. Het lijf onder de dekens voelde niet goed. Het was hard, even onbuigzaam als een modepop in een etalage.

Plotseling voelde het blauwe licht om haar heen koud aan.

'Beth?' Haar zusje bewoog zich niet. Jessica kon haar niet zien ademen.

'Beth, word wakker.' Haar stem veranderde van een fluistering in een schreeuw. 'Doe niet zo gek, Beth!'

Ze schudde met beide handen aan het lichaam van haar zusje. De vorm onder de dekens bewoog niet. Het voelde zwaar en stijf aan.

Jessica legde weer een hand op het lichaam onder de dekens. Ze wist niet goed of ze dat wel wilde zien, maar ze kon zichzelf niet tegenhouden. Ze stond op, deed nerveus een stap naar achteren, en trok met een ruk de dekens weg.

'Beth?'

Het gezicht van haar zusje was krijtwit, even roerloos als een standbeeld. De halfgeopende ogen glansden als groene, glazen knikkers. Een witte, ijskoude hand hield een rand van de deken omklemd als een bleke klauw.

'Beth!' snikte Jessica.

Haar zusje bewoog zich niet.

Ze stak haar hand uit en raakte even Beth's wang aan. Ze was zo koud en hard als steen.

Jessica draaide zich om en rende naar de deur, bijna struikelend over de stapels kleren. Ze rukte de deur open en rende door de gang naar de kamer van haar ouders.

'Mama! Papa!' wilde ze schreeuwen. Struikelend kwam ze tot stilstand voor de kamer van haar ouders en de schreeuw stierf in haar keel toen ze voor de gesloten deur stond.

Uit de kamer kwam geen enkel geluid. Ze moesten haar toch gehoord hebben?

'Mam.'

Geen antwoord.

Wat als ze de deur opendeed en haar ouders lagen er net

zo bij als Beth? Het beeld van haar vader en moeder als witte, bevroren standbeelden – dode dingen – verlamde haar. Haar hand was al bijna bij de deurklink, maar ze kreeg haar vingers er niet omheen.

'Mama?' riep ze zachtjes.

Uit de kamer kwam geen geluid.

Jess deed een stap naar achteren, plotseling bang dat de deur zou opengaan en iets naar buiten zou komen. Deze nachtmerrie kon nog van alles voor haar in petto hebben. Hun nieuwe huis leek nu volledig vreemd, blauw, koud en onbewoond.

Ze draaide zich om en rende terug naar haar eigen kamer. Ze kwam langs Beth's deur, die nog steeds openstond. Jessica draaide haar ogen te laat weg en zag in een afschuwelijke flits de levenloze witte gestalte van haar zusje op het bed.

Jessica stormde haar kamer binnen, draaide zich om en drukte de deur stevig dicht. Snikkend zakte ze op de grond. De eerste droom was zo mooi geweest, maar deze nachtmerrie was afgrijselijk. Ze wilde alleen maar wakker worden.

Vechtend tegen haar doodsangst probeerde ze na te denken over de betekenis van haar droom. Jessica was zo bezig geweest met haar eigen problemen dat ze niet had gezien wat zo duidelijk was. Beth had haar nodig. Ze moest de woede van haar zusje serieus gaan nemen.

Ze trok haar knieën op, sloeg haar armen eromheen en bezwoer zichzelf om morgen aardiger te zijn tegen Beth.

Jessica wachtte tot de droom zou eindigen.

Hopelijk zou er deze keer niets meer van over zijn in de

werkelijke wereld. Geen bevroren Beth, geen doorweekte sweatshirts. Alleen maar de ochtendzon en het weekend.

Langzaam droogden Jessica's tranen op en de blauwe droom wikkelde zich om haar heen. Niets veranderde of bewoog. Het stille, koude licht leek overal en nergens vandaan te komen. De stilte was totaal en absoluut. Zelfs het kraken en kreunen van een huis in de nacht was niet te horen.

Toen het krabben begon, tilde Jessica meteen haar hoofd op.

Er was een vorm zichtbaar in het raam, een klein, donker silhouet tegen de kalme glans van de straat. Het bewoog lenig, liep als een kat heen en weer over de sponning van het raam en bleef toen staan om tegen het glas te krabben.

'Poes?' zei Jessica, met een schorre stem van het huilen. Ze was uit bed gestapt. De ogen van het dier vingen even het licht en lichtten dieppaars op.

Jessica stond te trillen. Haar benen prikten, alsof ze sliepen. Ze bewoog zich voorzichtig in een poging de kat niet weg te jagen. In elk geval was er nog iets levends in deze afschuwelijke nachtmerrie. Ze was niet meer alleen met de levenloze vorm in Beth's kamer. Ze liep naar het raam en gluurde naar buiten.

De kat glansde, hij was mager en zwart. Spieren rimpelden onder de nachtelijke vacht; het dier leek zo sterk als een of ander soort wilde kat, bijna als een zwart mini-jachtluipaard. Even vroeg ze zich af of het eigenlijk wel een kat was. Haar vader had gezegd dat er lynxen en andere kleine wilde katachtigen voorkwamen in de streek rond Bixby. Maar het beest zag er heel tam uit zoals hij ongeduldig heen en weer liep over de richel en haar aankeek met smekende, zwarte ogen.

'Oké, oké,' zei ze.

Ze deed het raam open, zonder zich af te vragen wat dit deel van de droom kon betekenen. De kat botste tegen haar op toen hij de kamer in sprong. Jessica voelde zijn stevige spieren tegen haar bovenbeen.

'Je bent een echte krachtpatser,' mopperde ze, terwijl ze zich afvroeg wat voor kattensoort dit was. Ze had nog nooit zo'n sterke kat gezien.

Het beest sprong op haar bed, snuffelde aan haar kussen, maakte een rondje over de dekens en sprong toen in een van Jessica's verhuisdozen. Ze hoorde hem rommelen tussen de spullen in de doos.

'Hé, jij daar!'

De kat sprong uit de doos en keek, plotseling op zijn hoede, naar haar op. Hij trok zich langzaam terug, spieren gespannen, trillend alsof hij klaar was om weg te springen.

'Het is goed, poes.' Jessica begon zich af te vragen of het niet toch een wilde kat was. De kat gedroeg zich totaal niet als de huiskatten die ze in haar leven had gezien.

Ze knielde en stak een hand uit. De kat kwam dichterbij en snuffelde.

'Het is goed.' Jessica stak een vinger uit en krabbelde zachtjes op de kop van de kat.

'Rrrrrr.'

Het dier gromde opeens, even laag en diep als een tijger, en kroop achteruit met zijn buik tegen de grond gedrukt.

'Hé, rustig maar.' Ze trok haar hand terug tot op een veilige afstand.

De zwarte ogen van de kat keken doodsbang. Het beest draaide zich om en rende naar de deur, terwijl het onderweg klaaglijk over de vloer krabbelde. Jessica zette een paar stappen in zijn richting en stak haar arm uit om de deur te openen. De kat rende de gang door en verdween om de hoek. Ze hoorde hem jammeren bij de voordeur. Het klonk niet als een gewone kat, eerder als de kreten van een gewonde vogel.

Jessica keek in verwarring om naar haar open raam. 'Waarom ben je niet gewoon...?' begon ze, en toen schudde ze haar hoofd. Wild of niet, deze kat was gek.

Terwijl ze het vermeed in Beth's kamer te kijken, volgde ze het gemiauw van het schepsel en liep naar de voordeur. De kat kromp ineen toen Jessica dichterbij kwam, maar hij sloeg niet op de vlucht. Jessica stak voorzichtig haar hand uit naar de knop van de voordeur. Op het moment dat de deur op een kier stond, perste de kat zich erdoorheen en rende weg.

'Tot ziens,' fluisterde Jessica met een diepe zucht. Dit was geweldig, maar niet heus: het enige levende wezen in deze nachtmerrie was doodsbang voor haar.

Jessica trok de deur verder open en liep naar buiten, de veranda op. Het oude hout kraakte onder haar voeten. Het klonk geruststellend in deze stille wereld. Ze haalde diep adem en liep de straat in, blij dat ze weg was uit het levenloze, onwezenlijke huis. Het blauwe licht leek hier buiten schoner en op de een of andere manier gezonder. Maar ze miste de diamanten. Ze keek om zich heen, op zoek naar een vallend blad, een druppel regen die stil in de lucht zou kunnen hangen. Niets. Ze keek omhoog naar de wolken.

Een gigantische maan kwam op.

Jessica slikte en haar gedachten tolden, terwijl ze achter de betekenis probeerde te komen van dit ontzagwekkende gezicht. De reusachtige halve bol besloeg bijna een kwart van de hemel en reikte tot aan de horizon, als een zonsondergang. Maar de halve bol was niet rood of geel of van enig andere tint die Jessica kon benoemen. Ze had het gevoel dat er een donkere vlek in haar zicht gebrand werd, alsof ze te lang in de zon had gekeken. Hij hing kleurloos in de lucht, koolzwart en oogverblindend tegelijkertijd en scheen genadeloos in haar ogen.

Ze hield beschermend een hand boven haar ogen en keek naar de grond. Haar hoofd deed pijn en haar ogen traanden verschrikkelijk. Terwijl ze haar tranen wegknipperde, zag Jessica dat het gras weer zijn normale kleur had. Een paar seconden lang zag het gazon er groen en levend uit, maar toen kwam het koude blauw terug en verspreidde zich als een druppel donkere inkt in een glas water.

Haar hoofd bonsde en Jessica moest denken aan een zonsverduistering, waarbij de zon nog steeds krachtig was en mensen die er onbewust in keken verblindde. Het beeld van de reusachtige maan brandde nog steeds in haar ogen en veranderde de kleuren in de hele straat. Glimpen van normale kleuren – tinten groen, geel en rood – flikkerden in de hoeken van haar blikveld. Toen trok de hoofdpijn langzaam weg en de straat was weer gehuld in rustige tinten blauw.

Jessica keek opnieuw naar de maan en in een flits zag ze

opeens zijn werkelijke kleur: een heldere duisternis, een hongerige leegte, waarin alle licht werd opgezogen. Het blauwe licht in deze droom kwam niet van voorwerpen zelf, zoals ze eerst had gedacht. En het kwam ook niet regelrecht van de reusachtige maan aan de hemel. Het koude, levenloze blauw was eerder een overblijfsel, het laatste restje licht dat overbleef nadat de donkere maan alle andere kleuren van het spectrum had weggezogen.

Ze vroeg zich af of de maan – of de donkere zon, of ster, of wat het ook was – in haar vorige droom aan de hemel had gestaan, verborgen achter de wolken. En wat betekende het? Tot nu toe had Jessica gedacht dat deze dromen naar iets leidden, een betekenis hadden. Maar deze droom was alleen maar bizar.

Verderop in de laan klonk luid geschreeuw.

Jessica draaide zich vlug om in de richting waaruit het geluid kwam. Het was de kat weer. Deze keer slaakte hij hoge kreten als een aap. Hij stond aan het einde van de laan, en keek haar boos aan.

'Jij weer?' zei ze, terwijl de hoge kreten haar rillingen over haar rug bezorgden. 'Voor zo'n kleine kat maak je behoorlijk veel lawaai.'

De kat jammerde weer, maar klonk nu bijna als een gewone kat. Maar wel een ongelukkige. In het licht van de maan waren zijn ogen donker en zijn vacht was nog zwarter, even dik en duister als een lege nachtelijke hemel.

Weer miauwde hij.

'Oké, ik kom al,' mopperde Jessica. 'Doe niet zo psychologisch tegen me.'

Ze liep achter het beest aan. De kat wachtte tot hij zeker wist dat ze hem volgde en begon toen te lopen. Onder het lopen bleef hij steeds omkijken en maakte beurtelings schreeuwende, blaffende of grommende geluiden. Hij bleef vooroplopen. Hij was te bang voor Jessica om haar dichterbij te laten komen, maar intussen lette hij ook goed op dat hij haar niet uit het oog verloor.

De kat leidde haar door een wereld die verder leeg was. Er waren geen wolken in de lucht, geen auto's of mensen op straat, alleen de gigantische maan die langzaam opkwam.

De straatverlichting was uit, maar alles om Jessica heen straalde dezelfde blauwe gloed uit. De huizen zagen er verlaten en stil uit. Er hing een dodelijke stilte omheen, die alleen maar doorbroken werd door de rare geluiden van de angstige kat.

Eerst herkende Jessica een paar van de huizen die ze zag als ze naar school liep, maar in dit licht zag de buurt er vreemd uit en ze vergat hoeveel keer de kat een hoek om was gegaan. 'Ik hoop dat je weet waar je heen gaat!' riep ze tegen het beest.

Alsof de kat antwoordde, bleef hij staan en snoof de lucht op. Hij maakte daarbij een gorgelend geluid, dat klonk zoals het gegorgel van een klein mensenkind. Zijn staart stak hoog in de lucht, en zwaaide voortdurend van de ene kant naar de andere.

Jessica liep langzaam naar de kat. Hij zat midden op de weg, huiverend, de spieren onder zijn vacht bewogen met kleine, spastische bewegingen.

'Alles goed met je?' vroeg Jess.

Ze knielde naast hem neer en stak voorzichtig een hand uit. Hij keek haar aan met grote, onrustige ogen. Jessica trok haar hand terug.

'Oké. Niet aanraken dus.'

Zijn vacht rimpelde nu alsof er slakken onder zijn huid kropen. De kat trok zijn poten onder zijn huiverende lijf en zijn staart stak stijf naar achteren.

'Arm beest.' Ze keek rond, instinctief op zoek naar hulp. Maar er was natuurlijk niemand.

Toen begon de verandering in alle ernst.

Terwijl Jessica als aan de grond genageld toekeek, werd het lijf van de kat langer en dunner, de staart dikker, alsof de kat in zijn eigen staart werd geperst. Zijn poten werden opgenomen in het lijf. De kop begon te krimpen, werd platter. Zijn tanden staken uit zijn mond alsof ze niet meer in zijn kop pasten. Hij werd langer en langer, tot het schepsel ten slotte één lange bundel spieren was.

Hij draaide zich naar haar om. Lange giftanden glansden in het licht van de donkere maan.

Het was een slang geworden. Zijn zachte huid glansde nog steeds en hij had de grote, expressieve ogen van een zoogdier, maar dat was het enige wat nog over was van de kat waar ze vol vertrouwen achteraan was gelopen.

Hij knipperde met zijn kattenogen naar haar en siste. Ten slotte werd Jess bevrijd van haar verlammende angst. Ze schreeuwde en kroop op handen en blote voeten naar achteren. Het beest trilde nog steeds, alsof hij zijn nieuwe lijf nog niet helemaal onder controle had, maar zijn blik volgde haar.

Jessica sprong op en liep verder naar achteren. Het schepsel begon nu te kronkelen, draaide in een kringetje rond en maakte verschrikkelijke geluiden die klonken als gesis, maar ook als een kat die gewurgd wordt. Het klonk alsof de kat in de slang zat en zich eruit probeerde te vechten.

Een rilling ging door Jessica's hele lichaam. Ze haatte slangen. Ze keek naar de huizen om zich heen, omdat ze wilde weten waar ze was. Ze moest naar huis en terug naar bed. Ze had genoeg van deze droom. Alles veranderde in iets afschuwelijks en angstaanjagends. Ze moest een einde maken aan de nachtmerrie voor hij erger werd.

Toen klonk er gesis achter haar en Jessica's hart begon te bonken.

Zwarte, bijna onzichtbare vormen gleden van het gras op de straat. Slangen, tientallen slangen. Ze leken allemaal op het beest dat ze hierheen was gevolgd. Ze gingen in een kring om haar heen liggen.

Binnen seconden was ze omsingeld.

'Ik geloof dit niet,' zei ze hardop, langzaam en duidelijk. Ze probeerde de woorden tot zich te laten doordringen. Ze zette een paar stappen in de richting waar zij dacht dat hun huis stond en probeerde niet te kijken naar de glijdende vormen om haar heen. De slangen sisten en trokken zich nerveus terug. Net als de kat waren ze op hun hoede voor haar.

Even schoot Jessica een zin door het hoofd uit de preek van haar moeder over wilde dieren. Ze had hem gehouden vlak voor ze verhuisden. 'Denk erom, ze zijn banger voor jullie dan jullie voor hen.'

'Dat klopt,' mompelde ze. Hoe bang zij was, was voor de kleine hersenen van een slang niet te bevatten.

Maar ze bleef lopen, nam langzame, nadrukkelijke stappen, en de slangen gingen voor haar opzij. Misschien waren ze echt banger dan zij.

Nog een paar stappen en ze was buiten de cirkel. Ze liep vlug weg, tot ze de slangen een heel eind achter zich had gelaten.

Ze draaide zich om en riep: 'Geen wonder dat jullie zo stinken! Jullie zijn een stelletje schijtlaarzen.'

Het geluid klonk ergens achter haar.

Er klonk een diep gerommel, als een trein die langzaam op snelheid kwam. Jessica voelde het eerder, dan dat ze het hoorde.

'Wat is dit?' vroeg ze, terwijl ze zich omdraaide.

Ze verstijfde toen ze het monster zag aan het einde van de straat.

Het zag eruit als de kat, maar veel, veel groter. Zijn schouders kwamen bijna tot Jessica's ogen. Zijn zwarte vacht rimpelde door de reusachtige spieren alsof er honderd kronkelende slangen woonden onder de middernachtelijke jas.

Een zwarte panter. Ze herinnerde zich Jens verhaal in de bibliotheek, maar dit beest zag er niet uit alsof het uit wat voor circus dan ook gevlucht was.

Jessica hoorde de slangen achter zich, een groeiend koor van gesis. Ze keek om. Ze wilde ze bekijken. De kronkelende, zwarte vormen verspreidden zich alsof ze haar samen naar de gigantische kat wilden drijven.

Ze schenen niet meer bang voor haar.

8 | 24.00 uur

OPSPORINGSEXPEDITIE

'Er gebeurt iets ergs.'

Melissa's woorden klonken zachtjes en vulden de stilte van de blauwe tijd als een dringend gefluister. Dess keek naar de rand van de vuilnisbelt, waar haar vrienden stonden. Melissa's opgeslagen ogen vingen het licht van de middernachtelijke maan. Zoals meestal drentelde Rex om haar heen en concentreerde zich op elk woord dat ze zei.

Dess wachtte op meer woorden van Melissa, maar Melissa staarde alleen maar naar boven en luisterde met haar hele wezen, waarbij ze de stille lucht proefde.

Dess haalde haar schouders op en keek naar de grond, naar de stapel metalen voorwerpen die Rex voor haar had uitgezocht. Volgens hem was geen van de dingen aangeraakt door niet-mensenhanden. Vanavond was er kans op een serieuze knokpartij, had Rex gezegd. Dan zou ze schoon staal nodig hebben om mee te werken.

Natuurlijk kon Rex het mis hebben. Dess had niet het gevoel dat dit een slechte nacht zou worden. Vrijdag 5 september, de vijfde dag van de negende maand. De combinatie van negen en vijf was niet al te erg: de cijfers maakten vier, veertien of vijfenveertig (bij aftrekken, optellen of vermenigvuldigen). Dat was een aardig patroon als je van vieren hield – wat bij Dess het geval was – maar nauwelijks gevaarlijk. Bovendien had v-i-j-f s-e-p-t-e-m-b-e-r dertien letters, wat zo veilig was als een cijfer maar kon zijn. Niets te klagen dus.

Maar Rex was bezorgd.

Dess keek op. De donkere maan zag er normaal uit. Hij kwam zoals gewoonlijk statig en schitterend op met het prachtige, blauwe licht. Tot nu toe had Dess geen geluiden gehoord van iets groots dat rondzwierf. Noch had ze veel glibbers gezien. Eigenlijk niet één, zelfs niet vanuit haar ooghoek.

Dat was vreemd. Ze keek rond op de vuilnisbelt. Er stonden verroeste auto's, een keet met een golfplaten dak dat geplet was in een of andere tornado, een rommelige stapel banden – genoeg plekken om onder weg te kruipen en vanuit te gluren, maar nergens was de geringste beweging. En zelfs als de glibbers niet gezien konden worden, waren hun geluiden meestal wel hoorbaar. Maar vanavond lagen er geen glibbers op de loer.

'Bijna te stil,' zei ze tegen zichzelf met het accent van een schurk.

Aan de overkant van de vuilnisbelt kreunde Melissa, en ondanks de voortdurende warmte van de blauwe tijd huiverde Dess.

Het werd tijd om te beginnen.

Ze ging op haar hurken zitten en begon te rommelen tussen de metalen voorwerpen, op zoek naar glimmend staal zonder roestplekken. Roestvrij staal was het beste, onbewerkt en glanzend. De kromme, ongelijke vormen van het staal speelden ook een rol in haar selectieproces. Door de lange tocht van fabriek naar vuilnisbelt waren sommige stukken enigszins verweerd en daardoor in de juiste proporties gebracht. Kleine staven met elegante verhoudingen van lengte en breedte, bekraste, oude grendels met harmonieuze afstanden tussen hun instulpingen. Tevreden legden Dess haar vondsten naast elkaar. Staal werd levend hier in de blauwe tijd. Ze zag regenboogkleurige vlekjes maanlicht over het staal schieten en dan verbleken alsof het staal een groot vuurwerk in de bleke lucht erboven weerspiegelde.

Terwijl ze een keuze maakte uit de stukken staal hield Dess elk stuk tegen haar mond en blies er een naam in.

'Kostelijkheid.'

Sommige van de grote stukken waren mooi, maar ze moest ze allemaal gemakkelijk kunnen dragen, omdat ze wellicht moest rennen alsof haar leven ervan afhing. Ze zocht een kleine, perfecte ruitenwisser uit en schoof een zwaar stuk oude pijp opzij.

'Overjarigheid,' fluisterde ze tegen de ruitenwisser.

Woorden tuimelden door haar hoofd. Van sommige wist ze niet eens de betekenis, flarden taal die in haar hoofd waren blijven steken, vanwege het aantal letters of de rangschikking ervan. Ze hield niet zo erg van woorden, behalve als ze botsten met cijfers en patronen, zoals het uitleggen in een lange lijn over een scrabblebord om driemaal de woordwaarde te krijgen.

Wat ze vanavond wilde was niet al te ingewikkeld: woorden van dertien letters om de kracht van deze stukken staal te vergroten.

'Versteendheid,' was de naam voor een lange, dunne schroef, waarvan de schroefdraad precies negenendertig wendingen had.

Het kraken van Rex' laarzen klonk vlak achter haar. Ze had hem niet aan horen komen, verdiept als ze was in de genoegens van staal.

'Als je een glibber was, had je me gebeten,' mompelde ze. De gemene kleine engerds béten natuurlijk niet echt, maar het leek erbij.

'Dit heeft Melissa gevonden,' zei Rex.

Dess hield een oude wieldop naar het licht. Gevangen blauw vuur liep langs de rand.

'Hoogste tijd.'

Dess bracht de wieldop naar haar lippen.

'Hypochondrist,' fluisterde ze tegen het ding.

'Ben je klaar?' vroeg Rex.

'Ja. Deze dingen zijn allemaal als wapen te gebruiken.'

'Laten we dan maar gaan.'

Ze stond op, hield de wieldop in één hand en stopte met haar andere de kleinere stukken staal in haar zakken.

Rex draaide zich om en rende naar de rand van de vuilnisbelt, waar ze hun fietsen verstopt hadden. Hij sprong op de zijne en reed achter Melissa aan, die al op weg was naar het centrum. Natuurlijk, dacht Dess. Jessica Day was een stadsmeisje. Haar ouders hadden het geld om dicht bij de stad te wonen, ver van de woestenij en de stank van boortorens en ver van slechte wegen.

Dess liep kalm naar haar fiets, stapte op en begon achter de twee aan te rijden. Ze had geen haast. Melissa kon alleen maar zo snel zijn, zonder de weg kwijt te raken, omdat ze voorzichtig voelde naar de trillende draden van het dunne, occulte spinnenweb van middernacht. En zelfs met haar oude fiets zonder versnelling zou Dess hen in een wedstrijd allebei verslaan. Zonder problemen zou ze hen hebben ingehaald voor het vuurwerk begon.

Ze hoopte alleen maar dat dit geen vruchteloze, dwaze onderneming was, een symptoom van Rex' angst voor het begin van het schooljaar. Zeker, er was een nieuwe middernachter in de stad, maar dat was al eens eerder gebeurd, en de consequenties waren niet bepaald van grote betekenis geweest.

Maar Rex had door de telefoon nogal angstig geklonken. Dus had Dess haar verstandige schoenen aangetrokken. Trimschoenen.

De wieldop rammelde tevreden in het mandje dat aan het stuur hing van Dess' fiets. Ze glimlachte. Wat er ook zou gaan gebeuren, ze zou er niet onmiddellijk vandoor hoeven gaan. Het geruststellende gewicht van staal rammelde zwaar in haar zakken en Dess wist zonder te tellen hoeveel wapens ze vanavond had gemaakt.

'Dertien, geluksgetal,' zei ze.

Ze kwamen dichter bij de stad, de uitgestrekte lege stukken bouwgrond van projectontwikkelaars maakten plaats voor winkelcentra, benzinestations en, natuurlijk, haar lievelingswinkel: 7-Eleven, waarvan een deel ook bekend was als punt-zes-drie-zes-drie-eindeloos-herhaald.

Melissa, die vooropreed, begon harder te rijden, hoefde de weg niet langer op gevoel te zoeken, was blijkbaar zeker van de richting. Er was vanavond iets wat slechte vibraties uitstraalde. Dess fietste wat harder om de gewone auto's heen die hier en daar doodstil langs de weg stonden.

Rex fietste vlak achter Melissa en lette erop dat ze niet tegen een auto botste terwijl ze naar de lucht keek.

Aan Melissa had hij heel veel in de blauwe tijd, maar Rex vond het lastig om haar haar gang te laten gaan. Acht jaar op Melissa letten was een gewoonte die moeilijk te doorbreken was.

Dess zag een vorm in de lucht. Rustig glijdend – een gevleugelde glibber. Tegen de bijna gerezen maan zag ze de vingers in de vleugel. Net als bij een vleermuis was de vleugel van een glibber eigenlijk een hand: vier lange, gelede vingerbotten uitgespreid als de latten van een vlieger, met een vliesdunne huid ertussen.

De glibber maakte een raar geluid. Het klonk als de laatste schreeuw van een rat die een dodelijke schop had gekregen.

Er kwamen verschillende kreten als antwoord. Er waren er meer in de lucht. Het was een hele zwerm van twaalf. Ze gingen dezelfde kant uit als Dess en haar vrienden.

Dess slikte. Het was waarschijnlijk toeval. Of misschien gingen de glibbers gewoon mee voor de tocht. Er waren er altijd een paar in de buurt, nieuwsgierig naar de kleine groep mensen die de blauwe tijd bezochten. Meestal maakten ze geen problemen.

Ze keek op. Er voegde zich nog een zwerm bij de eerste. Ze wierp een blik op de donkere, doorschijnende vormen: het waren er nu vierentwintig.

Dess begon hardop te tellen om zichzelf een beetje te kalmeren. '*Uno, dos, tres...*' Ze kon tellen in zesentwintig talen en werkte aan nog een paar. De ritmische geluiden van cijferwoorden stelden haar gerust en ze vond het altijd leuk om op verschillende manieren met de lastige tientallen te werken.

Zenuwachtig ging ze over op het Oud-engels. '*Ane, twa, thri, feower, fif...*'

Vijf september. Er zou vanavond niets groots gebeuren, dat wist ze zeker. Negen plus vijf was veertien, het was de 248e dag van het jaar, en twee plus vier plus acht was ook veertien. Niet zo goed als dertien, maar er was geen slecht karma.

Er waren nog meer vormen in de lucht. Hun spottende geroep kwam uit alle richtingen.

'*Un, deux, trois, quatre.*' Ze schakelde over op Frans en telde harder om boven het lawaai van de glibbers uit te komen. Dess besloot helemaal tot tachtig te gaan, wat 'viermaal twintig' was in het Frans. '*Cinq, six, sept...*'

'*Sept!*' zei ze hardop, terwijl ze stopte met haar fiets.

Sept betekende zeven in het Frans en ook in een aantal andere talen. (Een septagon heeft zeven kanten, was de nutteloze informatie van haar hersenen.) *Sept* als in september. Ze herinnerde zich nu dat heel vroeger, duizend jaar geleden, september de zevende maand was geweest, niet de negende.

5 september was ooit de vijfde dag van de zevende maand geweest.

En zeven plus vijf was twaalf.

'O, verdorie,' zei Dess.

Ze ging even verzitten op haar zadel, drukte met haar rechtervoet hard op de pedaal, pakte haar stuur weer beet en deed haar best de fiets opnieuw in beweging te krijgen. Melissa en Rex waren al veel te ver vooruit. Op een avond zo serieus als deze zou zij met haar wapens voorop moeten rijden.

Een lange, doordringende schreeuw klonk boven haar en opnieuw schoot een woord van dertien letters ongevraagd door haar hoofd.

'Bloedstollend,' fluisterde ze, terwijl ze hard doorfietste.

9 24.00 uur
VECHTEN

De zwarte panter brulde weer.

Het geluid klonk hard genoeg om Jessica omver te blazen, maar haar voeten leken bevroren. Ze wilde zich omdraaien en wegrennen, maar een of andere oude angst had haar spieren verlamd. Het was de angst voor de hoektanden van de reusachtige kat, voor zijn hongerige gebrul, voor de dunne, wrede, roze tong die steeds uit zijn bek schoot.

‘Dromend of niet,’ zei Jessica zachtjes, ‘opgegeten worden is afgrijselijk.’

De ogen van het beest glansden helderpaars in het maanlicht. Zijn bek begon te trillen en veranderde van vorm. De twee hoektanden werden langer, tot ze zo lang waren als messen. Het beest hurkte neer, spande zijn spieren, boog zijn kop, stak zijn staart omhoog als een sprinter die klaarstaat voor de start van een wedstrijd.

Zijn spieren trilden, de reusachtige poten bewogen rusteloos. Jessica hoorde het schrapende geluid van klauwen over asfalt. Ze voelde de rillingen langs haar rug lopen.

Toen de kat op haar afsprong, werd hij plotseling zo lang en snel als een pijl.

Op het moment dat de kat sprong was de betovering voor Jessica verbroken. Ze draaide zich om en rende terug naar de slangen.

Haar blote voeten sloegen pijnlijk tegen het asfalt en de boog van slangen werd opgesteld over de straat recht voor haar, dus liep ze naar één kant, op het zachtere stuk gazon. De slangen bewogen zich. Ze wilden haar de weg versperren, en gleden in het hoge gras voor een bouwvallig huis. Jessica knarsetandde onder het rennen. Ze verbeeldde zich dat scherpe hoektanden bij elke stap in haar voetzolen drongen. Toen ze bij de plek kwam waar ze de slangen vermoedde, nam Jessica een aanloop en maakte een grote sprong. De lucht suisde langs haar heen en de sprong leek haar ongelooflijk ver weg te dragen. Ze maakte nog twee sprongen, tot ze bij de rand van de volgende oprit stond.

Na haar landing strompelde ze even moeizaam over de weg, maar even later lukte het haar toch om weer te gaan rennen. Ze had de slangen achter zich gelaten en ze besefte opgelucht dat ze niet gebeten was. Maar ze hoorde aan de voetstappen dat de zwarte panter dichterbij kwam. Ze was misschien snel in deze droom, maar het schepsel achter haar was sneller.

Tientallen beelden uit natuurdocumentaires schoten door haar hoofd: grote katten bezig met hun prooi, grote katten die met hun tanden antilopen beetgrepen en ze met de klauwen van hun achterpoten – die draaiden als de mesjes van een snijmachine – van hun ingewanden ontdeden.

Jachtluipaarden waren de snelste dieren ter wereld, gevolgd door panters, die een goede tweede zijn. In een rechte lijn kon ze het onmogelijk van het dier winnen. Maar ze herinnerde zich hoe antilopen ontsnapten aan luipaarden: door op zo'n manier te zigzaggen en te draaien dat de zwaardere en minder behendige luipaarden voorbijschoten en op de grond tuimelden voor ze zich konden herstellen voor een nieuwe aanval.

Maar Jessica was geen antilope, dat was het probleem.

Ze waagde een blik over haar schouder. De panter lag maar een paar sprongen achter. Van dichtbij was hij angstaanjagend groot. Jessica liep zigzaggend naar een wilg die in de voortuin stond van het volgende huis. Het was een brede, oude boom, waarvan de takken over de hele tuin hingen. Terwijl ze erheen rende, telde ze terug van vijf naar nul. Ze hoorde de voetstappen van de panter in het gras, steeds dichterbij. Bij één liet Jessica zich op de grond vallen, achter de brede stam van de boom.

De panter sprong over haar heen. Een fractie van een seconde werd de reusachtige maan door een donkere schaduw verduisterd. Een scheurend geluid klonk in de wind dat de panter veroorzaakte door zijn sprong, maar het klonk of de lucht zelf werd verscheurd.

Jessica keek op. De grote kat kon maar met moeite stoppen bij de volgende oprit. Zijn klauwen maakten een kippenvel veroorzakend, krassend geluid over het asfalt. Jessica voelde weer een rilling langs haar rug. Toen zag ze de sporen in de stam, een paar centimeter bij haar gezicht vandaan. Ze moest even slikken. In de boomstam zaten drie lange, monsterlijke groeven vlak boven de plek waar ze met haar hoofd was geweest. Het verse hout was even wit, voor de maan het blauw kleurde.

Jessica stond op en rende weg.

Er was een smalle opening tussen twee huizen, een strook verwilderd gras en donkere vormen. Jessica rende instinctief naar de smalle opening. Ze viel in het hoge gras, sprong weer op en botste tegen een roestige, oude grasmaaier die tegen een muur stond, en bleef toen abrupt staan.

Aan de andere kant van de opening was een hek van gaas.

Jessica rende erheen. Ze kon nergens anders heen.

Ze sprong zo hoog als ze kon. Haar vingers haakten in het metalen gaas. Ze trok zich op. Haar voeten zochten naar steun. Met blote voeten had je een betere greep op het gaas dan met schoenen, maar het deed behoorlijk pijn. Gelukkig was het hek nieuw. Het gaas was glad en roestvrij.

Terwijl Jess naar boven klom, hoorde ze de grommende ademhaling van de reuzenpanter achter zich echoën tussen de twee huizen. Het dier rende door het hoge gras. Dat gaf een ruisend geluid, zoals wanneer de wind in de bladeren speelt. Ze was boven aan het hek en zwaaide beide benen eroverheen. Toen draaide ze zich om...

Het beest was maar een paar meter weg. Zijn ogen keken recht in de hare. In die diepe, blauwe vijvers herkende Jessica een oeroude intelligentie, koud en wreed. Ze was ervan overtuigd dat dit niet zomaar een panter was; het was iets veel, veel ergers.

Tenzij dit een droom was, natuurlijk. Dan zat dat pure kwaad dat haar aankeek allemaal in haar hoofd.

'Psychologisch,' fluisterde ze zachtjes.

Het schepsel tilde een reusachtige klauw op om een harde klap te geven tegen Jessica's vingers, waarmee ze zich vastklampte aan het hek. Ze liet het hek los en duwde zichzelf naar achteren. Terwijl ze viel, ontplofte een regen van blauwe vonken vlak voor haar. De vonken verlichtten de glanzende slagtanden van de panter en de huizen aan weerskanten van de steeg. Het hele hek vloog in brand. Blauw vuur likte langs elke centimeter metaal. Het leek of het vuur naar de voorpoten van het beest werd getrokken, en maakte inwaartse spiraalvormige bewegingen, naar de lange klauwen die even vastgehaakt zaten in het gaas.

Toen moest het schepsel zich hebben bevrijd; de wereld werd donker.

Jessica kwam zacht op de grond terecht, omdat haar val gebroken werd door het hoge gras. Ze knipperde met haar ogen. Het patroon van het gaas werd op haar netvlies gebrand. Vormen van schitterende blauwe diamanten daalden neer over alles was ze zag. De stank van verschroeide vacht verstikte haar bijna.

Ze staarde stomverbaasd naar haar handen. Ze waren nog helemaal gaaf, met uitzondering van driehoekige rode sporen van toen ze zich over het hek had gehesen. Als het hek onder stroom had gestaan, waarom had het haar dan niet gebrand zoals het de panter had gebrand? Er waren nu geen vonken meer, behalve de vlekjes die voor haar ogen dansten, en het hek was helemaal heel. Ze was verbaasd dat de panter het niet opengereten had met één enkele harde klap van zijn poot.

Jessica tuurde door het gaas naar haar achtervolger en knipperde een paar keer met haar ogen om beter te kunnen zien. De panter schudde verward zijn kop en trok zich terug aan het andere einde van de steeg. Hij strompelde een beetje. Hij hield een poot omhoog en likte erlangs. De roze tong kwam als een slang tussen twee lange tanden tevoorschijn.

Toen keek hij met zijn koude, indigoblauwe ogen Jessica strak aan. Ze zag nog steeds de koele intelligentie. Het dier draaide zich om en trippelde de steeg uit, op zoek naar een andere weg om achter het hek te komen.

Wat het hek de panter ook had aangedaan, Jessica was er dankbaar voor. Het beest had eroverheen kunnen springen. Het hek was niet hoger dan een meter of twee, maar de blauwe vonken hadden de panter behekst.

Jessica moest nu echt verder. Ze rolde zich op handen en knieën en probeerde op te staan.

Ze hoorde een sissend geluid voor zich. In het hoge gras zag ze een glimp van twee paarse ogen die schitterden in het maanlicht.

Ze sloeg een hand voor haar gezicht. Precies op tijd. De kou sloeg door haar heen van handpalm tot elleboog, alsof lange, ijskoude naalden diep in haar arm werden gestoken. Jessica sprong op en strompelde weg van de plek waar de slang zich had verstopt.

Haar ogen werden groot van angst toen ze naar haar hand keek.

De slang zat met dunne, zwarte draden vast aan haar vingers en pols. Haar hand werd gegrepen door een kou die zich snel verspreidde. De draden kwamen uit de mond van de slang, alsof zijn tong was gespleten in honderd zwarte draden die zich strak om haar heen wonden. De kou bewoog zich langzaam naar boven over haar arm, naar haar schouder.

Zonder na te denken sloeg Jessica de slang tegen het hek. Het gaas lichtte weer op, hoewel veel minder explosief dan toen de panter met zijn poot een klap op het gaas had gegeven. Blauw vuur schoot naar haar hand, sprong over op de kronkelende slang, helemaal tot zijn staart. Het schepsel blies even. De haren van zijn gladde, zwarte huid stonden overeind. De draden ontrafelden zich en de slang viel dood op de grond.

Jessica leunde uitgeput tegen het hek.

Het metaal was warm en trilde tegen haar rug, alsof het staal levend was geworden. Het gevoel kwam pijnlijk terug in haar arm, samen met de denkbeeldige prikken van naalden en spelden, alsof het bloed terugkeerde in haar arm terwijl ze er de hele nacht op geslapen had.

Jessica slaakte een zucht van verlichting en leunde met haar volle gewicht even tegen het hek.

Toen zag ze vanuit haar ooghoek iets bewegen. Er was een smal gat onder het hek, zoals een hond zou graven. Er kropen slangen doorheen.

Jessica draaide zich om en rende weg.

De achtertuin van dit huis was klein, en afgezet met hoge hekken. Binnen die hekken zou ze misschien veilig zijn voor de panter, maar in het veel te lange gras konden zich overal slangen verstoppen. Ze klom over het afgesloten hek achter in de tuin en sprong op de grond in een smalle, verharde steeg.

De grote kat was de weg teruggelopen zoals Jessica gekomen was en daarom rende ze de steeg uit in de tegenovergestelde richting. Ze vroeg zich af hoe ze ooit thuis moest komen.

'Het is maar een droom,' hielp ze zichzelf herinneren. De woorden stelden haar helemaal niet gerust. De adrenaline in haar bloed, de felle pijn in haar vingers van de klimpartij over het hek van gaas, haar hart dat in haar borst bonkte... de hele ervaring leek waargebeurd.

De steeg kwam uit op een brede weg. Op de volgende hoek stond een groot gebouw. Jess rende erheen en keek rond, op zoek naar de panter.

'Kerr and Division,' las ze op het gebouw. Daar liep ze langs, op weg naar school. Ze was dus niet zo ver van huis. 'Als het me lukt langs de harige slangen en dat reusachtige roofdier te komen, zit ik goed,' mompelde ze. 'Geen probleem.'

De maan stond nu hoog aan de hemel. Hij bewoog zich veel sneller dan de zon overdag, merkte Jessica opeens. Ze had het gevoel dat haar droom nauwelijks een halfuur geleden was begonnen. Ze zag hoe enorm groot de maan nu was. Hij vulde zo'n groot deel van de lucht dat alleen maar een streep van de horizon zichtbaar bleef.

De reusachtige bol boven haar hoofd deed de wereld kleiner lijken, alsof iemand een dak op de hemel had gezet.

Toen zag Jessica silhouetten tegen de maan.

'Fantastisch,' zei ze. 'Daar zit ik echt op te wachten.'

Het waren een soort vliegende schepsels. Ze leken op vleermuizen. Hun vleugels waren vlezig en doorschijnend. Ze zweefden meer dan dat ze met hun vleugels flapperden. Maar ze waren groter dan vleermuizen. Hun lijf was langer, alsof een troep ratten vleugels had gekregen. Een aantal ervan vloog rondjes boven haar en maakte lage, tjirpende geluiden.

Hadden ze haar gezien? Joegen ze op Jessica Day, zoals iedereen in deze droom?

Het staren in de donkere bol aan de hemel bezorgde Jessica opnieuw hoofdpijn. Ze voelde zich gevangen onder de maan, die het licht absorbeerde. Haar ogen gingen weer op zoek naar de panter, terwijl ze naar huis draafde.

De vliegende gestalten bleven haar achtervolgen.

Het duurde niet lang voor ze de grommende panter weer hoorde.

Zijn zwarte silhouet werd een eind vóór haar zichtbaar. Het beest bevond zich tussen haar en thuis. Ze herinnerde zich de intelligentie in de ogen van de panter toen ze elkaar door het gaas van het hek hadden aangekeken. Hij scheen te weten waar ze woonde en hoe hij haar de weg moest versperren. En zijn kleine glibberige vrienden vlogen al in formatie boven haar om elke ontsnappingspoging te verijdelen.

Dit was hopeloos.

Het beest slenterende in haar richting en versnelde zijn stap deze keer niet. Hij wist nu hoe hard ze kon rennen en begreep dat hij maar iets harder hoefde te rennen om haar te pakken te krijgen. Deze keer zou hij de prooi niet aan zijn neus voorbij laten gaan.

Jessica keek om zich heen, zocht naar een plek waar ze zich kon verstoppen, of een mogelijkheid om te ontsnappen. Maar de huizen aan de bredere straten lagen verder uit elkaar, met grote gazons eromheen. Er waren geen kleine ruimtes waarin ze weg kon kruipen en geen hekken waar ze overheen kon klimmen.

Toen zag ze haar redding.

Een auto.

Hij stond stil midden op straat met zijn lichten uit, maar ze kon zien dat er iemand in zat.

Jessica rende erheen. Misschien kon degene die achter het stuur zat haar in veiligheid brengen, of misschien kon de panter niet in de auto klimmen. Het was haar enige hoop.

Ze keek over haar schouder naar de kat. Hij rende nu, nog steeds niet op zijn hardst, maar hard genoeg om de afstand tussen hen met elke sprong verder te dichten.

Jessica rende zo hard ze kon. Haar blote voeten deden pijn van het rennen over het beton, maar ze negeerde de pijn. Ze wist dat ze het kon halen tot de auto.

Ze moest wel.

Ze kon de schorre ademhaling en de zachte stappen van het beest al duidelijk horen. De geluiden klonken als fluisteringen door de stille blauwe wereld. Ze kwamen dichterbij, steeds dichterbij.

Jessica rende de laatste meters, kwam bij de auto en rukte aan het portier.

Dat zat op slot.

'U moet me helpen!' riep ze. 'Kunt u opendoen, alstublieft?'

Toen zag het meisje het gezicht van de chauffeur. De vrouw was van haar moeders leeftijd, met blond haar en een kleine frons op haar gezicht, alsof ze zich concentreerde op de weg die voor haar lag. Maar haar huid was spierwit. Haar vingers zaten bewegingloos om het stuur geklemd. Net als Beth leek ze bevroren, levenloos.

'Nee!' schreeuwde Jessica.

Van beneden kwam een sissend geluid. Slangen onder de auto.

Zonder na te denken sprong Jessica op de motorkap van de auto. Ze draaide zich om en keek naar de vrouw door de voorruit. Haar lege ogen staarden Jessica aan als die van een standbeeld.

'Nee,' snikte Jessica, terwijl ze hard op de motorkap sloeg. Ze draaide zich om en keek naar de panter, uitgeput, verslagen.

Het beest was nog maar een paar stappen van haar verwijderd. Hij bleef grommend staan en de twee lange slagtanden glinsterden in het donkere maanlicht. Jessica wist dat dit het einde betekende.

Toen gebeurde er iets.

Een kleine vliegende schotel vloog gillend langs Jessica naar de panter. Het voorwerp liet een spoor van blauwe vonken achter. Jessica voelde dat haar haar rechtop stond, alsof de bliksem vlakbij was ingeslagen. De ogen van de panter, groot en paniekerig, glansden goud in plaats van diepblauw.

Het voorwerp veranderde in een blauwe vlam die zich om de reuzenkat wond. Het beest draaide zich om en sprong weg, waarbij het vuur aan zijn vacht bleef hangen. Hij rende de straat uit terwijl hij jammerde van de pijn. Het klonk als het brullen van een aantal leeuwen, als het kwetteren van aangeschoten vogels, en als katten die gemarteld werden. Het beest verdween om een hoek. Zijn gejammer stierf weg en ging over in een afschuwelijke, gekwelde lach als die van een gewonde hyena.

'Wauw,' zei een bekende stem. 'Hypochondrist doodde de grote kat.' Deze nietszeggende woorden werden gevolgd door een giechelende lach.

Jessica draaide zich om. Ze wilde weten van wie de stem was. Ze knipperde haar tranen en ongeloof weg. Een paar meter verder stond Dess. Ze was op de een of andere manier haar droom binnengedrongen.

'Hé, Jess!' riep ze. 'Hoe gaat-ie?'

Jessica deed haar mond open, maar er kwam geen geluid uit.

Dess zat op een gammele, oude fiets. Eén voet rustte op het trottoir, de andere op een pedaal. Ze had een leren jack aan over haar gebruikelijke zwarte jurk en speelde met iets dat op een munt leek.

Jessica hoorde een sissend geluid van beneden. Een paar donkere vormen kronkelenden naar Dess toe.

'Slangen,' zei Jessica met een schorre stem.

'Glibbers, eigenlijk,' zei Dess, en ze gooide de munt tussen de donkere vormen.

Rinkelend en blauw vlammend viel hij tussen hen in op

de grond. En met een mengeling van dunne, krijsende geluiden kropen de slangen haastig terug onder de auto.

Nog twee fietsers kwamen aangereden. Het waren Dess' vrienden uit de kantine. De jongen met de dikke brillenglazen stopte het eerst. Hij had echter nu zijn bril niet op. Zijn lange jas slingerde om zijn benen toen hij stopte en hij hijgde hoorbaar. Toen stopte het meisje dat ook aan Dess' tafel had gezeten en dat Jessica nooit had ontmoet.

Jessica keek hen drieën aan met nietszeggende ogen. Deze droom werd steeds vreemder.

'Geen dank, hoor,' zei Dess.

'Stil,' zei de jongen ademloos. 'Alles goed met je?'

Het duurde even voor Jessica begreep dat de vraag aan haar was gesteld. Ze knipperde weer met haar ogen en knikte zwijgend. Haar voeten deden pijn en ze was buiten adem, maar het ging goed met haar. Lichamelijk in elk geval.

'Ja hoor, alles goed, denk ik.'

'Maak je niet druk over het rare katje; het komt vanavond niet meer terug,' zei Dess terwijl ze de panter nakeek. Ze wendde zich tot de jongen. 'Wat was het, Rex?'

'Een of ander soort duisterling,' zei hij.

'O, duh,' zei Dess.

Beiden keken ze naar het andere meisje. Ze schudde haar hoofd en wreef met een hand door haar ogen. 'Hij proefde heel oud, misschien zelfs van vóór de Splitsing.'

Rex floot. 'Dat is inderdaad oud. Hij moet nu wel gek zijn.'

Het meisje knikte. 'Er zitten inderdaad wat schroeven bij hem los. Maar hij is nog steeds sluw.'

Dess gooide haar fiets op de grond en liep naar waar de

panter had gestaan. 'Wat het ook was, hij bleek niet opgewassen tegen de grote kracht van Hypochondrist.'

Ze knielde en pakte een donkere metalen schijf van de grond op.

'Au!' Dess liet het ding grijnzend heen en weer gaan tussen haar ene hand en de andere. 'Nog steeds heet!

Het zag eruit als een oude wieldop, zwartgeblakerd door vuur. Was dat de schitterende vliegende schotel die net voorbijvloog?

Jessica schudde haar hoofd, verward, maar werd langzaam weer rustig. Ze ademde nu regelmatig. Alles leek nu weer meer op een rare droom: totale krankzinnigheid.

Rex legde zijn fiets op de straat en liep naar de auto. Jessica kromp wat ineen en hij stak zijn handen op.

'Het is goed,' zei hij zachtjes, 'maar kom liever van die motorkap af. Die auto ziet eruit alsof hij héél hard kan rijden.'

'Kom op, zeg' zei Dess, die naar de lucht keek. 'Het is ongeveer kwart voor.'

'Maar het is toch nog steeds geen goede gewoonte, Dess,' zei hij. 'Vooral als je nieuw bent.'

Hij stak zijn hand uit. Jessica keek wantrouwig naar de grond, maar er waren geen slangen te zien. Ze zag dezelfde glanzende enkelbanden die Dess om had ook om Rex' laarzen zitten. Het andere meisje droeg ze ook, een stel metalen ringen om haar hoge, zwarte gymschoenen.

Ze keek naar haar eigen blote voeten.

'Maak je niet druk, de glibbers zijn verdwenen.'

'Ze vertrokken wat al te ijverig,' zei Dess giechelend.

Haar ogen waren groot, alsof de ontmoeting met de panter een spannende kermisattractie was geweest.

Jessica negeerde Rex' hand en gleed naar voren van de motorkap af. Ze zette zich af op de bumper en deed een paar stappen. Daarna bukte ze zich en tuurde in de schaduw onder de auto. Maar de slangen leken inderdaad verdwenen.

'Ik zou daar ook niet blijven staan,' zei Rex met milde stem. Hij keek naar de banden. 'Hij rijdt waarschijnlijk zo'n vijfenzeventig kilometer per uur.'

Jessica volgde zijn blik en zag dat de banden niet echt rond waren. Ze waren ovaal, uit hun vorm gedrukt en bogen enigszins naar voren. Ze zagen eruit zoals bewegende wielen worden getekend in stripverhalen. Maar de auto stond doodstil. De bestuurster had nog steeds dezelfde uitdrukking op haar gezicht, zich niet bewust van de vreemde gebeurtenissen om haar heen.

Rex wees omhoog naar de donkere maan. 'En als die grote jongen ondergaat springt hij weer in beweging. Geen haast, zoals Dess zei. Maar goed om te weten.'

Iets in de kalme stem van Rex irriteerde Jessica. Misschien doordat van alles wat hij zei, niets ook maar een béétje zinnig klonk.

Ze keek op naar de maan. Hij bewoog zich snel langs de hemel en was al bijna half onder.

De andere drie snakten naar adem. Ze keek hen aan. Ze staarden naar haar terug.

'Wat is er?' vroeg Jessica scherp. Ze had genoeg van hun rare manier van doen.

Het meisje van wie ze de naam niet wist deed een stap in Jess' richting en bekeek haar gezicht van dichtbij. De uitdrukking op haar gezicht was er een van grote schrik.

'Je ogen zijn verkeerd,' zei ze.

10 24.00 uur
MIDDERNACHTERS

'Mijn ogen zijn wát?'

'Ze zijn...' Het meisje kwam nog een stap dichterbij en tuurde in Jessica's ogen. Jessica voelde aan haar gezicht en het meisje kromp ineen alsof ze bang was dat ze aangeraakt zou worden. Toen keek ze verward omhoog naar de nachtelijke hemel.

Terwijl het meisje naar de maan keek, slaakte Jessica een kreet. De ogen van het meisje flitsten diepblauw op, net als die van de panter.

Jessica deed een stap naar achteren. Ze keek angstig naar de drie mensen. Die flitsende ogen hoorden bij katten of wasbeertjes, uilen of vossen – dieren die op jacht gingen in het donker. Niet bij mensen. De ogen van meisje zagen er nu weer normaal uit, maar na die rare flikkering leek ze minder menselijk.

'Melissa heeft gelijk,' zei Dess.

Rex stak kalmerend een hand op naar de andere twee. Hij deed een stap in Jessica's richting en bekeek haar ogen kalm maar doordringend.

'Jessica,' zei hij zachtjes, 'wil je alsjeblieft even naar de maan kijken?'

Ze tuurde even naar de maan, maar keek toen Rex weer argwanend aan.

'Wat voor kleur heeft de maan?' vroeg hij.

'Hij is...' Ze keek weer omhoog en haalde haar schouders op. 'Geen kleur. En ik krijg er hoofdpijn van.'

'Haar ogen zijn verkeerd,' herhaalde het andere meisje dat door Dess Melissa werd genoemd.

Dess keek verontwaardigd. 'Vandaag zei ze dat de zon haar niets doet. Ik zei toch dat ze helemaal daglicht was. Geen zonnebril of iets.'

'Waar hebben jullie het in hemelsnaam over?' riep Jessica plotseling tot haar eigen verbazing. Ze had niet willen schreeuwen, maar de woorden hadden zich uit haar mond gelanceerd.

De geschrokken blikken op de gezichten van de anderen gaven op de een of andere manier voldoening.

'Ik bedoel...' sputterde ze. 'Wat is er aan de hand? Waar hebben jullie het over? En wat doen jullie in mijn dróóm?'

Rex deed een stap naar achteren en stak zijn handen omhoog. Dess giechelde, maar draaide zich een beetje van Jessica af, alsof ze zich opgelaten voelde. Melissa boog haar hoofd.

'Sorry,' zei Rex. 'Ik had je moeten vertellen dat dit geen droom is.'

'Maar...' begon Jessica. Ze maakte haar zin niet af, maar slaakte een diepe zucht. Ze wist opeens dat ze hem geloofde. De pijn, de angst, het gevoel van haar hart dat bonkte in haar borst was allemaal te werkelijk, te echt geweest. Dit was geen droom. Ze voelde zich opgelucht dat ze dat niet meer tegenover zichzelf hoefde vol te houden.

'Wat is het dan?'

'Dit is middernacht.'

'Wat zeg je?'

'Middernacht,' herhaalde hij langzaam. 'Het is twaalf uur 's nachts. Sinds de kleurverandering van de wereld is dit alles in één ogenblik gebeurd.'

'In één ogenblik...?'

'Om middernacht staat de tijd voor óns stil.'

Jessica tuurde door de voorruit van de auto naar de bevroren vrouw achter het stuur. De blik van concentratie op haar gezicht, haar handen om het stuur geklemd... Ze zag er inderdaad uit alsof ze aan het rijden was, maar gevangenzat in een bevroren moment.

Dess begon te praten. Haar stem had deze keer niet de gewone, boze bijklank. 'Een etmaal bestaat niet echt uit vierentwintig uur, Jess, maar uit vijfentwintig. Maar één ervan is zo strak opgerold dat het niet te zien is. Voor de meeste mensen flitst het in een ogenblik voorbij. Maar wij kunnen het uur zien en erin leven.'

'En met "wij" bedoel je ook míj?' vroeg Jessica zachtjes.

'Wanneer ben je geboren?' vroeg Rex.

'Hè? Jij bedoelt dat dit komt omdat ik een Leeuw ben?'

'Niet je verjaardag, maar op welke tijd van de dag?'

Jessica dacht na over de vraag en herinnerde zich hoe vaak haar ouders dit verhaal hadden verteld.

'De bevalling begon in de middag, maar ik werd pas meer

dan dertig uur later geboren. Het was laat op de volgende dag.'

Rex knikte. 'Middernacht om precies te zijn.'

'Middernacht?'

'Ja. Een op elke 43.200 mensen wordt geboren binnen één seconde van middernacht,' zei Dess met een gelukzalige glimlach. 'Natuurlijk weten we niet zeker hoe dicht je erbij moet zijn. En we hebben het nu over de échte middernacht.'

'Ja. Op mijn geboortebewijs staat 1.00 uur 's morgens,' zei Melissa terneergeslagen. 'Dat stomme gedoe van zomer- en wintertijd.'

Rex keek op naar de maan. Zijn ogen vingen het sombere licht met die vreemde flits. 'In veel culturen geloven mensen dat iemand die geboren is om klokslag twaalf uur 's nachts, geesten kan zien.'

Jessica knikte. Dat klonk vertrouwd. Een van die piratenboeken die ze verleden jaar had gelezen – *Ontvoerd* of *Schateiland* – ging daarover. Een of andere jongen zou een schat kunnen vinden doordat hij de geesten kon zien van de dode mannen die bij het goud begraven waren.

'Het echte verhaal is wat ingewikkelder,' ging Rex verder.

'Hé, als die panter een geest was,' zei Jessica, 'hebben we zeker engere versieringen nodig voor Halloween.'

'Middernachters zien geen geesten, Jessica,' zei Rex. 'Wat we zien is een geheim uur, de blauwe tijd, die aan alle andere mensen voorbijschiet.'

'Middernachters,' herhaalde Jessica.

'Zo worden we genoemd. Middernacht is alleen van ons.

Wij kunnen rondlopen, terwijl de rest van de wereld bevroren is.'

'Niet alles,' zei Jessica.

'Dat is waar,' gaf Rex toe. 'De duisterlingen en de glibbers en nog een paar dingen leven in de blauwe tijd. Voor hen is de blauwe tijd als normaal daglicht en vice versa. Ze kunnen niet in de overige vierentwintig uur komen, zoals de meeste mensen niet binnen kunnen komen in het vijfentwintigste uur.'

'Alleen wij, de middernachters, leven in beide werelden,' zei Dess met een glimlach.

'Joepie!' zei Jess spottend. 'Spannend, hoor!'

'Kom op, Jessica! Heb jij nooit gewenst dat er een extra uur in de dag zat?' vroeg Rex.

'Maar geen volslagen vréémd uur! Geen extra uur waarin alles probeert mij naar de andere wereld te helpen! Nee, ik geloof niet dat ik dat óóit gewenst heb.'

'Wauw! Jij bent echt zó daglicht!' zei Melissa.

'Ik moet toegeven dat je het niet gemakkelijk hebt gehad,' zei Rex. Hij praatte weer met zijn meneer Rustigstem. 'Maar meestal gaat het niet zoals nu. Normaal gesproken kíjken de glibbers alleen maar naar ons en voor duisterlingen zijn we helemaal niet interessant. Het zijn net wilde dieren. Ze kunnen gevaarlijk zijn als je iets stoms doet, maar ze doen niet hun best om zich met mensen te bemoeien. Een middernachter die zonder reden wordt aangevallen is nieuw voor me.'

'Voor mij is het allemáál nieuw!' zei Jessica. 'En ik heb helemaal niets stoms gedaan. Een van die... glibbers heeft me hier met opzet heen gelokt. Toen probeerde dat grote kattenbeest me te doden. Twee keer.'

'Ja, we moeten dit onderzoeken,' zei Rex zachtjes alsof Jessica een kluisje op school had gekregen dat op slot zat en niet meer open kon. Ze ging ervan uit dat geen van die duisterlingen ooit achter hem aan had gezeten.

'Ik wist dat je anders was,' zei Melissa, 'zelfs al vóór onze gekke kat probeerde je op te eten.' Ze deed haar ogen dicht en liet haar hoofd naar achteren hangen, alsof ze de wind opsnoof. 'Er is iets raars aan je. Je smaakt raar.'

Melissa's gezicht werd bijna even strak en levenloos als Beth of de vrouw die de auto bestuurde. Jessica rolde met haar ogen. Melissa noemde háár anders?

'Maar nu moeten we je thuis zien te krijgen,' zei Rex, terwijl hij naar de lucht keek. 'We hebben nog maar vijf minuten over.'

Jessica wilde gaan praten. Ze had een miljoen vragen in haar hoofd. Maar ze slaakte alleen maar een diepe zucht. Er werd niets uitgelegd. Ze raakte nog meer in de war door wat deze mensen zeiden.

'Goed.' Toen ze het woord zei, besefte Jessica opeens hoe goed het woord 'thuis' klonk. De panter moest nog steeds ergens in de buurt zijn.

Rex en Melissa liepen met hun fietsen met Jessica mee. Dess reed in langzame cirkels om hen heen, als een verveeld kind dat gedwongen werd rustig te rijden.

'Morgen hebben we tijd om je meer te vertellen,' zei Rex. Kom je naar het Clovis Museum rond 12.00 uur 's middags?'

'Eh...' Jessica dacht aan haar voornemen om morgen de

dozen uit te pakken, om eindelijk haar leven een beetje onder controle te krijgen. Natuurlijk zag het er niet naar uit dat het nog zo simpel zou blijven als het altijd geweest was.

'Goed,' zei ze. 'Waar is dat?'

'Dichtbij de grote bibliotheek. Volg de bordjes CLOVIS MUSEUM maar.' Rex wees naar het centrum. 'We wachten daar op je.'

'Oké.'

'En maak je geen zorgen, Jessica. We gaan uitzoeken wat er vanavond gebeurd is. We zullen ervoor zorgen dat je hier veilig bent.'

Jess keek in Rex' ogen en zag zijn bezorgdheid. Hij leek vol zelfvertrouwen dat hij erachter kon komen wat er fout was gegaan. Of misschien probeerde hij haar alleen maar een beetje gerust te stellen. Het was vreemd. Hoewel niets wat Rex zei erg logisch klonk, speelde hij het klaar over te komen alsof hij wist waar hij het over had. Hier in de blauwe tijd stond hij meer rechtop en de dikke glazen verborgen zijn kalme, ernstige ogen niet. De jongen leek nu lang niet zo'n loser als in het daglicht.

'Dus je hebt die bril niet echt nodig. Is het een soort rekwisiet?'

'Nee, hoor. Bij daglicht ben ik zo blind als een mol. Maar nu, in de blauwe tijd, zie ik perfect. Beter dan perfect.'

'Dat is cool.'

'Ja, fantastisch. En ik kan meer zien dan...' Hij zweeg. 'We zullen het morgen allemaal uitleggen.'

'Oké.'

Jessica keek naar de twee meisjes en de jongen. Dess reed

nog steeds rondjes op haar fiets. Rex' ogen straalden helder en vol zelfvertrouwen. Melissa was stil, en haar oortjes en de geërgerde uitdrukking op haar gezicht ontbraken. Ze schenen deze middernachttijd léúk te vinden.

Natuurlijk, waarom niet? Hun leven liep niet zo fantastisch in de 'daglichturen'. Hier was niemand die hen ergens, waar dan ook, heen stuurde of zag hoe vreemd ze waren. In dit ene uur per dag was de hele wereld hun privéclubhuis.

En nu hoorde Jessica ook bij die club. Fantastisch.

Ze brachten haar tot aan de voordeur van haar huis. Ze merkte dat het licht langzaam veranderde. De donkere maan was bijna ondergegaan en was nu voor het grootste deel verborgen achter de huizen aan de overkant van de straat.

'En hoe komen jullie thuis?' vroeg ze.

'Op de gewone manier. In de gewone tijd,' zei Rex. Hij stapte op zijn fiets en stak zijn hand in het borstzakje op zijn T-shirt. Hij trok zijn bril tevoorschijn.

Jessica keek om zich heen. Haar ogen zochten naar enig teken van de aanwezigheid van de panter. 'En jullie weten zeker dat dit blauwe gedoe bijna voorbij is?'

'Gebeurt elke avond, even regelmatig als de zonsondergang,' antwoordde Rex.

Jessica realiseerde zich dat Rex en de anderen kilometers van huis moesten zijn. 'En hoe zit het met het uitgaansverbod? Ik bedoel, iedereen wordt toch weer wakker? Stel dat de politie jullie ziet?'

Melissa rolde met haar ogen 'We letten al jaren op de klok. Maak je over ons geen zorgen.'

'Maar we moeten nu wel gaan,' zei Rex. 'Jij bent veilig

thuis, Jessica. En morgen zal het je allemaal duidelijker worden.' Hij reed de straat op. 'Ik zie je morgen.'

Dess' fiets reed rammelend door het gras. 'Tot over 43.200 seconden, Jess!' riep ze terwijl ze haar voorbijreed. 'En trek de volgende keer schoenen aan!' Ze fietste lachend achter Rex aan. Jessica keek naar haar blote voeten en moest glimlachen.

Melissa bleef iets langer. Haar ogen vernauwden zich. 'Je hoort er niet bij,' zei ze zachtjes, bijna fluisterend. 'Daarom wilde de duisterling je doden.'

Jessica deed haar mond open, maar haalde toen haar schouders op.

'Ik heb er niet om gevraagd een middernachter te worden,' zei ze.

'Misschien ben je er ook geen,' zei Melissa. 'Geen echte, in elk geval. Iets aan jou is zo... één minuutje voor middernacht. Je hoort er niet bij.'

Ze draaide zich om en reed weg zonder op een antwoord te wachten.

Jessica huiverde. 'Geweldig! De grootste mafkees in de club van mafkezen zegt dat ik er niet bij hoor.'

Ze draaide zich om en stapte het huis binnen. Zelfs in het rare licht van de donkere maan leek het uitnodigender dan het ooit had geleken. Het was een thuis.

Maar Jessica zuchtte toen ze door de gang naar haar kamer liep. Melissa's woorden speelden nog door haar hoofd. De duisterling had voor haar niet op een wild dier geleken, meer op iets wat haar grondig haatte. De glibber had haar in een val gelokt omdat hij haar dood wilde.

Misschien heeft Melissa gelijk.

Ze had niet het gevoel dat ze in de blauwe tijd thuishoorde. Het vreemde licht scheen uit elke hoek van het huis, spookachtig en fout. Haar ogen prikten al na dit ene uur. Ze had het gevoel dat ze in tranen zou kunnen uitbarsten.

Misschien hoor ik hier inderdaad niet bij.

Jessica bleef staan voor de slaapkamerdeur van haar zusje Beth. Haar witte gestalte lag nog steeds roerloos op het bed in een angstige houding.

Jessica sloop naar binnen en liet zich op de rand van Beth's bed zakken. Ze dwong zichzelf te kijken, te wachten op het einde van middernacht. Ze moest weten dat Beth niet dood was. Als Rex de waarheid had verteld, was Beth alleen maar een heel kort ogenblik verstijfd en bleek.

Jessica trok het dekbed omhoog om haar zusjes hals en stak haar hand uit naar de roerloze wang. Ze huiverde toen haar vingers de koude huid voelden.

Het moment ging voorbij.

De dozen en hoeken werden weer donker, niet langer verlicht door hun eigen licht. Door de ramen viel het gedempte licht binnen van de straatlantaarns en maakte zigzagschaduwen op de rommelige vloer. De wereld gaf haar weer een goed gevoel.

De wang van Beth werd warm en een spier bewoog zich onder Jessica's hand.

Beth deed haar gezwollen ogen open.

'Jessica? Wat doe jij hier?'

Jessica trok haar hand weg. Ze herinnerde zich plotseling

dat een wakkere Beth even angstaanjagend kon zijn als een bevroren Beth.

'Hé, ik eh... wilde iets zeggen.'

'Wat? Ik slaap, Jessica.'

'Ik wilde zeggen dat het me spijt dat ik je een beetje links heb laten liggen. Ik bedoel, ik weet dat het hier moeilijk is,' zei Jessica. 'Maar... ik sta aan jouw kant, oké?'

'Oh, Jessica,' zei Beth. Ze draaide zich om en rolde zich helemaal in de dekens. Toen keek ze om en staarde haar zusje beschuldigend aan. 'Zei mam dat je dit moest doen? Dit is zo suf.'

'Nee. Natuurlijk niet. Ik wilde alleen...'

'Mevrouw Volwassen. Je wilde alleen maar laten zien dat je tijd voor me hebt, al ben je dan mevrouw Populair hier. Of wat ook. Bedankt voor de pep, Jess. Misschien een beetje slapen nu?'

Jessica wilde antwoord geven, maar hield zich in. En toen moest ze een glimlach wegslikken. Beth was helemaal normaal. Ze was ontdooid uit de blauwe tijd zonder enige zichtbare schade.

'Slaap lekker,' zei Jessica, terwijl ze naar de deur liep.

'Ja, zonder nachtmerries.' Beth draaide zich mopperend om en trok het laken over haar hoofd.

Jessica deed de deur achter zich dicht. Terwijl ze helemaal alleen in de gang stond, klonken de laatste woorden van haar zusje nog na in haar hoofd. 'Slaap een rustige nachtmerrie-loze slaap,' fluisterde ze.

Ze liep naar haar eigen kamer en deed de deur stevig dicht. Ze had opeens het gevoel dat de blauwe tijd nog niet echt voorbij was. Het licht was weer gewoon en het geluid van de voortdurend aanwezige Oklahomawind was teruggekeerd, maar alles zag er voor haar nu anders uit. De wereld die Jessica had gekend – de wereld van dag en nacht, van zekerheid en verstand – was helemaal weggevaagd.

Over vierentwintig uur zou de blauwe tijd weer komen. Als Rex niet gelogen had, kwam die blauwe tijd elke avond.

Jessica Day lag in haar bed en trok het laken op tot aan haar neus. Ze probeerde te slapen. Maar met haar ogen dicht had Jess het gevoel alsof er nog iets in de kamer was. Ze ging rechtop zitten en tuurde in elke hoek. Steeds opnieuw keek ze of zich daar geen onbekende gestalten schuilhielden.

Alsof ze weer klein was en de nacht gevaarlijk was. Er woonden dingen onder haar bed, dingen die haar wilden opeten.

Er waren ergere dingen dan nachtmerries.

11 9.28 uur

SPOREN VAN MIDDERNACHT

De volgende morgen aan het ontbijt was alles gewoon en goed met Beth.

'Mam, Jessica was vannacht aan het slaapstalken.'

'Slaapwandelen bedoel je?' vroeg haar moeder.

'Nee. Slaapstálken. Ze sloop door mijn kamer en stalkte me terwijl ik lag te slapen.'

Jessica's ouders keken hun dochter verbaasd aan.

'Ik stalkte je niet,' zei Jessica. Ze groef met haar vork in de *huevos rancheros* – omelet met kaas – die haar vader had gemaakt, en wilde niets liever dan dat dit onderwerp met rust gelaten werd. Ze had moeten weten dat Beth over haar bezoek van die nacht zou vertellen.

Toen Jessica opkeek zat iedereen haar aan te staren. Ze haalde haar schouders op. 'Ik kon niet slapen en daarom liep ik naar Beth's kamer om te kijken of ze wakker was.'

'En een kleine toespraak te houden,' zei Beth.

Jessica voelde dat ze een kleur kreeg. Haar zusje wist instinctief altijd een manier te vinden om haar in grote verlegenheid te brengen. Beth wilde elk ongemakkelijk feit bespreken. Elk vervelend moment had absoluut háár commentaar nodig.

'Een toespraak?' vroeg haar vader. Hij zat aan de overkant van de tafel in een van zijn slaap-T-shirts. Het shirt was rijkelijk versierd met het logo van een of ander softwarebedrijf waar hij vroeger voor werkte. De ooit heldere kleuren waren vaal geworden. Zijn haar zat rommelig en hij had zich al een paar dagen niet geschoren.

Haar moeder at staande, gekleed voor haar werk in een mantelpak. De kraag van haar blouse leek oogverblindend wit in de zonnige keuken. In Chicago had ze zich nooit zo netjes aangekleed voor haar werk, maar Jessica nam aan dat ze probeerde indruk te maken op haar nieuwe bazen. Haar moeder had nooit eerder op zaterdag gewerkt. 'Waarom kon je niet slapen?'

Jessica besefte dat ze deze vraag niet naar waarheid kon beantwoorden. Voordat ze die ochtend onder de douche was gegaan, had ze gezien dat haar voetzolen bijna zwart waren geweest. Ze zagen eruit als de voeten van iemand die bijna twee kilometer op blote voeten over asfalt had gelopen. Haar handen hadden nog steeds vale rode tekenen in de palmen en ze had een blauwe plek op haar hand waar de glibber haar had gebeten.

Natuurlijk was er nog steeds de kans dat het allemaal een droom was geweest, compleet met slaapwandelen en slapend over hekken klimmen. Ze zou die mogelijkheid over een paar uur onderzoeken.

'Jessica?'

'O... sorry. Ik geloof dat ik een beetje moe ben. Ik heb steeds van die rare dromen sinds we verhuisd zijn. Ik word er wakker van.'

'Ik ook,' bromde haar vader.

'Ja, pap, maar jij komt niet mijn kamer binnen om een toespraak te houden,' zei Beth.

Alle drie keken ze vol verwachting naar Jessica. Beth glimlachte wreed.

Normaal gesproken zou Jessica een grap maken, of weglopen, wat dan ook, om elke vorm van verlegenheid te ontduiken. Maar ze had al gelogen waarom ze niet kon slapen. Ze besloot beter haar best te doen waar het de waarheid betrof.

'Ik bedacht alleen maar dat ik tegen Beth wilde zeggen,' mompelde ze aarzelend, 'dat ik wist dat ze verhuizen moeilijk vond. En dat ik er voor haar was.'

'Dat is zo stom,' zei Beth. 'Mam, zeg tegen Jessica dat ze niet zo stóm moet doen.'

Jessica voelde de vingers van haar moeder zachtjes op de achterkant van haar hoofd. 'Dat vind ik heel lief van je, Jessica.'

Beth maakte een geluid alsof ze moest overgeven en rende met haar ontbijt de keuken uit. Even later klonk vanuit de kamer het geluid van een tekenfilm.

'Dat was heel volwassen van je, Jess,' zei haar vader.

'Ik heb het niet gedaan omdat ik volwássen wilde doen.'

'Dat weet ik, Jessica,' zei haar moeder. 'Maar je hebt gelijk: Beth kan onze steun wel gebruiken. Blijf het proberen.'

Jessica haalde haar schouders op. Ze voelde zich nog steeds een beetje opgelaten. 'Natuurlijk.'

'Ik moet gaan,' zei haar moeder. 'Ik ga vanmiddag de windtunnel uitproberen.'

'Succes, mam.'

'Dag, schatten.'

'Tot vanavond,' zeiden Jessica en haar vader tegelijk. Zodra de voordeur dichtsloeg, namen ze hun ontbijt mee en liepen ze ook naar de woonkamer. Beth schoof voor Jessica een stukje opzij op de bank, maar ze zei geen woord.

Bij de eerste reclamepauze tussen de tekenfilms pakte Beth echter haar lege bord om het weg te brengen. Ze aarzelde en keek naar Jessica's bord.

'Klaar?'

Jessica keek op. 'Ja.'

Beth bukte zich en pakte Jess' bord, dat ze op het hare zette en droeg het rammelende stapeltje naar de keuken. Jessica en haar vader keken elkaar verbaasd aan.

Haar vader glimlachte. 'Stom zijn werkt soms, denk ik.'

Een uur later besloot Jessica's vader meneer Verantwoordelijk te zijn. Hij stond op, rekte zich uit en zette de tv uit. 'Dus jullie pakken de rest van jullie spullen vandaag uit?'

'Ja natuurlijk,' antwoordde Beth. 'We hebben de hele dag.'

'We moeten echt veel gedaan hebben voor mam thuiskomt,' zei haar vader.

'Eigenlijk,' zei Jess, 'moet ik naar een museum in de stad. Het Clovis Museum of zoiets. Voor huiswerk.'

'Heb je al huiswerk?' vroeg haar vader. 'In mijn tijd kreeg

je de eerste week geen huiswerk. Je hoefde er alleen maar te zijn en na een week begonnen ze pas weer huiswerk op te geven.'

'Dus er is niet zo veel voor je veranderd, of wel, pap?' vroeg Beth.

Haar vader slaakte weer een zucht. Hij ging niet meer zo vaak in discussie met Beth.

Jessica negeerde haar. 'Het is niet zo ver weg, papa. Ik ga er op de fiets heen.'

De straten en huizen van de vorige avond waren er nog steeds, en ook herkenbaar in het daglicht. Ze keek op haar horloge. Te laat komen zou niet gebeuren – ze had nog een uur om bij het Clovis Museum te komen.

Er spookten zo veel vragen door haar hoofd. Wat waren duisterlingen en glibbers en waar kwamen ze vandaan? Hoe had Dess de reuzenpanter weg kunnen jagen met een wieldop? Waarom had Jessica nog nooit de blauwe tijd gezien voor ze naar Bixby kwam? En hoe wisten Rex en zijn vrienden eigenlijk van al dit rare gedoe?

Jessica reed langzaam, en keerde terug naar de plek waar alles de vorige avond was gebeurd. Ze wilde de zaak reconstrueren. De rit van haar huis naar de straat waar ze de panter voor het eerst had gezien, was het vaagst in haar geheugen. Ze had het pad van de kat gevolgd, had dromerig rondgekeken, maar niets goed in zich opgenomen. Het bleek overigens gemakkelijk om de hoek te vinden waar Kerr and Division stond en van daaruit de plek waar de bevroren auto had gestaan.

Natuurlijk was de auto nu verdwenen. Jessica probeerde zich voor te stellen hoe hij plotseling in beweging was gekomen toen het heimelijke uur ten einde was. De chauffeur reed kalm de straat uit alsof er niets was gebeurd. Er waren geen sporen op straat te zien, geen verbrande wieldop, niets wees erop dat er hier, slechts elf uur geleden, een gevecht had plaatsgehad.

Van daaruit liep ze de route opnieuw, ze herinnerde zich maar al te goed waar ze heen had gerend toen de panter haar achtervolgde. Ze vond de smalle steeg en volgde die tot het hek waar ze overheen was geklommen om te ontsnappen. Jessica wilde nu, midden op de dag, niet weer over het hek klimmen en de gedachte dat ze in dat hoge gras moest staan maakte haar nog steeds zenuwachtig, dus reed ze naar de voorkant van het huis.

De oude wilg stak boven alle bomen uit, als een reusachtige parasol tegen de warme zon. Jessica stapte af en liep met haar fiets over het verwaarloosde gazon naar de boom toe. In het schemerdonker onder de wilg zag ze drie groeven in de stam, de sporen van de klauwen van de reuzenpanter.

Ze kreeg kippenvel toen ze met een trillende vinger langs een van de groeven ging. Hij was wel een paar centimeter diep en even breed als haar duim. Haar vinger plakte. Ze wreef een beetje boomvocht van haar vingers en besefte dat ze enorm geluk had gehad. Niet zíj, maar de boom had gebloed.

'Sorry,' zei ze zachtjes tegen de wilg.

'Hé!'

Jessica sprong op van schrik en keek om zich heen.

'Wat doe jij op mijn grasveldje?'

Ze zag een gezicht achter het raam van het bouwvallige huis, nauwelijks zichtbaar, omdat het zonlicht weerkaatst werd in het raam.

'Sorry,' riep ze. 'Ik keek even naar uw boom.' Oké, dacht ze, dát klonk stom.

Ze leidde haar fiets naar de hoofdstraat en sprong erop. Even later keek ze met een hand boven haar ogen om naar het raam. Het gezicht was verdwenen. Even later viel Jess' blik op een bord dat naast de deur hing. Op het bord was de ster met de dertien punten geschilderd. Dess had gelijk gehad: die borden hingen overal in Bixby.

Een oude vrouw kwam uit het huis. Ze had alleen maar een nachtponnetje aan, dat door de wind tegen haar tengere lichaam werd geblazen. Ze klemde iets tegen haar borst. Het was een lang, dun voorwerp dat zacht schitterde in de zon.

'Ga weg!' riep de vrouw met een harde stem die niet bij haar tengere lichaam paste.

'Oké, sorry!' Jessica fietste langzaam weg.

'En kom vanavond ook niet terug,' achtervolgde een laatste kreet haar door de straat.

Vanavond terúgkomen? vroeg Jessica zich af onder het fietsen. Wat bedoelde de oude vrouw daarmee?

Jessica schudde haar hoofd en keek op haar horloge. De groeven in de boomstam bewezen dat het heimelijke uur bestond. Ze moest het feit onder ogen zien dat íéts echt geprobeerd had haar te doden gisteravond. En ze moest erachter zien te komen hoe ze zichzelf moest beschermen voor de blauwe tijd weer aanbrak.

Jessica reed hard naar het centrum.

Ze had er een hekel aan om te laat te komen.

12 11.51 uur

PIJLPUNTEN

Terwijl ze dichter bij het centrum van Bixby kwamen, voelde Rex dat de auto vaart minderde. Hij keek naar Melissa. Haar handen lagen om het stuur.

'Het is goed, cowgirl,' mompelde hij. Hij probeerde aan rustgevende dingen te denken en hoopte dat dat hielp.

Er was geen echte binnenstad, zoals in Tulsa of Dallas, alleen maar een klein aantal gebouwen van vijf en zes verdiepingen, waaronder het gemeentehuis, de bibliotheek en een paar kantoren. Op zaterdag werd er niet gewerkt. Er zouden maar weinig mensen zijn in de dure winkels in de hoofdstraat. En bij de gerestaureerde bioscoop uit de jaren vijftig van de vorige eeuw zou een rij mensen staan voor de eerste voorstellingen. Dat was het zo ongeveer.

Maar druk of niet, de binnenstad van Bixby was omgeven door nieuwbouwprojecten. Terwijl ze verder naar het centrum reden, reden ze door het dichtstbevolkte gebied van de stad. Het was nauwelijks zo erg als school, maar Melissa had altijd een minuutje nodig om zich aan te passen aan het opeengestapelde gewicht van die geesten.

Algauw ontspanden haar handen zich en waren haar knokkels niet meer wit.

Rex haalde diep adem en leunde naar achteren in zijn stoel. Hij staarde uit het raam en deed zijn bril af om naar tekenen te zoeken.

Die waren er zeker. Een heleboel.

Meestal was het redelijk schoon, zo ver weg van de woestenij. Met zijn bril af zou de stad één grote, geruststellende wazige vlek zijn geweest. Maar Rex zag overal sporen: een huis dat scherp afstak bij de huizen ernaast, een straatnaambordje dat hij gemakkelijk kon lezen zonder bril, een glad pad over de weg dat glansde. De scherpe randen die de aanraking van onmenselijke handen verrieden.

Of klauwen, of kronkelende buiken.

De tekenen van middernacht waren hier, waar ze niet behoorden te zijn. Ze kropen dichter naar de heldere lichtjes van het centrum. Rex vroeg zich af wat de duisterlingen en hun vrienden zouden doen. Zochten ze hun grenzen? Groeiden ze in aantal? Hadden ze opeens belangstelling voor de mensheid?

Of waren ze naar iets op zoek?

'Wat denk je dat ze is, Rex?' vroeg Dess vanaf de achterbank.

'Qua talenten?' Hij haalde zijn schouders op. 'Dat kan van alles zijn. Ze zou weer iemand kunnen zijn met veelzijdige kennis.'

'Nee,' zei Dess. 'Ik heb trigonometrie met haar, weet je nog? Ze is hopeloos. Sanchez moest deze week drie keer de berekening van radialen uitleggen.

Rex vroeg zich af wat radialen waren. 'Trigonometrie maakt niet echt deel uit van de oude kennis, Dess.'

'Maar op een dag zal dat wel zo zijn,' zei Dess. 'Op een of ander moment raakt het rekenen zijn energie kwijt. Net als vulkanisch glas.'

'Maar dat zal nog heel lang duren,' antwoordde Rex. Dat hoopte hij in elk geval. Van driehoeksmeting begreep hij ook niet veel. 'Hoe dan ook is Jessica nog maar pas hier. Ze heeft misschien een poosje nodig om erachter te komen wat haar talent is.'

'Kom op,' zei Dess. 'Jullie ontdekten mij toen ik elf was, weet je nog? In die tijd lieten mijn ouders hun belastingpapieren door mij invullen. Jessica is vijftien en ze is niet goed in trigonometrie op middelbareschoolniveau? Dan is ze geen rekenwonder.'

'Maar ze is ook geen geestlezer,' zei Melissa.

Rex keek naar zijn goede vriendin. In tegenstelling tot het wazige dashboard en de passerende achtergrond was Melissa's gezicht volledig op middernachtelijke scherpte. Haar gezichtsuitdrukking was grimmig en haar handen klemden zich opnieuw om het stuur alsof de oude Ford een buslading vechtende vijfjarigen probeerde te passeren.

'Waarschijnlijk niet,' zei hij mild.

'Absolúút niet. Ik zou het kunnen proeven als dat zo was.'

Rex zuchtte. 'Het heeft geen zin om daar nu ruzie over te maken. We komen er gauw genoeg achter wat ze is. Wat mij betreft zou ze een helderziende kunnen zijn.'

'Hé, Rex, wie weet is ze wel acrobate,' zei Dess.

'Ja, een goede vervangster,' sloot Melissa zich aan. Rex keek haar boos aan. Toen deed hij zijn bril weer op. Melissa's gezicht werd een beetje wazig terwijl de rest van de wereld scherper werd. Hij draaide zijn hoofd opzij en staarde naar buiten.

'We hebben geen acrobaat nodig.'

'Natuurlijk niet, Rex,' zei Dess. 'Maar zou een volledig stel talenten niet beter zijn?'

Hij haalde zijn schouders op en hapte niet toe.

'Verzamel ze allemaal,' voegde Melissa eraan toe.

'Luister,' zei Rex scherp, 'er zijn veel meer talenten dan de vier die wij hebben gezien. Ik heb er een heleboel over gelezen en het gaat ver terug, tot aan de Splitsing. Ze zou van alles kunnen zijn.'

'Ze zou ook niets kunnen zijn,' zei Melissa.

Rex haalde weer zijn schouders op en zei geen woord meer tot ze bij het museum waren.

Het Museum voor Opgravingen uit de Clovisperiode was een lang, laag gebouw. Het grootste gedeelte bevond zich ondergronds, in de koele, donkere bescherming van de rode Oklahomaklei. Met zijn enkele rij kleine ramen vond Rex het er uitzien als een van die bunkers waar raketgeleerden in wegdoken als ze een of ander nieuw geleid projectiel wilden testen dat misschien zou kunnen ontploffen op het lanceerplatform.

Dit was het eerste weekend van het nieuwe schooljaar en dus was de parkeerplaats bijna leeg. Later op de dag zouden er misschien een paar toeristen binnendruppelen en over een maand of zo zouden de schoolreisjes beginnen. Alle studenten binnen een straal van 150 kilometer rond Bixby bezochten het museum minstens drie keer in hun hele schooltijd. Toen ze in groep zeven van de basisschool zaten, waren Melissa en Rex voor het eerst naar het museum gegaan en was het proces van het ontdekken wie en wat ze waren, begonnen.

Anita zat niet achter de balie. De vrouw die er zat, was nieuw en keek achterdochtig op toen de drie binnenkwamen.

'Kan ik jullie helpen?'

Rex stak een hand in zijn zak. Hij hoopte dat hij zijn museumkortingskaart bij zich had. Hij vond hem na een benauwd moment. 'Drie alstublieft.'

De vrouw nam de verkreukte kaart van hem aan en bekeek die van dichtbij met een opgetrokken wenkbrauw. De gebruikelijke stilte viel, terwijl ze hen van top tot teen bekeek. Haar ogen registreerden de zwarte jas en de kleren van het meisje. Intussen probeerde de vrouw een reden te bedenken om hen niet toe te laten.

'Dit jaar nog,' zei Dess.

'Pardon?'

'Ze zei dat de kaart dit jaar nog geldig is, mevrouw,' legde Rex uit.

De vrouw knikte met getuite lippen, alsof al haar verdenkingen bevestigd waren en zei: 'O. Ik zie het.'

Ze drukte op een knop en drie kaartjes kwamen uit een gleuf in de balie. 'Maar voorzichtig, horen jullie?'

Dess griste de tickets van de balie en wilde iets zeggen, maar een oudere man in een tweedpak kwam door een deur voor het personeel achter de balie de receptie binnen.

'Ha, daar heb je de Pijlpunten,' zei dr. Anton Sherwood grinnikend.

Rex voelde dat de spanning van hem afgleed. Hij grijnsde naar de directeur van het museum. 'Leuk om u te zien, meneer Sherwood.'

'Heb je nog iets voor me vandaag, Rex?'

Rex schudde zijn hoofd en genoot even van de verwarring op het gezicht van de vrouw achter de balie. 'Sorry, we zijn hier maar voor een kort bezoek. Is er iets nieuws wat we moeten zien?'

'Mmm. We kregen een nieuwe tweekoppige pijlpunt binnen uit Cactus Hill, Virginia. Hij ziet eruit als een geschikte kandidaat voor de link met de laat-paleolithische cultuur, het Solutréen. Hij is te bezichtigen in de pre-Cloviskast op deze verdieping. Laat me weten wat je ervan vindt.'

'Graag,' zei Rex. Hij glimlachte beleefd tegen de verbijsterde vrouw achter de balie en liep met Dess en Melissa het museum in.

'Gewonnen, Rex!' zei Dess zachtjes. Zelfs Melissa glimlachte. Rex stond zichzelf even een moment van trots toe. In elk geval pestten zijn twee vriendinnen hem niet meer met acrobaten.

De zachte verlichting van het museum omhulde hen. Het was een opluchting na de verblindende zon van 12.00 uur 's middags. Rex ademde de koele, geruststellende geur in van blootliggende rode klei. Een muur van het museum was weggehaald zodat de oorspronkelijke Bixby-opgravingen te zien waren. De wandelpaden hingen een halve meter boven de rulle aarde. In de uitgegraven muur van harde klei staken gereedschappen van been, fossiele houten werktuigen, splinters van lavaglas in de vorm van pijlpunten en het skelet van een sabeltandtijger. SABELTANDTIJGER stond er op het kaartje. Rex en meneer Sherwood verschilden van mening over wat het precies voor een beest was geweest.)

Terwijl ze naar de helling liepen die naar de onderste verdiepingen leidde, keek Rex op zijn horloge. Het was een paar minuten over twaalf; Jessica was er misschien al. Maar onderweg bleef hij even staan en keek snel in een glazen vitrine met voorwerpen die gevonden waren vóór de tijd van Clovis. De vitrine lag vol met ruwe pijlpunten, variërend in lengte van 1 tot 10 centimeter. Sommige waren lang en dun, andere breed en nauwelijks puntig, als de onderkant van een schop. De meeste waren eerder speerpunten dan echte pijlpunten. De makers hadden er werpschachten aan bevestigd, maar het hout was twaalfduizend jaar geleden weggerot.

De nieuwe pijlpunt viel onmiddellijk op. Hij was bijna zestien centimeter lang, zo dun als papier en had de vorm van een smal boomblad. Hij was bewerkt door een hamer, die gemaakt was van zachte steen, en was waarschijnlijk gemaakt door een vakman.

Rex schoof zijn bril hoger op zijn neus en de pas gevonden tweekoppige pijlpunt werd wazig; hij had absoluut geen scherpte. Rex' gezicht betrok. Teleurgesteld liep hij verder naar beneden. Tot nu toe had hij niets van buiten Bixby gezien dat tekenen droeg van de blauwe tijd.

Waren hij en zijn vrienden dan de enigen op de hele wereld?

Jessica Day was er al. Ze was op de onderste verdieping en bekeek geconcentreerd een model van een jacht op mastodonten. Kleine figuren uit het stenen tijdperk omringden het logge dier en wierpen van alle kanten speren in zijn dikke huid. Een van de mannetjes dreigde doorboord te worden door een lange, gekromde slagtand.

'Behoorlijk dapper, of niet?' zei Rex.

Jessica schrok. Ze had hen blijkbaar niet horen aankomen. Ze herstelde zich en haalde haar schouders op.

'Ik geef hem een kans van één op twintig dat het goed afloopt.'

'Een op negentien,' zei Dess. Jessica trok een wenkbrauw op.

Dit gaat al goed, dacht Rex. Hij had een hele toespraak klaar in zijn hoofd. Hij had hem een paar maal gerepeteerd voor hij de vorige avond ging slapen.

Maar Jessica zag er doodmoe uit. Aan haar ogen, die met zijn bril op al wazig leken, was duidelijk te zien dat ze een nacht met weinig slaap achter de rug had. Hij besloot geen verhaal af te steken.

'Je moet een heleboel vragen hebben,' zei hij.

'Inderdaad.'

'Deze kant uit.'

Ze namen Jessica mee naar een groepje tafeltjes tegen de muur. Hier aten groepen scholieren tijdens hun bezoek aan het museum hun boterhammen op. De vier gingen zitten. Dess leunde gevaarlijk ver naar achteren op haar plastic stoel.

'Kom maar op met je vragen,' zei Rex. Hij legde zijn armen op tafel en vouwde zijn handen.

Jessica haalde diep adem, alsof ze iets wilde gaan zeggen, maar toen kreeg haar gezicht een hulpeloze uitdrukking. Rex zag het zelfs met zijn bril op. Het was de blik van iemand die zo veel vragen had dat ze niet wist waar ze moest beginnen. Rex dwong zichzelf geduldig te zijn, terwijl Jessica haar gedachten ordende.

'Een wíéldop?' flapte ze er ten slotte uit.

Rex glimlachte.

'Niet zomaar een wieldop,' zei Dess. 'Het was er een van een Mercury uit 1967.'

'Is 1967 een veelvoud van dertien?' vroeg Rex.

'Niet bepaald,' zei Dess spottend. 'Maar in die tijd maakten ze wieldoppen van echt staal. En niet van die aluminium troep.

'Time-out!' riep Jessica.

'Sorry,' zei Rex schaapachtig. 'Leg het uit, Dess, maar hou het simpel.'

Dess wees op de ketting die ze om haar hals droeg. Aan de ketting bungelde een ster met dertien punten. In de schemerige verlichting van het museum ving de ster het licht van de spotjes die op de tentoongestelde spullen schenen. Hij schitterde alsof hij zelf licht gaf.

'Ken je deze ster?'

'Ja, ik heb ze overal in Bixby zien hangen sinds jij me erover verteld hebt.'

'Nou,' zei Dess, 'deze ketting is Duisterlingen Bescherming 101. Er zijn drie dingen waar de duisterlingen niet van houden. Een daarvan is staal.' Ze tikte met een vingernagel op de ster. Het maakte een kort, tinkelend geluid. 'Hoe nieuwer een metaal is, hoe banger de duisterlingen ervoor zijn.'

'Staal,' zei Jessica zachtjes tegen zichzelf, alsof dat woord een speciale betekenis had.

'In feite zijn duisterlingen heel oud,' ging Dess verder. 'En, zoals een heleboel oude mensen, houden ze niet van spullen die sinds hun geboorte veranderd zijn.'

'Ze waren vroeger bang voor gehouwen steen,' zei Rex, 'daarna voor gesmeed metaal: zoals brons en ijzer. Maar daar zijn ze langzamerhand aan gewend geraakt. Staal is nieuwer.'

'Bestaat staal dan nog niet zo lang?' vroeg Jessica. 'Zoals zwaarden en zo?'

'Jawel, maar we hebben het over roestvrij staal, een moderne uitvinding,' zei Dess. 'Natuurlijk zou ik het geweldig vinden als ik op een keer mijn handen kan leggen op elektrolytisch titanium of...'

'Oké,' viel Jessica haar in de rede. 'Ze houden dus niet van nieuwe metalen.'

'Vooral niet van legeringen, oftewel metaalmengsels,' zei Dess. 'Goud en zilver zijn elementen. Ze komen regelrecht uit de grond. Daar zijn duisterlingen totaal niet bang voor.'

'Maar ze zijn bang van legeringen. Dus konden ze niet door iets heen wat gemaakt was van staal?' vroeg Jessica.

'Zo simpel ligt het niet,' zei Dess. 'Het tweede waar duisterlingen bang voor zijn is... wiskunde.'

'Wískunde?'

'Nou ja, een speciaal soort wiskunde,' legde Dess uit. 'Er zijn bepaalde cijfers en patronen en verhoudingen waar ze van nature doodsbang voor zijn.'

De uitdrukking op Jessica's gezicht bleef ongelovig.

Rex was hierop voorbereid. 'Jess, heb je weleens gehoord van epilepsie?'

'Eh... natuurlijk. Het is toch een ziekte? Je valt neer en je krijgt schuim op je mond.'

'En je bijt je eigen tong af,' voegde Dess eraan toe.

'Het heeft met je hersenen te maken,' zei Rex. 'De aanval wordt meestal veroorzaakt door knipperend licht.'

'Het doet er niet toe hoe sterk of hoe fit je bent,' zei Dess. 'Je ziet een licht dat knippert en je bent opeens hulpeloos. Zoals Superman en kryptoniet. Maar het punt is dat het licht op een bepaalde snelheid moet knipperen. Cijfers werken zo op de duisterlingen.'

'En heeft Bixby daarom iets met dertien?' vroeg Jessica.

'Precies. Gegarandeerde bescherming tegen duisterlingen en hun vriendjes. Iets in dat getal maakt ze volslagen krankzinnig. Ze kunnen symbolen die dertien betekenen of groepen van dertien dingen niet uitstaan. Ze worden zelfs gek van woorden van dertien letters.'

Jessica floot zachtjes. 'Psychologisch.'

'Ja, dat is een goeie!' zei Dess. 'Ik gaf die oude wieldop dus een naam van dertien letters, Hypochondrist, en de gekke kat is verbrand.'

Jessica knikte.

'Denk eraan dat je altijd een nieuw tridealogisme in je hoofd houdt.'

'Een nieuw wát?'

'Tridealogisme is een dertienletterig woord dat betekent:

een woord van dertien letters,' zei Dess. Ze grinnikte opgewekt. 'En als je een tridealogisme gebruikt op een duisterling, zorg er dan voor dat je de volgende avond een nieuw woord van dertien letters hebt.'

'Ja! Want ze wennen sneller aan woorden dan aan metalen,' zei Rex.

'En wie weet zijn ze op een dag gewend geraakt aan het cijfer dertien,' ging Dess verder. 'Dan zullen we moeten zoeken naar woorden van negenendertig letters.'

Rex kromp ineen bij het idee. 'Maar dat zal niet zo gauw gebeuren.'

'Dus ik hoef alleen maar een stuk metaal met een naam van dertien letters bij me te dragen?' vroeg Jessica. Er klonk ongeloof in haar stem. 'En dan ben ik veilig?'

'Nou, er zijn nog een heleboel dingen,' zei Dess. 'Onder andere: het metaal moet schoon zijn.'

'Wat? Zijn ze ook bang voor zeep?'

'Niet dat soort schoon,' zei Rex. 'Met "schoon" bedoelen we hier dat het metaal niet aangeraakt mag zijn door middernacht. Weet je, als iets uit de daglichtwereld wordt verstoord in de blauwe tijd, wordt het een deel van hun wereld. Dan verandert het voor altijd.'

'Maar hoe weet je of iets schoon is?'

Rex haalde diep adem. Het werd tijd dat hij het van Dess overnam. 'Was je niet verbaasd hoe wij wisten dat je een middernachter was, Jessica?'

Ze dacht even na en slaakte verslagen een diepe zucht. 'Ik heb me over zo veel verbaasd de laatste paar dagen. Maar Dess scheen iets te weten vanaf het moment dat we elkaar ontmoetten. Ik dacht alleen maar dat ze paranormaal begaafd was.'

Melissa snoof zachtjes. Ze trommelde met haar vingers met haar muziek mee.

'Als dingen zijn veranderd door het heimelijke uur, zien ze er anders uit. Voor mij in elk geval. En jij bent een middernachter, dus zie je er voor mij anders uit, altijd. Je maakt van nature deel uit van die wereld.' Rex deed zijn bril af.

Jessica's gezicht werd haarscherp voor hem. Rex zag de kringen van vermoeidheid onder haar ogen, maar ook haar alerte, vragende uitdrukking, klaar om in zich op te nemen wat ze haar ook maar konden vertellen.

'Ik kan ook de sporen lezen die door andere middernachters zijn achtergelaten. In heel Bixby zijn die sporen te vinden. Daartussen zit er een aantal dat duizenden jaren geleden al werd achtergelaten.'

Jessica keek hem nadenkend aan en vroeg zich misschien af of hij gek was. 'En alleen jij kunt ze zien?'

'Tot nu toe.' Hij slikte. 'Kunnen we iets anders proberen, Jessica?'

'Natuurlijk.'

Hij bracht haar naar een vitrinekast. Onder het glas lag een verzameling Clovispijlpunten, allemaal uit Bixby en omgeving en allemaal ongeveer tienduizend jaar oud. Hoewel het kaartje het niet vermeldde, was een van de pijlpunten afkomstig uit de ribbenkast van het geraamte van de sabeltandtijger dat vastzat op de muur. De rest was gevonden in heel oude velden waar rondtrekkende groepen mensen hun tenten opsloegen, in grafheuvels en in de Slangenkuil. Met zijn bril af kon Rex onmiddellijk het verschil zien.

Die ene speerpunt viel op door zijn brandende helderheid, elk facet zo duidelijk dat hij vóór zich zag hoe de oeroude hamer elk stuk steen eraf had gehakt. De scherpte zat nog steeds aan dit stuk grauw, vulkanisch glas van duizenden jaren oud, en vanaf het moment dat hij het voor het eerst zag, had Rex instinctief geweten dat hij het hart van het beest op de muur had doorboord.

Deze punt had een duisterling gedood.

Zonder bril op zag Rex ook subtiele verschillen in de manier waarop de pijlpunt met de hand was gemaakt. De groef waar ooit de schacht was vastgemaakt, was dieper en steviger, de rand veel scherper. Tienduizend jaar geleden was deze speerpunt een stukje technisch vernuft, zijn tijd even ver vooruit als een of andere futuristische straaljager. Hij was dan wel gemaakt van steen, maar hij was het elektrolytisch titanium van zijn tijd.

'Valt je iets op aan een van deze speerpunten?' vroeg hij.

Jessica keek aandachtig naar de punten, haar wenkbrauwen gefronst door concentratie. Rex merkte dat hij zijn adem inhield. De afgelopen nacht had hij zichzelf toegestaan zich af te vragen hoe het zou zijn als Jessica ook helderziende was, nog iemand die de tekenen kon zien en uitleggen. Dan zou Rex in elk geval iemand hebben om hem te helpen zoeken naar de eindeloze bronnen van middernachterkennis, om interpretaties te vergelijken van verwarrende en tegenstrijdige verhalen en om met hem mee te lezen.

Iemand met wie hij de verantwoordelijkheid kon delen als er dingen verkeerd gingen.

'Deze is iets anders.'

Jessica wees naar een graaftroffel, een stomp stuk gereedschap dat helemaal geen speerpunt was. Rex zuchtte diep. Hij wilde zijn teleurstelling niet laten blijken.

'Ja, die is anders. Ze gebruikten hem om wortelgroenten mee uit te graven.'

'Wortelgroenten?'

'Mensen uit het stenen tijdperk waren grote liefhebbers van de yamwortel.' Hij zette zijn bril weer op.

'Maar daarom heb je me niet mee hierheen genomen, of wel?'

'Nee,' gaf hij toe. 'Ik wilde weten of je iets kon zien.'

'Je bedoelt het heimelijke uur zien, zoals jij dat kunt?'

Rex knikte. 'Ik kan zien welke van deze speerpunten een duisterling heeft gedood. De aanraking is nog steeds zichtbaar. Ik kan het zien.'

Jessica staarde in de vitrinekast en fronste haar wenkbrauwen. 'Misschien is er écht iets mis met mijn ogen.'

'Nee, Jessica. Verschillende middernachters hebben verschillende talenten. We weten alleen nog niet wat jouw talent is.'

Het meisje haalde haar schouders op en wees toen: 'Dat is het skelet van een duisterling daarboven, of niet?'

Hij was even verbaasd en knikte toen. Hij besefte dat ze zo'n schepsel in het echt had gezien.

'Wauw. Dus deze dingen bestonden tienduizend jaar geleden al,' zei ze. 'Zouden ze dan intussen niet uitgestorven moeten zijn of zo? Zoals dinosaurussen?'

'Niet in Bixby.'

Ze trok een wenkbrauw op. 'Rex, er zijn toch geen dinosaurussen in Bixby, of wel?'

Hij moest even glimlachen. 'Ik heb ze niet gezien, nee.'

'Nou dat is dan in elk geval iets.'

Rex nam haar stilletjes mee terug naar de tafel. Het zou alles hebben kunnen veranderen als was gebleken dat Jessica helderziend was. Hij slikte, kon even niets zeggen, maar merkte toen dat een deel van de toespraak van de vorige avond hem voor op de tong lag.

'Duisterlingen waren bijna uitgestorven, Jessica, maar ze lieten het niet zo ver komen. In plaats daarvan verborgen ze zich in de blauwe tijd. Het is lang geleden dat ze met ons op aarde leefden.'

'Dat moet eng geweest zijn, als je vierentwintig uur per etmaal, zeven dagen per week door die dingen achterna werd gezeten.'

'Vijfentwintig uur per etmaal, zeven dagen per week,' verbeterde Rex haar. 'Mensen stonden in die tijd niet bovenaan de voedselketen. De mens moest het opnemen tegen tijgers en beren en grimmige wolven. Maar de duisterlingen waren het ergst. Ze waren niet alleen sterker en sneller, maar ze waren ook slimmer dan wij. We konden eeuwenlang niets tegen ze beginnen.'

Ze gingen weer aan de tafel zitten. De duisternis in deze ongebruikte hoek van het museum omringde hen. Melissa keek op naar Rex. De uitdrukking op haar gezicht liet zien dat ze zijn teleurstelling voelde.

'Hoe heeft de mens het overleefd?' vroeg Jessica.

Dess leunde naar voren. 'De duisterlingen zijn plunderaars, Jessica. Ze wilden de menselijke wezens niet vernietigen, ze wilden alleen eten tot hun honger gestild was.'

Jessica huiverde. 'Wat een nachtmerrie.'

'Precies,' zei Rex. Een kleine groep toeristen kwam naar beneden en hij zei iets zachter: 'Stel je voor dat je je elke avond zit af te vragen of ze zouden komen, op zoek naar eten. Stel je voor dat er geen manier is om ze tegen te houden. Zij waren de oorspronkelijke nachtmerries, Jessica. Elk monster in de folklore, elk mythologisch monster, zelfs onze instinctieve angst voor het donker, al deze dingen zijn gebaseerd op oude herinneringen aan duisterlingen.'

De ogen van Dess vernauwden toen ze zich naar Jessica boog. Ze zei zachtjes: 'Niet alle duisterlingen zien er als panters uit, Jessica. Je hebt de échte griezels nog niet ontmoet.'

'O, geweldig,' zei Jessica. 'En ze leven nu allemaal in Bixby?'

'Dat weten we niet zeker,' antwoordde Dess. 'Maar Bixby is de enige plaats met het heimelijke uur die wij kennen. Zelfs in Tulsa, dertig kilometer hiervandaan, bestaat geen blauwe tijd.

'Om de een of andere reden is Bixby speciaal,' zei Rex.

'Geweldig,' herhaalde Jessica spottend. 'Mijn moeder maakte dus geen grap toen ze zei dat er voor de verhuizing hierheen een paar aanpassingen nodig waren.'

Ze zakte in elkaar in haar stoel.

Rex probeerde zich de rode draad in zijn toespraak te herinneren. 'Maar vergeet niet dat wij mensen wonnen. Langzamerhand ontdekten we manieren om onszelf te beschermen. Het bleek dat nieuwe ideeën de duisterlingen bang maakten.'

'Ideeën? Ideeën die dát ding bang maakten?' Ze keek naar het geraamte van de duisterling.

'Nieuwe materialen zoals gesmeed metaal en legeringen,' zei Dess. 'En nieuwe concepten zoals wiskunde. Bovendien waren duisterlingen altijd bang voor het licht.'

'Vuur was de eerste verdediging,' zei Rex. 'Ze hebben er nooit aan kunnen wennen.'

'Nou, dat is een opluchting,' zei Jessica. 'Ik zal ervoor zorgen dat ik in het volgende heimelijke uur een vlammenwerper bij me heb.'

Dess schudde haar hoofd. 'Dat helpt niet. Vuur, elektronisch spul, motoren van auto's, geen van die technologieën werkt in het heimelijke uur. Denk je dat we gisteravond alleen maar voor de lol half Bixby door fietsten?'

'Daarom is de blauwe tijd gemaakt,' zei Rex. Een paar duizend jaar geleden, toen de duisterlingen het diepste woud in werden gejaagd door stalen wapens en vuur, maakten ze een toevluchtsoord voor zichzelf.'

'Máákten ze de blauwe tijd dan?' vroeg Jessica.

Rex knikte. 'De overlevering zegt dat ze een uur van de dag pikten en het in elkaar propten tot één ogenblik, zodat de mensen dat uur niet meer konden zien.'

Jessica zei zachtjes: 'Behalve degenen die precies op dat moment werden geboren.'

'Precies,' zei Dess. 'Het moet sommige mensen overkomen, weet je. Er zitten maar zoveel seconden in een dag.'

Dess keek Jessica vol verwachtingsvol aan.

'Wat?' vroeg Jess.

Rex zuchtte. 'Ze wil dat je tegen haar zegt hoeveel seconden er in een dag zitten.'

Jessica haalde haar schouders op. 'Een heleboel?'

'Zestig seconden per minuut,' zei Dess. 'Zestig minuten per uur. Vierentwintig uur per dag.'

'Dat moet zijn...' Jessica keek geconcentreerd naar het plafond. 'Een héleboel!'

'Zesentachtigduizend vierhonderd seconden,' zei Dess zachtjes. 'Ik dacht dat je misschien heel goed in rekenen en wiskunde was. Je volgt toch trigonometrie?'

Jessica snoof. 'Dat was een idee van mijn moeder. Toen we van school veranderden, besloot ze om mij te gaan promoten als onbegrepen genie.'

'Pech gehad,' zei Dess. Ze keek Rex aan en haalde haar schouders op.

Melissa giechelde weer en zong zachtjes mee met de muziek in haar koptelefoon. Rex verstond het nauwelijks:

'*Tastes like... vanilla.*'

13 23.55 uur
ACROBAAT

Vorig jaar was er op de Openbare School 141 in de biologieles een echt smerig experiment gedaan...

Jessica's klas had twee groepen platwormen in terraria grootgebracht. De terraria waren eigenlijk aquaria, maar gevuld met modder in plaats van water. En platwormen waren echt plat, met kleine driehoekige kopjes die leken op de speerpunten waarop Rex zo dol was. Ze hadden twee kleine vlekjes in hun kop die eruitzagen als ogen. Het waren echter geen ogen. Maar ze konden wel licht opsporen.

In het ene terrarium legde de klas altijd het voer in dezelfde hoek, onder een lampje dat ze aanknipten rond etenstijd. Het lampje was als een uithangbord bij een restaurant: 'Kom binnen. We zijn open.'

In het andere terrarium strooide de klas het eten willekeurig uit over de modder.

De platwormen in het eerste terrarium waren niet dom. Algauw begrepen ze wat het licht betekende. Je kon een flitslicht aan elke kant van het terrarium laten schijnen en de wormen kwamen zoeken naar eten. Ze volgden zelfs het licht in cirkels, voor als je dol was op wormwedstrijden.

Toen kwam, zoals in elke biologiewerkgroep, de tijd voor het vieze deel. De groep gebruikte het flitslicht als aas en verzamelde alle slimme wormen die van licht hielden uit het eerste terrarium. Mevrouw Hardaway, de lerares biologie, legde ze in een schaal en maakte er een soort wormpulp van. Niemand werd gedwongen te kijken, maar een paar leerlingen deden het wel. Jessica niet.

En alsof dat nog niet smerig genoeg was, gaf mevrouw Hardaway de geplette wormen aan de andere slimme wormen. Blijkbaar aten platwormen alles, zelfs hun eigen soort.

De volgende dag kwam de groep weer bij elkaar en voor de allereerste keer liet mevrouw Hardaway de flitslichten in het tweede terrarium schijnen. Ze liet Jessica de lampen aandoen. Een voor een staken de wormen hun platte kopjes op, hongerig als ze waren. Ze wisten van het licht door de wormen te eten uit het andere terrarium, alsof je Frans kon leren door Franse frietjes te eten, behalve dan dat dit heel, héél smerig was.

Vanavond zat Jessica Day, omringd door onuitgepakte dozen, op haar bed te wachten op middernacht. Ze had de nasmaak van middernachters in haar mond.

Rex en Dess hadden haar urenlang in het museum gehouden en haar hoofd volgepropt met alles wat ze wisten over de duisterlingen, de blauwe tijd, middernachters en hun talenten en de geheime geschiedenis van Bixby, Oklahoma. Ze hadden een gigantische hoeveelheid herinneringen van buitengewone ervaringen en ongelooflijke ontdekkingen opgehaald en die allemaal als één enorme maaltijd opgediend. En natuurlijk had Jessica geen andere keuze dan alles op te eten. Het heimelijke uur was gevaarlijk. Wat ze niet wist, zou levensbedreigend kunnen zijn.

Uiteindelijk had zelfs Melissa haar oortjes uitgedaan om mee te doen. Ze had haar eigen vreemde talent uitgelegd. Het bleek dat zij, niet Dess, de helderziende – een échte helderziende, niet de psychologische soort – was, maar op een manier die afschuwelijk klonk. Ze had het beschreven als het verblijven in een kamer met vijftig radio's die allemaal hard aanstonden, maar allemaal op een andere zender waren afgestemd. En Rex had Jessica gewaarschuwd Melissa niet aan te raken; lijfelijk contact draaide het volume veel te hoog op.

Geen wonder dat Melissa zo'n leuke meid was.

Terwijl Jessica keek hoe de wijzers van de klok de resterende minuten traag wegtikten, legde ze een hand op haar onrustige maag. Ze had hetzelfde gevoel dat ze ook altijd kreeg voor een schooltoets. En dit was geen gemakkelijke toets. Hij omvatte wiskunde, mythologie, metallurgie, natuurkunde en oude geschiedenis. En een enkele vraag verkeerd beantwoorden zou kunnen betekenen dat ze zelf voer voor de wormen zou worden.

De dag was waarschijnlijk veel leuker geweest voor Rex, Dess en Melissa. Jarenlang hadden de drie een hele wereld geheimgehouden. Ze hadden alleen het hoofd moeten bieden aan de verschrikkingen en de genoegens van middernacht. En daarom waren ze zo blij geweest ze te delen met een nieuwkomer.

Jessica wilde dat ze zich meer kon herinneren van wat ze hadden gezegd. Na de eerste drie uur was haar slapeloze nacht zijn tol gaan opeisen. Hun stemmen waren veranderd in meerstemmig gedreun. Ten slotte zei ze dat ze naar huis ging.

Ze was stomverbaasd hoe snel een nieuwe en geheimzinnige wereld kon veranderen van absoluut ongelooflijk tot volledig ondraaglijk.

Ze was net op tijd thuis voor het eten. Jessica zag dat haar moeder op het punt stond tegen haar uit te varen over de onuitgepakte dozen. Maar een blik op het dodelijk vermoeide gezicht van haar dochter en haar moeder schakelde onmiddellijk terug naar een lagere versnelling.

'O, schat. Je hebt zeker de hele dag huiswerk zitten maken? Mijn schuld, omdat ik je lessen op het hoogste niveau laat volgen, of niet?'

Jessica had niet de moeite genomen om te protesteren. Ze had slaperig zitten eten en was daarna meteen naar bed gegaan. Maar ze had haar wekker op halftwaalf gezet. Vanavond wilde ze klaarwakker zijn en aangekleed als de blauwe tijd kwam.

Hoewel ze zich maar de helft kon herinneren van wat de andere middernachters geprobeerd hadden haar te leren, was ze de belangrijke dingen niet vergeten. Jessica had nu drie nieuwe wapens: Kostelijkheid, Schranderheid en Omzichtigheid, en dat waren een rol kabel, een lange schroef en de gebroken antenne van een autoradio. De voorwerpen zagen er niet uit en Dess had gezegd dat niets zo geweldig was als de machtige Hypochondrist, maar ze had gegarandeerd dat de drie dingen een duisterling in vuur en vlam zouden zetten, of in elk geval zouden zorgen voor een show met schitterend blauw vuurwerk. Jessica had ook een paar ontwerpen geleend van Dess om haar eigen vallen te maken. Haar slaapkamer was nu glibberproof.

Bovendien zou ze onder geen enkele voorwaarde vannacht nog naar buiten gaan.

De andere drie middernachters waren op weg naar wat Rex een 'overleveringsplek' had genoemd. Blijkbaar waren er middernachters in Bixby geweest zo lang als er een heimelijke uur had bestaan. Sommigen waren hier geboren en anderen, zoals Jessica, waren de stad binnengekomen.

Generaties helderzienden als Rex hadden langzaam kennis verzameld over de blauwe tijd en de duisterlingen, en hun ontdekkingen daar opgetekend waar alleen andere helderzienden ze konden vinden. In de onveranderde woestenij waren reusachtige, oude rotsen gemerkt met onzichtbare, oude lettertekens die de oude verhalen vertelden.

Rex zei dat hij zou blijven zoeken tot hij erachter was waarom de duisterlingen zoveel belangstelling hadden voor Jessica. 'Maar misschien was het maar toeval gisteravond,' zei hij. Het klonk niet overtuigd.

'Misschien vinden ze je gewoon lekker,' had Melissa gezegd, terwijl ze een smakkend geluid maakte. 'Zoals je pizza "gewoon lekker" kunt vinden.'

Nog twee minuten.

Jessica slikte en tilde haar voeten van de vloer omhoog. De glibbers konden er zeker nog niet zijn, maar gisteravond waren al haar angsten uit haar kindertijd teruggekomen. Er waren dingen onder het bed.

Misschien waren het op dat moment psychologische dingen, maar ze kon nog steeds voelen dat ze er waren.

Ze keek op haar horloge, dat nu Bixbytijd aangaf. Dess had uitgelegd dat het échte middernacht per stad op een ander tijdstip plaatsvond. Tijdzones hielden ons maar zo'n beetje voor de gek. Maar nu, als het op haar horloge twaalf uur werd, zou Jessica Day zo ver mogelijk van de zon af zijn als maar kon.

Nog één minuut.

Jessica pakte Omzichtigheid op en trok hem uit tot zijn volle lengte. Ze zwaaide ermee door de lucht alsof het een zwaard was. De antenne was van een Chevrolet, gemaakt in 1976, een jaar dat blijkbaar een veelvoud van dertien was. Dess had hem voor iets bijzonders bewaard.

Jessica glimlachte. Het was het gekste cadeau dat ze ooit had gekregen, maar ze moest toegeven dat het goed voelde in haar hand.

Het heimelijke uur kwam.

De lamp boven haar hoofd begon te knipperen en leek vervangen te worden door de bekende blauwe gloed die uit alle hoeken van de kamer kwam. Het geluid van de wind in de bomen stopte abrupt. Jessica, voor het eerst echt klaarwakker, vóélde, zag en hoorde het. Iets onzichtbaars leek aan haar te trekken. Het trok haar naar voren, alsof ze aan het einde was gekomen van een rit in de achtbaan en het karretje langzaam tot stilstand kwam. Een gevoel van lichtheid daalde op haar neer en een trilling ging door haar hele lijf. Een trilling die langzaam tot rust kwam.

Het was de tinteling van de hele wereld die om haar heen stilstond.

'Oké,' zei Jessica tegen zichzelf. 'Daar gaan we weer.'

Hoe goed ze ook wist dat het werkelijkheid was, de blauwe tijd leek nog steeds een droom. Ze liep door haar kamer en raakte dingen aan om zichzelf gerust te stellen. De harde randen van de kartonnen dozen voelden hetzelfde, de vurenhouten planken van de vloer waren even glad en koel als anders.

'Echt, echt, en echt,' bevestigde ze zachtjes terwijl haar vingers over kleren streken, over het bureau, over de ruggen van boeken.

Nu het middernacht was, vroeg Jessica zich af wat ze moest dóén met dit extra uur. Een paar minuten geleden had ze haar ouders horen praten in de keuken. Maar ze wilde hen niet zien, lijkbleek en bevroren; ze bleef in haar eigen kamer.

Ze moest nog zo veel uitpakken. Ze maakte een paar dozen open en keek naar de chaos die erin zat. Maar het blauwe, schaduwloze licht scheen te vreemd voor iets wat zo alledaags was als een paar kartonnen dozen. Ze liet zich op haar bed zakken, pakte het woordenboek dat ze had uitgepakt toen ze thuiskwam en deed het open, op zoek naar woorden van dertien letters.

Ze had er maar één gevonden – indrukwekkend – toen ze hoofdpijn kreeg van het licht. De andere middernachters konden waarschijnlijk gewoon lezen in de blauwe tijd. Misschien had Melissa gelijk; Jessica had een vreemd gevoel in haar ogen, althans nu, in het heimelijke uur.

Ze keek uit het raam naar de roerloze wereld, maar wendde huiverend haar hoofd af. De gedachte dat er iets daarbuiten was wat haar aankeek, was te angstaanjagend.

Ze tilde haar voeten van de vloer, ging liggen en staarde naar het plafond.

Jessica zuchtte. Dit zou heel saai kunnen worden.

Niet veel later hoorde ze het geluid. Het was een heel zachte plof, nauwelijks hoorbaar, zelfs in de absolute stilte. Jessica dacht onmiddellijk aan panterpoten en sprong op van haar bed.

Ze pakte Omzichtigheid op en schudde met haar jasje heen en weer om te controleren of Schranderheid en Kostelijkheid nog steeds in haar zak zaten. Vanaf het voeteneinde van het bed kon Jessica niet erg veel van de straat zien, maar ze was te bang om dichter bij de ramen te komen. Ze drentelde rond in haar kamer en probeerde een glimp op te vangen van wat er buiten gebeurde.

Een donkere gestalte liep over het tuinpad aan de voorkant. Jessica deed een paar stappen naar achteren en greep de antenne steviger vast. Rex en Dess hadden beloofd dat ze hier veilig was. Ze hadden gezegd dat ze genoeg wist om zich te verdedigen.

En wat als ze het mis hadden?

Ze drukte haar rug tegen de deur. Ze stelde zich voor hoe de grote kat zich door de voordeur zou wringen en door de gangen liep van hun huis. Ze was bang dat hij haar van achteren zou besluipen. Het leek ongelooflijk onwaarschijnlijk dat de dertien punaises in het hout van haar deur het konden opnemen tegen zijn krachtige spieren.

Van buiten kwamen geen geluiden meer. Was datgene wat het ook geweest was nog steeds daar?

Ze moest kijken.

Jessica zakte op haar hurken en kroop op handen en knieën over de vloer langs de muur tot ze net onder het raam was. Ze zat daar en probeerde zo goed mogelijk te luisteren. Het leek of ze de totale stilte zachtjes hoorde ruisen, als het geluid van de oceaan, gevangen in een schelp.

Ze gluurde over de rand van het raamkozijn.

Ze zag een gezicht dat haar aankeek.

Jessica sprong opzij, zwaaiend met Omzichtigheid die ze vóór zich hield, waardoor hij tegen het glas sloeg. Ze liep struikelend naar achteren tot ze tegen haar bed botste. Het raam werd van buitenaf langzaam opengeschoven.

'Het is oké, Jessica. Ik ben het maar!' riep een stem door de kier.

Jessica hield de antenne voor zich uit als een zwaard. Ze knipperde met haar ogen. Ze dwong haar hersenen de bekende stem en het gezicht dat ze vluchtig had gezien met elkaar te combineren. Na een paar angstige seconden kwam de herkenning met een golf van opluchting en verrassing.

Het was Jonathan.

Jonathan ging op het kozijn zitten, blijkbaar durfde hij niet meteen binnen te komen. Misschien dacht hij dat Jessica hem nog een keer zou bedreigen met de antenne. Ze had Omzichtigheid nog steeds beet en pakte hem beurtelings met de ene en dan met de andere hand vast.

Jonathan zat met één been gevouwen onder zich. Zijn andere knie trok hij op tegen zijn borst. Nu leek hij niet zo bang meer.

Hij had niet veel gezegd sinds zijn aankomst bij het raam. Het leek of hij wachtte tot ze een beetje van de schrik bekomen was. In tegenstelling tot in de kantine op school waren zijn ogen nu wijd open. Hij zag er helemaal niet slaperig uit. Misschien was hij bij daglicht ook een beetje lichtschuw.

Ze was overigens blij dat hij zijn ogen niet achter een zonnebril verstopte. Hij had mooie ogen.

Hij keek toe terwijl Jessica langzaam weer controle kreeg over haar ademhaling. Zijn blik was gespannen, maar hij zei niets.

'Ik wist niet dat je een middernachter was,' bracht ze met moeite uit.

'Hebben ze je dat niet verteld?' Hij lachte. 'Dat ligt voor de hand.'

'Weten ze dit dan van jou?'

'Natuurlijk. Sinds de dag dat ik hierheen verhuisde.'

Jessica schudde ongelovig haar hoofd. Zes uur les over middernachters en noch Rex, noch Dess, noch Melissa had de moeite genomen te vertellen dat er een vijfde middernachter in de stad was.

'Wacht even,' zei Jess toen haar iets opviel. 'Ben jij de enige over wie ze niets tegen mij gezegd hebben? Hoeveel van jullie zíjn er eigenlijk?'

Jonathan grijnsde. 'Alleen ik maar,' zei hij.

Ze staarde naar hem. Ze was totaal van slag en begreep niets meer van dit alles.

'Nee, er zijn geen anderen,' zei hij, wat ernstiger. 'Ik ben de enige en ze hebben het niet over me gehad.'

'Waarom niet? Mogen ze je niet?'

Hij haalde zijn schouders op. 'Ik hoor er niet bij, snap je? Ik bedoel, Rex is aardig, geloof ik, en Dess is eigenlijk wel cool.' Hij zweeg. Hij had blijkbaar geen zin om over Melissa te beginnen. 'Maar ze nemen alles veel te serieus.'

'Te serieus?'

'Ja. Ze doen alsof ze in opdracht handelen van de Wereldraad van Middernachters of zoiets.'

'Bestaat er een Wereldraad van Middernachters?' vroeg Jessica.

Hij lachte. 'Nee, maar ik durf erom te wedden dat Rex wilde dat er een was. Hij denkt dat dit hele middernachtgedoe een diepe en geheimzinnige betekenis heeft.'

Jessica knipperde met haar ogen. Het was zelfs nooit bij haar opgekomen te betwijfelen of er diepe en geheimzinnige krachten aan het werk waren. Het leek allemaal diep en geheimzinnig voor haar.

'Dus wat denk jij dan, Jonathan?'

'Ik denk dat we geluk hebben. We hebben een hele wereld voor ons alleen. Om in te spelen, om te onderzoeken, om te doen wat we maar willen. Waarom zouden we dat verpesten door een of ander groter doel te zien?'

Jessica knikte. Sinds de duisterling haar had aangevallen, was het heimelijke uur voor haar een crisis geworden, een dodelijke uitdaging. Maar die eerste, mooie droom was iets totaal anders geweest. Iets... gemakkelijks.

'Voor Rex,' ging Jonathan verder, 'is de blauwe tijd als

een of ander dik leerboek en hij is altijd aan het studeren voor het eindexamen. Voor mij is het vakantie.'

Ze keek hem met een somber gezicht aan. 'Er zijn anders een paar spelbrekers.'

Hij haalde zijn schouders op. 'Ik ben sneller dan zij. Altijd al geweest.'

Jessica vroeg zich af of dat waar kon zijn. Maar Jonathan leek helemaal op zijn gemak. Hij liet zijn voet buiten het raam bungelen, keek er niet één keer naar, was niet bang.

'Jullie jongens schijnen te genieten van het heimelijke uur,' zei ze treurig. 'Jullie vinden het allemaal spannend om de een of andere reden. Voor mij is het alleen maar één grote nachtmerrie geweest. Dat ding – die díngen – probeerden me gisteravond te vermoorden.'

'Dat vertelde Dess.'

'Heeft zij dat over mij verteld?'

'Ja, toen Rex je voor het eerst had gezien. En vanmorgen gaf ze mij jouw adres. Denk je soms dat ik superkrachten heb gebruikt om je te vinden?'

'Het telefoonboek, denk ik.'

Hij glimlachte. 'Je wordt nog niet vermeld bij Inlichtingen. Ik heb het geprobeerd. Maar Melissa had jou met haar helderziendheid in beeld gisteravond, dus belde Dess me.'

'Dess gaf jou mijn adres maar ze vertelde mij niets over jou?'

'Dat zou ze wel hebben gedaan, maar niet waar Rex bij was. Hij en ik hebben een... persoonlijkheidsconflict. Ik bedoel, ik vind dat hij een nieuwe persoonlijkheid moet nemen. Maar Dess blijft er liever buiten.'

'O.' Jessica leunde met haar rug tegen de muur. 'Dit wordt met de minuut ingewikkelder.'

'Ja, vreselijk dat jij al zo vlug een duisterling tegenkwam,' zei Jonathan. 'Maar de afgelopen nacht was het in de hele stad erg vreemd. Het was waarschijnlijk alleen maar oudejaarsavond voor de duisterlingen of zoiets. Was het de eerste keer dat je naar buiten ging?'

Ze begon te knikken, maar schudde toen haar hoofd. Ze was de eerste nacht bijna vergeten. Toen waren Rex en Dess de hele dag haar hoofd vol te proppen met de geschiedenis van de middernachters, terwijl zij alleen maar aan de gevaren van de blauwe tijd had gedacht, niet aan de pracht van de bevroren storm.

'Het moet leuk zijn,' zei ze, 'als je blij bent middernachter te zijn.'

'Noem me niet zo,' corrigeerde hij haar zachtjes. 'Ik ben geen middernachter. Dat is een woord van Rex.'

Jessica fronste haar wenkbrauwen. 'Ik vind het heel toepasselijk. Het woord zegt het wel zo'n beetje en klinkt beter dan "twaalfuurder".'

'Dat is wel zo,' gaf Jonathan glimlachend toe. 'En ik hou van het woord "middernacht". In elk geval sinds ik hier ben komen wonen.'

Jessica haalde diep adem en durfde langs hem heen te kijken naar de blauwverlichte straat. Zelfs vóór het heimelijke uur was gekomen, was het een prachtige avond geweest, stormachtig en dramatisch. Ze zag vallende herfstbladeren uit de hoge eikenbomen roerloos hangen als vluchten donkere en bevroren vogels. Hun schitterende tinten rood en geel waren zwart geworden in het blauwe licht.

Ze herinnerde zich de regendruppels op die eerste avond, hoe haar vingertoppen ze hadden bevrijd van de greep van middernacht. Zouden de bladeren ook vallen als ze ze aanraakte? Ze wilde erdoorheen rennen en grote hoeveelheden uit de lucht slaan. In Chicago had ze nooit de verleiding kunnen weerstaan om ijspegels te 'plukken' en zo de betovering van de winter te verbreken.

Maar Jessica kon zich nog steeds voorstellen dat tussen de zwarte bladeren de duisterling zat die haar had aangevallen. Zijn bloeddorstige gestalte lag misschien ergens op de loer buiten, tussen de bevroren vormen. Ze huiverde en liep weg bij het raam.

Haar slaapkamer leek nog steeds vreemd. Hij zag er flets uit in het blauwe licht, als een vervagende herinnering. Roerloos hing het stof in de lucht.

'Middernacht is mooi,' zei ze. 'Maar ook koud.'

Jonathan fronste zijn wenkbrauwen. 'Ik vind het nooit koud. Maar warm ook niet. Het lijkt op een volmaakte zomernacht.'

Jessica schudde haar hoofd. 'Ik bedoelde niet dat soort kou.'

'O, oké,' zei Jonathan. 'Ja. Soms voelt het een beetje leeg. Alsof we de laatste mensen op aarde zijn.'

'Bedankt. Hier knap ik echt van op.'

'Je moet niet bang zijn voor middernacht, Jessica.'

'Ik ben alleen maar bang dat ik word opgegeten.'

'Dat was pure pech.'

'Maar Rex zei...'

'Maak je niet druk over wat Rex zegt,' viel Jonathan haar in de rede. 'Hij is veel te wantrouwig. Hij vindt dat niemand de blauwe tijd moet gaan verkennen voordat ze de tienduizend jaar van middernachtergeschiedenis kennen. Dat is hetzelfde als het hele handboek van de dvd-speler lezen, alleen maar om een film te zien. Wat ik Rex echt heb zien doen, tussen haakjes.'

'Je had de duisterling moeten zien die mij aanviel,' zei Jessica.

'Ik heb duisterlingen gezien. Een heleboel.'

'Maar...'

Jonathan was opeens weg. Jessica hield haar adem in. Hij was zo vlug, zo gracieus uit het zicht verdwenen, achterwaarts rollend als een diepzeeduiker van een boot. Een paar seconden later verschenen zijn hoofd en schouders weer in het raam.

Hij stak zijn hand naar binnen. 'Kom, laat me je geruststellen.'

Jessica aarzelde. Ze keek naar de rij van dertien punaises die ze van Dess onder het raam had moeten aanbrengen. Toen Jessica bezig was ze in de sponning van haar raam en op de deur van haar kamer te prikken, had ze zich ongelooflijk stom gevoeld. Punáises die haar moesten beschermen tegen de krachten van het kwaad?

Maar je kon er alles voor gebruiken, had Dess uitgelegd, alleen het aantal was belangrijk.

Jonathan zag waar ze naar stond te kijken. 'Laat me raden. Je wordt beschermd door de machtige kracht van paperclips?'

'Eh... nee. Maar wel door de machtige kracht van punaises.' Jessica voelde dat ze een kleur kreeg en hoopte dat dat in het blauwe licht niet te zien was.

Jonathan knikte. 'Dess weet echt een heleboel. Maar ik ken ook nog een paar trucs. Bij mij ben je veilig, dat beloof ik je.'

Hij glimlachte weer. Jessica stelde vast dat ze Jonathans glimlach heel leuk vond. En ze besefte dat hij totaal niet bang was. Ze overwoog zijn aanbod. Hij woonde al meer dan twee jaar in Bixby en had het klaargespeeld om te overleven, zelfs om zich te amuseren. Hij moest middernacht even goed begrijpen als Rex of Dess.

En voor hij was verschenen was ze al bang geweest, omdat ze alleen in haar kamer zat. Nu voelde ze zich veilig. Ze was waarschijnlijk ook veiliger bij een ervaren middernachter – of hoe hij zichzelf ook noemde – dan in haar eentje.

Jessica schoof Omzichtigheid in elkaar en stak hem in haar zak. Toen trok ze haar gympen aan.

'Oké, stel me gerust.'

Ze zette een voet op de vensterbank en reikte naar Jonathans hand.

Terwijl zijn handpalm tegen de hare drukte, sloeg Jessica's hart een slag over. Ze voelde zich opeens licht in haar hoofd... licht in haar lijf, alsof haar hele slaapkamer een lift was geworden die naar de kelder zakte.

'Wat...' begon ze.

Jonathan gaf geen antwoord, maar trok Jessica zachtjes uit het raam. Ze leek te zweven alsof ze gevuld was met helium. Haar voeten landdden zachtjes en maakten nog een klein sprongetje omhoog voor ze geruisloos de grond raakten.

'Wat is dit?' vroeg ze nieuwsgierig.

'Middernachtelijke zwaartekracht,' antwoordde Jonathan.

'Mmm... dit is nieuw,' zei ze. 'Hoe komt het dat ik nooit...'

Jonathan liet haar hand los en het gewicht keerde terug. Haar schoenen drukten in de zachte aarde.

Jessica reikte opnieuw naar Jonathans hand. Toen ze hem beetpakte, keerde het zwevende gevoel terug.

'Komt dit allemaal door jóú?' vroeg ze.

Jonathan knikte. 'Rex doet de geschiedenis, de overlevering. Dess doet getallen. Melissa doet... wat ze doet.' Hij keek naar het huis aan de overkant van de straat. 'En ik doe dit.'

Hij sprong. Jessica ging mee de lucht in als een ballon die een kind aan het stuur van zijn fiets heeft gebonden. Maar ze had niet het gevoel dat Jonathan haar de lucht in hees. Ze had nauwelijks het gevoel dat ze bewogen. De wereld zakte zachtjes weg, de grond onder hen leek te deinen. De weg ging onder hen voorbij, bevroren bladeren raakten hen krakend aan. Het huis van de buren gleed dichterbij als een groot statig schip dat een dok wordt binnengetrokken.

'Je... vlíégt,' bracht Jessica met moeite uit.

Ze gingen op het dak van de buren zitten, nog steeds allebei zo licht als een veertje. Ze kon nu de hele roerloze straat afkijken. Twee rijen daken die zich naar beide richtingen uitstrekten. Maar vreemd genoeg had Jessica geen gevoel voor hoogte, geen angst om te vallen. Het was alsof haar lichaam niet meer geloofde in de zwaartekracht.

Jessica merkte dat ze een boomblad in haar vrije hand geklemd hield. Ze moest het uit de lucht gegrepen hebben toen ze door de bevroren bladeren zweefden.

'Maak je niet druk,' zei Jonathan. 'Ik hou je vast.'

'Weet ik,' fluisterde ze. 'Maar... wie houdt jóú vast?' De zolen van Jonathans schoenen raakten nauwelijks het leien dak, alsof hij een heteluchtballon was die graag wilde opstijgen.

Als antwoord trok hij het blad uit haar hand. Hij hield het met twee vingers vast en liet het toen los. Het viel niet, het bleef gewoon in de lucht hangen.

Jessica stak haar hand uit. Toen haar vingertoppen het blad raakten, viel het zachtjes op het dak en gleed toen van het hellende dak af. Net als bij de regendruppels had haar aanraking het blad bevrijd. Maar Jonathans aanraking was anders.

'Als de tijd stilstaat, verdwijnt de zwaartekracht op hetzelfde moment,' zei Jonathan. 'En als iets valt, moet de tijd voorbijgaan en niet stilstaan.'

'Ja, dat is zo, denk ik.'

'Weet je nog de inleiding van ons natuurkundeboek? Zwaartekracht is een soort kromtrekking in het ruimte-tijdcontinuüm.'

Jessica zuchtte. Weer een les op het hoogste niveau waar ze niets van begreep.

'Dus,' ging Jonathan verder, 'ik denk dat ik een beetje op jullie vóórloop. Middernachtelijke zwaartekracht heeft niet echt vat op me. Ik weeg iets, maar niet veel.'

Jessica probeerde zijn woorden te begrijpen. Ze veronderstelde dat als regendruppels in de lucht konden zweven, een mens dat ook kon. Waarom zou wie dan ook van de middernachters ooit vallen? vroeg ze zich af.

'Dus je kunt vliegen.'

'Niet vliegen zoals Superman,' zei Jonathan. 'Maar ik kan hele grote sprongen maken en vallen van elke hoo... hé!'

Zonder erbij na te denken had Jessica zijn hand losgelaten. Onmiddellijk keerde haar gewone gewicht terug, alsof iemand plotseling een ketting van bakstenen om haar hals had gegooid. Het huis onder haar leek te steigeren en ze gleed een eind naar beneden langs de opeens verraderlijke helling van het dak. Ze was niet langer zo licht als een veertje, maar van botten en vlees. Plotselinge hoogtevrees trof haar als een stomp in haar maag.

Instinctief strekte ze haar handen uit terwijl ze naar beneden gleed. Ze probeerde zich vast te grijpen aan de leien tegels op het dak. Ze gleed met horten en stoten naar de rand van het dak.

'Jonathan!'

De rand kwam dreigend dichterbij. Een voet vloog omhoog. De neus van haar andere schoen zat gevangen in de goot waardoor ze even tot stilstand kwam. Maar haar greep op het leien dak was niet stevig genoeg. Haar vingers, haar voet, alles gleed weg...

Toen verdween de zwaartekracht opnieuw.

Jessica voelde dat Jonathan haar met beide handen zachtjes bij haar schouders greep. Samen zweefden de twee naar de grond.

'Het spijt me zo,' zei hij.

Haar hart bonkte nog steeds, maar ze was niet bang meer. Het vederlichte gevoel was net zo vlug teruggekeerd als de golf van opluchting zodra een of ander afgrijselijk proefwerk klaar was.

Hun voeten raakten de grond.

'Alles goed met je?' vroeg Jonathan. 'Ik had je moeten waarschuwen.'

'Het maakt niet uit,' zei ze hoofdschuddend. 'Ik had het kunnen weten. Wat is het jammer dat we niet allemaal kunnen vliegen.'

'Dat is waar. Ik ben de enige, helaas. Hoewel, toen jij kwam opdagen, hoopte ik er een beetje op.'

Ze keek naar Jonathan. Zijn ogen waren nog groot van schrik. En Jessica zag ook zijn teleurstelling omdat ze was gevallen, en niet was zoals hij.

'Ja, dat hoopte ik ook.' Ze pakte zijn hand stevig vast. 'Maar wil je me weer mee naar boven nemen, alsjeblieft?'

'Ben je niet bang?'

'Beetje,' gaf ze toe. 'Stel me maar gerust.'

Ze vlogen.

Het was waar, Jonathan was Superman niet. Vliegen was moeilijk. Jessica merkte dat ze veel hoger kwamen als ze met hem mee opsprong en zich afzette zo hard als ze maar kon. De timing was lastig. Als een van hen zich te vroeg afzette of te hard, vlogen ze op een armlengte afstand van elkaar. Ze werden dan met een ruk tot stilstand gebracht en draaiden hulpeloos lachend om elkaar heen tot ze weer de grond raakten. Maar het ging steeds beter. Ze pasten hun sprongen aan elkaar aan en vlogen hoger, steeds hoger.

Ze kneep hard in Jonathans hand, zenuwachtig en opgewonden, doodsbang voor duisterlingen en opgewonden omdat ze zo hoog door de lucht vlogen.

Vliegen was prachtig. De lichtblauwe straten glinsterden als rivieren onder hen, terwijl ze door dikke, door de wind gedragen wolken van herfstbladeren suisden. Er waren ook vogels. Hun vleugels waren uitgestrekt in een roerloze vlucht en gebogen om de bevroren wind te vangen. De donkere maan keek dreigend op hen neer. Hij stond al hoog aan de hemel, maar hij was niet zo hemelvullend als de avond ervoor. Hiervandaan kon Jessica de strook sterren zien die zich aan de horizon uitstrekte, heldere speldenknoppen waarvan het witte licht niet blauw gekleurd was door de maan.

Jessica kende nog steeds niet goed de weg in Bixby, maar nu ze de stad van bovenaf kon bekijken, uitgelegd als een plattegrond, kreeg ze er een beter idee van. Vanaf de hoogste sprongen zagen de huizen en bomen er klein en volmaakt uit. Het leek een stad met poppenhuizen. Jonathan moest de wereld totaal anders zien dan de anderen, besefte ze.

Ze naderden de rand van de stad, waar minder huizen stonden en de woestenij zich opdrong richting stad. Hier was het allemaal gemakkelijker. Er waren minder obstakels zoals huizen, winkels en straten met bomen om overheen te springen. Algauw zag Jessica in de verte de ruwe, niet al te hoge heuvels, die met lage, armetierige boompjes waren begroeid.

De woestenij.

Terwijl ze dichterbij kwamen, verkende ze met haar ogen nerveus de grond waar ze overheen vlogen. Ze verbeeldde zich dat ze onder elke boom de sluipende gestalten zag van duisterlingen. Maar alles daar beneden leek bewegingloos, klein en onbeduidend. Ze besefte dat ze zich veel sneller voortbewogen dan de panter zelfs in volle vaart zou kunnen, al maakte hij sprongen die honderdmaal hoger waren dan die van de kat.

Jonathan was echt sneller dan de spelbrekers.

Hij nam haar mee naar een van de grote watertorens buiten de stad. Ze streken erop neer, de stad aan de ene kant, de zwarte woestenij aan de andere. De toren was plat van boven, met een lage leuning om de rand.

'Oké, pauze voor de handen,' zei hij.

Ze lieten elkaar los. Jessica was deze keer voorbereid. Ze zakte door haar knieën terwijl ze weer haar gewone gewicht terugkreeg.

'Au,' zei ze terwijl ze haar vingers over elkaar wreef. Ze merkte dat elke spier in haar hand pijn deed. Met een pijnlijk gezicht strekte Jonathan zijn eigen hand uit. 'O, sorry, ik wilde echt niet plakkerig zijn, hoor.'

Hij lachte. 'Beter plakkerig dan spetterig.'

'Dat is waar.' Met een hand op de leuning keek ze voorzichtig naar beneden. Haar maag maakte een achterwaartse salto. 'Oké, m'n hoogtevrees is nog steeds aanwezig!'

'Goed zo,' zei Jonathan. 'Ik maak me zorgen dat ik op

een dag zal vergeten dat het geen middernacht is en van een dak spring of zo. Of dat ik vergeet hoe laat het is en dat ik nog steeds rondvlieg terwijl de zwaartekracht terugkeert.'

Jessica draaide zich naar hem om, legde een hand op zijn schouder en de lichtheid kwam terug. 'Doe het niet, alsjeblieft.'

Ze kreeg een kleur en glimlachte. Haar stem had erg serieus geklonken.

Hij glimlachte ook. 'Ik zal het echt niet doen, Jessica.'

'Noem me maar Jess.'

'Natuurlijk, Jess.' Zijn glimlach werd breder.

'Bedankt dat je me meegenomen hebt op je vliegtocht.'

'Graag gedaan.'

Jessica keek verlegen een andere kant uit.

Ze hoorde dat Jonathan in een appel beet.

'Wil jij er ook een?'

'Eh... ja, graag.'

'Ik heb er vier.'

Ze knipperde met haar ogen. 'Hou je ooit weleens op met eten?'

Jonathan haalde zijn schouders op. 'Zoals ik zei, eet ik elke dag mijn eigen lichaamsgewicht. Dat moet.'

'Meen je dat?'

'Nee. Maar ik heb altijd honger na het vliegen.'

Jessica glimlachte en keek uit over de stad. Ze voelde zich voor het eerst veilig sinds er tijdens de 'droom' van de avond ervoor alles mis was gegaan.

Met haar ogen volgde ze een vogel die langs de horizon vloog. De maan, die begon onder te gaan, bescheen hem met zijn donkere licht. Jessica voelde zich zo gelukkig, en vanbinnen nog steeds zo licht als een veertje, dat het even duurde voordat haar maag weer rustig was.

De vogel bewóóg.

'Jonathan, wat is er mis met dit beeld?'

Hij volgde haar blik. 'O, dat. Dat is gewoon een vliegende glibber.'

Ze knikte en slikte. 'Ik heb gisteravond een paar glibbers gezien.'

'Zo noemt Dess ze in elk geval,' zei Jonathan. 'Hoewel "vliegende glibber" klinkt als een tegenstrijdigheid. Maar de glibbers met vleugels en de kruipende glibbers zijn dezelfde schepsels. Ze veranderen van vorm, weet je dat?'

'Ja.' Ze herinnerde zich de glibber in de vorm van een kat die haar zo ver van huis had geleid en toen in een slang veranderde.

De vliegende glibber cirkelde langzaam om hen heen. Zijn leerachtige vleugels waren doorschijnend tegen de koude maan. 'Ik vind het doodgriezelig.'

'Maak je niet druk. Die dingen vallen nooit iemand lastig.'

Hij stak een hand in zijn hemd en haalde een ketting tevoorschijn van dikke stalen schakels. 'En als deze glibber iets anders van plan is, heb ik alle negenendertig schakels van Superobstakel om ons te beschermen.'

Jessica huiverde. 'Gisteravond heeft een glibber me gebeten. Of hoe je het moet noemen. Hij raakte me aan met zijn tong.'

'Oei. Zat je in een nest glibbers te rommelen of zo?'

Ze keek Jonathan boos aan. 'Nee, ik deed helemaal niets

stoms. Een stelletje glibbers hielp de duisterling met de jacht op mij. De glibber besloop me in het gras en gaf me deze glibberzuigplek. Ze liet het hem zien.

'Gadver! Het zijn heel nare schepseltjes. Maar deze valt ons niet lastig, dat beloof ik je, Jess.'

'Dat hoop ik.' Ze sloeg haar armen om zichzelf heen. Op de een of andere manier was het kouder hierboven, alsof de in gebreke blijvende wind die uit de woestijn behoorde te waaien, zijn spoor had achtergelaten.

Had ik maar een sweater meegenomen, dacht Jessica.

Jonathan legde een hand op haar schouder. De lichtheid kwam terug, net als het gevoel van veiligheid en warmte. Haar voeten kwamen even los van de toren. Ze huiverde weer, maar nu was het niet van de kou.

'Jessica?' vroeg Jonathan.

'Noem me Jess, zei ik.'

'Jéss!' Zijn stem klonk raar. Hij staarde naar de andere kant, naar de woestenij buiten de stad. Ze volgde zijn blik.

Daar kwam een duisterling aan.

Hij leek in niets op de duisterling van de avond ervoor. Hij verwisselde onder het vliegen van gedaante. Zijn spieren trokken zich zachtjes samen terwijl hij van de ene gedaante in een andere veranderde – eerst in een slang, toen een tijger, toen een roofvogel. Schubben en vacht en veren vervaagden op zijn rillende huid. De reusachtige vleugels sloegen met het geluid van een vlag die wappert in de wind.

Hij kon ook vliegen, en snel. Hij kwam regelrecht op hen af.

Maar Jonathan had al een heleboel duisterlingen gezien,

herinnerde Jessica zich. Hij was al ontelbare keren om middernacht buiten geweest. Hij was sneller dan de spelbrekers.

Ze keek naar zijn gezicht. Jonathans mond was opengezakt.

Onmiddellijk wist Jessica dat hij nooit eerder een duisterling had gezien als deze.

14 24.00 uur
ROOFDIEREN

De beelden van haar belevenissen van die dag schoten door Jessica's gedachten.

'Jonathan, deze toren is toch van staal gemaakt, of niet?'

Hij schudde zijn hoofd. 'Hij is niet schoon. Niets is schoon, zo ver buiten de stad.'

'O, oké. Dus we...'

'... springen.'

Ze grepen elkaars hand en liepen naar de rand van de watertoren. Jonathan plaatste een voet stevig op de leuning en zette de ander er rustig bij. Toen trok hij Jessica omhoog. Zwevend zochten ze naar een wankel evenwicht op de smalle leuning.

'Een, twee...'

Hoewel ze bijna niets woog, stond Jessica wat onvast op haar gympen. Ze boog wat door haar knieën, terwijl zij en Jonathan langzaam voortschuifelden. Ze zagen beneden alleen maar de harde grond.

'... drié!'

Ze zetten zich af en vlogen bijna horizontaal weg van de toren. Jessica besefte dat Jonathan het precies zo gewild had. De met struiken bedekte aarde schoot onder hen voorbij. Toen begon de daling.

'Die parkeerplaats,' zei Jonathan, wijzend met zijn vrije hand. 'Als je eenmaal daar bent, blijf dan springen, laag en snel.'

Het reusachtige fabrieksterrein was perfect voor de landing. Een paar lange trucks stonden in het midden bij elkaar, maar verder was het veilig. Terwijl ze in een boog naar het lege terrein daalden, durfde Jess over haar schouder te kijken. De duisterling achtervolgde hen nog steeds.

Ze landden op het asfalt en namen meteen één grote sprong over de trucks heen, bijna tot aan de andere kant van de parkeerplaats.

'Deze kant uit,' schreeuwde Jonathan. Hij trok haar mee in de richting die hij bedoelde. Ze sprongen weer, lanceerden zichzelf naar een leeg stuk van de grote weg die langs de fabriek liep. Jessica vloog laag met Jonathan mee. Ze wilden geen tijd en moeite verspillen door hoog de lucht in te schieten. Snelheid was het enige wat telde.

Ze daalden af naar de weg. Ze wilden naar een plek waar geen auto's stonden. Ze lagen nog steeds een eind voor op de duisterling.

'Welke kant uit?' schreeuwde Jessica.

'Deze weg af!'

Ze landden, maar Jonathan kneep in haar hand om duidelijk te maken dat ze zich meteen weer moesten afzetten.

Ze namen nog twee sprongen. Omdat het een vierbaansweg was, werden de sprongen gemakkelijker. Ze gingen hard. Jess keek weer over haar schouder; de duisterling leek achter te blijven.

Maar toen de weg hen verder de stad in bracht, werd hij tweebaans en er verschenen meer auto's die nog laat op weg waren. Jonathan aarzelde met hun sprongen, terwijl hij nerveus berekende hoe ze op een lege plek konden landen.

De sprongen werden kleiner. Hun snelheid zakte gestaag. Een verkeerde sprong droeg hen naar een huis en op het verraderlijk schuin aflopende dak gleed Jonathan uit toen ze zich afzetten. Ze raakten in een draaiende beweging en toen ze even later weer landden, was de duisterling dichterbij.

Ze sprongen opnieuw, probeerden weer terug te komen op de weg.

'Het is hier te druk!' riep Jonathan. 'We moeten de stad uit.'

'Naar de woestenij?'

'Ja. De open woestenij is perfect.'

'Komen die engerds niet juist dáár vandaan?' vroeg Jessica.

'Ja. Maar hier gaan we niet snel genoeg.'

Jessica keek om naar het monster achter hen. Het veranderde niet meer van vorm. Het had gekozen voor een magere, slangachtige vorm met vleugels en een gesnavelde kop. De spanwijdte van het schepsel was gegroeid, alsof een deel van de romp was verplaatst van zijn lijf naar zijn vleugels. Hij vloog nu sneller en kwam dichterbij.

'Oké.'

Bij de volgende landing draaiden ze zich om en vlogen met sprongen terug naar de rand van de stad. Plotseling zag Jessica waar ze waren.

'Mijn moeder werkt hier vlakbij. Bij de volgende sprong die kant uit!'

'Wat? Je moeder kan ons niet helpen, Jessica.'

'Hou je mond en volg me.'

Jessica voelde hoe Jonathans hand verstrakte. Hij leek zich even te verzetten, maar bij de volgende sprong liet hij haar de leiding nemen. Op het hoogste punt van hun sprong zweefden ze over een hoog hek en landden op het terrein van Aerospace Oklahoma. Jessica's moeder was hierlangs gereden toen Jessica voor het eerst naar school moest. Ze kwam daardoor bijna te laat. Het complex was gigantisch groot. Overal stonden grote hangars en lage kantoorgebouwen, met veel landingsbanen en heel veel lege ruimte. Ze testten er nieuwe vleugels, landingsapparatuur en motoren van straalvliegtuigen. Jessica's moeder had verteld dat ze zelfs een oude Boeing 747 hadden, die ze af en toe in brand staken om brandbestrijding te oefenen.

Dit alles vroeg om veel ruimte.

Ze sprongen driemaal zo ver en zo snel en overbrugden de hele lengte van een landingsbaan met de snelheid van een straalvliegtuig. Toen zweefden ze over een reusachtige hangar en kwamen bij nog een landingsbaan. De duisterling raakte steeds meer achter.

Ze hoorden het monster schreeuwen. In tegenstelling tot het brullen van een panter was deze schreeuw hoog en schril. Het geluid deed zeer aan Jessica's oren, zoals de fluit van een fluitketel als het water kookt.

Een aantal kreten kwam als antwoord, scherp, hoog getjirp was het. Het kwam van ergens vóór hen.

'De woestenij ligt voor ons,' zei Jonathan.

Jessica knikte en zei zachtjes: 'Ze wachten op ons.'

De ondergaande maan vulde nu de horizon en Jessica zag een wolk van vliegende glibbers afsteken tegen het lichtloze, maar oogverblindende gezicht van de maan. Er waren honderden glibbers, ronddraaiend in een chaotische massa, en twee grotere gestalten: vliegende duisterlingen.

'Dit is helemaal krankzinnig,' zei Jonathan. 'Ik heb nog nooit....'

'Deze kant op,' viel Jessica hem in de rede toen ze de grond raakten. Ze trok hem weg. Ze draaiden zich weg van de oorlogsvloot van schepsels. Maar het was te laat. Hun handen drukten even gespannen tegen elkaar, maar Jessica voelde daarna hun greep verslappen. Ze probeerde hem met haar andere hand beet te pakken, maar hun vaart trok hen uit elkaar.

'Jess!' hoorde ze Jonathan schreeuwen.

Terwijl ze los van elkaar verder vlogen, voelde ze de zwaartekracht ruw bezit nemen van haar lichaam. Ze waren nog maar net van de grond, en de val zou kort zijn, maar het asfalt kwam razendsnel onder hen voorbij. Het was alsof ze door het raampje van een te hard rijdende auto naar de straat keek. Ze rolde zichzelf op tot een bal.

Net voor Jessica de grond raakte, leek het of het asfalt van structuur veranderde. Het leek opeens donker en niet glad meer. Toen ze de grond raakte, was het asfalt met iets bedekt wat onverwacht zacht aanvoelde. Ze rolde en rolde terwijl de grond haar alle kanten op liet stuiteren.

Eindelijk stopte Jessica, gekneusd, buiten adem. Ze bleef even liggen en voelde zich loodzwaar. Toen ze op adem was gekomen, drong de geur van gras in haar neus. Dat had haar val gebroken.

Jessica ging langzaam rechtop zitten. Ze keek om zich heen.

Ze was net naast de weg geland, in de berm, waar grof, dik Oklahomagras groeide. Ze proefde de metaalachtige smaak van bloed in haar mond en ze voelde zich duizelig, maar haar armen en benen kon ze nog bewegen.

Het geluid van glibbers om haar heen kwam steeds dichterbij. In de verte bewogen hun vormen tegen de reusachtige, donkere maan als een wolk muggen. Jonathan was nergens te zien.

Ze was op haar normale gewicht, maar ze voelde zich loodzwaar nu ze alleen maar kon rennen, niet vliegen.

Ze stond langzaam op en begon moeizaam te lopen.

'Jess!'

Met één hand uitgestrekt gleed Jonathan op haar af. Zij stak haar rechterhand uit. Terwijl hij langs haar zweefde, greep hij haar bij haar pols en ze veranderde opnieuw in een speelgoedballon die in zijn kielzog meegesleurd werd. De kneuzingen in haar handen speelden op. Ze schreeuwde van de pijn.

'Alles goed?'

'Ja. Maar ik zit ónder de blauwe plekken.'

'Ik dacht dat je dood was!'

Ze giechelde, een beetje hysterisch. 'Ik dacht dat je al bijna in Texas was!'

Jonathan zei niets, maar greep haar pols steviger beet.

'Bedankt dat je teruggekomen bent,' zei Jessica. Ze hoorde de verdwaasde toon van haar stem en vroeg zich af of ze haar hoofd had gestoten. Het was moeilijk te zeggen of haar warrigheid een hersenbeschadiging was of het effect van Jonathans hand om haar pols.

'Ze zitten nu aan drie kanten om ons heen,' zei hij.

Jessica knipperde met haar ogen en probeerde orde te scheppen in haar verwarde hoofd. Ze kon rechts een zwerm glibbers zien. Links van hen zag ze een eenzame duisterling. En ze nam aan dat er achter hen nog meer van beide soorten waren. Op het open veld kwamen ze weer sneller vooruit. Maar ze kreeg pijnscheuten in een van haar enkels zodra ze zich afzette voor een nieuwe sprong. Uiteindelijk zouden hun achtervolgers hen de woestenij in sturen. Als er dan nog een groep vóór hen zou opdoemen, konden ze geen kant meer uit.

Plotseling zag Jessica rechts van hen een netwerk van steun- en dwarsbalken. Daar werd een gebouw met meerdere verdiepingen neergezet.

'Staal,' zei ze.

'Wat?'

Ze wees. 'Nieuw staal, nog niet aangeraakt door middernacht.'

'Laten we het hopen.'

De geluiden van hun achtervolgers kwamen nu van alle

kanten. Getjirp, gepiep en gekras. Het leek of Jessica en Jonathan gevangen zaten in een of ander krankzinnig vogelreservaat. Terwijl de twee naar het nieuwe gebouw zweefden, kwam een zwerm vliegende glibbers dichterbij.

Jessica haalde Omzichtigheid met haar vrije hand uit haar zak en trok met haar tanden de antenne uit. Het gebouw was maar een paar sprongen van hen verwijderd.

Ze zag de glibber nog net voor hij toesloeg.

De leerachtige vleugels draaiden zich om haar gezicht. Jessica sloeg wild om zich heen met Omzichtigheid. Ze zag alleen nog maar blauwe vonken. Toen was het schepsel verdwenen.

'Ze proberen ons uit elkaar te trekken!' riep Jonathan.

Jess voelde een kou opkruipen in haar schouder. De glibber had toegeslagen omdat ze elkaars hand vasthielden. Het monster wist dat ze alleen niet kon vliegen.

Een andere glibber kwam dichterbij, maar ze sloeg ernaar met haar nog steeds vonkende antenne en het beest vloog meteen weg.

Een laatste sprong bracht hen in het netwerk van stalen steun- en dwarsbalken.

'Ik laat je los,' waarschuwde Jonathan.

Jessica vond op het laatste moment steun voor haar voeten. Haar terugkerende gewicht leek haar bijna te verpletteren. Ze knielde neer en klampte zich aan de balk vast.

Jonathan trok de ketting over zijn hoofd en draaide hem om zijn vuist.

'Indrukwekkend,' fluisterde Jessica tegen het staal.

'We moeten het nog even volhouden...' begon Jonathan,

maar hij verslikte zich van verwarring en moest hoesten. 'Wat is...'

Het woud van staal om hen heen begon te glanzen van het licht – wit licht was het, niet blauw. De wereld kreeg weer zijn gewone kleuren maar de metalen buizen waren opeens stoffig rood. Jessica's gezicht en handen werden roze, die van Jonathan lichtbruin.

Plotseling waren er overal paniekerige gestalten om hen heen die schreeuwend voorbijvlogen als boze vuurpijlen. Glibbers vlogen krijsend het bouwterrein op. Ze lieten een spoor van vonken achter toen ze het witte licht raakten. Daarna trokken ze zich terug op de uiteinden van de stalen balken.

De wolk glibbers hergroepeerde zich en draaide zich om het gebouw heen. Ze cirkelden alsof Jessica en Jonathan in het oog van een tornado gevangen zaten. Gewonde geluiden klonken overal om hen heen, maar niets durfde het netwerk van staal binnen te gaan.

Jessica zag drie duisterlingen samen aan de rand van het licht. Hun hartslag klopte zichtbaar in de afschuwelijke, vage vormen. Hun ogen flitsten met een diep donkerblauw.

Een ervan gromde laag en lang in alle toonaarden, alsof hij probeerde woorden te vormen om iets duidelijk te maken. Maar het was onverstaanbaar.

Toen draaiden de drie duisterlingen zich om en vlogen weg. De vliegende glibbers verzamelden zich langzaam in een rafelige wolk. De hele groep keerde terug naar de woestenij.

'De maan gaat onder,' zei Jonathan.

Jessica knikte, niet in staat een woord uit te brengen.

'We kunnen maar beter naar beneden gaan.'

Natúúrlijk, dacht Jessica. Over een paar minuten zou Jonathan niet meer kunnen vliegen. En dan zaten ze daarboven vast.

Ze stak haar hand uit en hij pakte hem vast. Ze sprongen van de stalen balk en belandden heel zachtjes op de grond. Het witte licht om hen heen verdween langzaam en veranderde weer in het rustige, blauwe licht van het heimelijke uur.

'Wat was dat?' vroeg ze. 'Wie of wat heeft ons gered?'

'Ik weet het niet,' antwoordde hij. 'Het staal misschien?'

'Ik heb het een naam van dertien letters gegeven,' zei ze.

Jonathan lachte kort. 'Het hele gebóúw?'

'Ja, in elk geval het gedeelte waar we op stonden.'

Hij schudde zijn hoofd. 'Je kunt een ring opladen of een ketting en Dess kan grotere dingen opladen als ze de juiste vorm hebben, maar niet een heel gebouw. Misschien is dit gemaakt van een of ander vreemd, nieuw metaal. Wat doet je moeder hier?'

'Vliegtuigbouw. Onderzoek.'

'Hmm,' knikte Jonathan. 'We moeten dit gebouw onderzoeken. Dat was gaaf.' Hij keek op naar het stalen gebouw boven hun hoofd. 'Ik zou het niet erg vinden als ik een paar vuisten van dat spul had. Of misschien was het gewoon het einde van de blauwe tijd. Een heleboel staal in combinatie met de ondergang van de maan.'

Jessica haalde haar schouders op. Dit klonk als nog een mysterie voor Rex.

Toen schoot haar een verschrikkelijke gedachte te binnen.

'Hoe lang hebben we nog?' vroeg ze.

Jonathan keek naar de maan. 'Nog een minuut of zo en dan is de blauwe tijd voorbij. Ik denk dat we vannacht naar huis moeten lopen.'

'Dat kunnen we niet, tenzij we hieruit kunnen.'

'Wat?'

'Ze doen hier geheim werk voor Defensie, Jonathan,' zei ze gehaast. 'Mijn moeders achtergrond is gecontroleerd, ze is tweemaal ondervraagd door de FBI en tweemaal zijn haar vingerafdrukken genomen. Er zijn overal bewakers en er staat een hoog hek om het terrein.'

'Fantastisch,' zei hij terwijl hij de horizon afspeurde. Hij wees en greep haar hand beet. 'Het hek aan de Bixbykant. Nu!'

Ze knikte. 'Drie, twee....'

Ze sprongen en zetten koers naar de stad. Alleen om in de buurt van het hek te komen, moesten ze al een paar keer springen. Het hek was minstens negen meter hoog.

'Allemachtig!' zei Jonathan.

'Wat? Dat lukt ons met gemak.'

Hij slikte en kneep hard in haar hand. 'Ik spring meestal niet als we zo dicht bij de maansondergang zijn. Het is niet echt prettig als – hoog in de lucht – opeens de zwaartekracht terugkeert.'

'Dat hoef je mij niet te vertellen,' zei Jessica.

'O ja, da's waar.'

Ze kwamen bij het hek. Jessica zag de rol prikkeldraad met scheermesjes erin die op de bovenkant lag uitgestrekt als een lange, gevaarlijke springveer. Het licht veranderde langzaam.

'Het duurt niet lang meer,' zei Jonathan.

Jessica slikte. Als ze hier betrapt werden, zou dat heel vervelend zijn voor haar moeder. Het zou haar haar nieuwe baan kunnen kosten.

'Nog één keer springen,' riep ze. 'Kom op!'

Ze suisden de lucht in en over het hek. Ze bleven minstens twee meter boven het prikkeldraad.

'Néé!' zei Jonathan. 'Dat was misschien een beetje...'

'... te hard afgezet?' vroeg ze.

Ze vlogen nog steeds omhoog.

De maan zakte weg achter de heuvels. In de verte voor hen werden de bomen groen. Jessica besefte dat het op zonsondergang leek, precies op de rand van dag en nacht, als het licht over de aarde van het oosten naar het westen beweegt. Maansondergang en normale tijd – en zwaartekracht – kwamen snel dichterbij.

'Dit is niet goed,' zei Jonathan.

Ze vlogen hulpeloos hoger de lucht in.

Jessica dacht als een razende na. Ze hadden alleen maar iets nodig wat hen naar beneden kon trekken. Hadden ze maar iets zwaars...

Toen besefte ze opeens dat ze inderdaad iets zwaars hadden: zijzelf.

'Geef me je ketting,' beval ze.

'Wát?'

'Nu!' schreeuwde ze.

Jonathan wond Superobstakel van zijn vuist af. Jessica griste de ketting uit zijn hand. De roestvrijstalen schakels zagen er sterk genoeg uit. Ze hield één eind in haar vrije hand. 'Pak het andere einde vast. Heel stevig.'

Hij deed wat ze vroeg.

Met haar andere hand liet ze Jonathan los.

'Jess, néé!'

Ze viel, trok met een ruk de ketting strak en rukte Jonathan mee naar beneden.

'Jess!' Zijn ogen waren groot van angst.

Binnen een paar seconden vielen ze snel genoeg en ze trok aan de ketting om hem dichter bij zich te halen. Ze zochten nerveus elkaars handen en met de warmte van zijn huid voelde Jessica hoe ze opnieuw gewichtloos werd.

Ze zakten verder naar beneden, maar met de zachte druk van de middernachtelijke zwaartekracht.

Jonathan sloeg zijn armen om Jessica heen. Het meisje merkte dat ze trilde.

'Ik heb nooit eerder iemand laten vallen,' zei hij zachtjes. 'En nu heb ik jou twee keer in één nacht laten vallen.'

Het gras onder hen werd groen. Ze waren nu op de hoogte van de boomtoppen en even later raakten hun voeten lichtjes de grond.

Een paar seconden later hadden ze hun normale gewicht terug.

'Driemaal is scheepsrecht,' zei Jessica. Ze trilde nog steeds.

Ze stonden daar en keken elkaar aan.

Ten slotte lieten ze elkaars hand los.

'Au,' zei hij zachtjes.

Jessica giechelde terwijl ze over haar hand wreef. 'Au is terecht.'

Jonathan barstte in lachen uit. 'Je hebt een ijzeren greep,

Jess. Ik heb het gevoel dat ik met mijn hand tussen de deur ben gekomen. Over plakkerig gesproken.’

‘Ik, plakkerig?’ was haar weerwoord. ‘Je zou míjn hand eens moeten voelen. Het lijkt alsof er een vrachtwagen overheen is gereden. Ze lachten nog steeds toen de politieauto stopte.

15 00.01 uur

AVONDKLOK

De politieauto reed de berm in. Kiezelsteentjes sprongen onder de banden uit toen hij slippend stopte.

Jonathan greep Jessica's hand vast en boog instinctief zijn knieën om te springen. In zijn hoofd zag hij precies de sprong die hen veilig over de auto naar het dak van het huis aan de overkant van de straat zou brengen. Hij zag de juiste hoek waarin hij moest landen en hoe de volgende sprong hen over het volgende blok huizen zou tillen, waarna ze verdwenen zouden zijn. Op weg naar de vrijheid.

Maar zijn benen begaven het bijna en Jonathan herinnerde zich plotseling dat hij zwaar was, loodzwaar en aan de aarde gebonden. De tijd om te vliegen was voorbij.

Jonathans uiterst vermoeide beenspieren kregen hem nauwelijks meer recht overeind. Hij betwijfelde zelfs of hij nog zou kunnen rennen. De volgende paar minuten zou zijn lijf heel star en stram aanvoelen, terwijl het zich langzaam aanpaste aan het normale gewicht. Zelfs ademhalen kostte moeite op die verschrikkelijke momenten dat het heimelijke uur verstreken was.

Een bekend claustrofobisch gevoel daalde over hem neer. Hij zat gevangen hier, in de gewone tijd. Gevangen door de politie, door de avondklok in Bixby, door de verstikkende, onafwendbare deken die de zwaartekracht was. Hij zat vast als een insect dat in lijm verdrinkt.

Het enige wat Jonathan kon doen, was in Jessica's handen knijpen.

De portieren van de politieauto gingen open. Een schijnwerper sprong aan en deed pijn aan zijn ogen. Hij draaide zich om en sloeg de handen voor zijn gezicht.

'Dacht je dat je je kon verstoppen, Martinez?' riep een lage stem lachend. 'Ik herken je mooie gezicht heus wel.'

De moed zonk Jonathan in de schoenen, maar hij probeerde zijn antwoord dapper te laten klinken. 'Draai die lamp maar uit, sheriff. Wij gaan nergens heen.'

Hij hoorde het knerpen van laarzen en toen voelde hij de hand van sheriff Clancy St. Claire op zijn schouder. Het was alsof een harige hoop lood zich aan Jonathan vastklampte. De hand drukte hem neer in het drijfzand dat de grond intussen was geworden.

'Jonathan Martinez, je hebt nooit eerder zoiets waars gezegd.'

'Hé, Clancy, waar denk jij dat Martinez een vriendin heeft gevonden?' riep een stem vanuit de auto.

'Hmmm. Nou, dat is een raadsel.' Toen werd de stem van de sheriff zachter. 'Allemachtig! Wat is er met jou gebeurd, meisje?'

Jonathan deed met moeite zijn ogen open en knipperde tegen het felle schijnsel. Jessica zag er versuft en gehavend uit. Haar gezicht was lijkbleek in het licht van de schijnwerper. De knieën van haar spijkerbroek zaten onder de gras- en bloedvlekken. Haar haar zat slordig door de vlucht van een uur.

'Ik viel naar beneden,' zei ze zwakjes.

'Je viel naar beneden? Ach natuurlijk.' Jonathan voelde de hand van de sheriff op zijn schouder verstrakken. 'Ik geloof niet dat ik je ken, wijffie.'

'Jessica Day.'

'En hoe oud ben je?'

'Vijftien.'

'Zo zo, Jessica Day. Ik neem aan dat je ouders niet weten waar je bent?'

De schijnwerper ging uit en Jonathan zag even helemaal niets in het plotselinge donker. Hij hoorde dat Jessica haar adem inhield, omdat ze probeerde de vraag te omzeilen. Er klonk verslagenheid in haar stem toen ze ten slotte antwoordde: 'Nee. Ze denken dat ik thuis in bed lig.'

'Nou, meisje, dat is waarschijnlijk ook de plek waar je op dit moment behoort te zijn.'

Ze zetten Jessica achter in de politieauto, terwijl de sheriff een poosje over de radio praatte en versterking opriep. De politie in Bixby vond het altijd leuk dingen te doen met heel veel mankracht.

Jonathan wilde graag met Jessica praten, al was het maar voor even. Hij wilde uitleggen dat dit echt niet veel te betekenen had. De agenten brachten je thuis en maakten je ouders wakker. Hij had dit al zeven keer meegemaakt in de afgelopen twee jaar. En veel erger dan dit scheen het niet te worden. Zijn vader zou een paar dagen chagrijniger zijn dan normaal, maar hij had zo veel verhalen verteld over zijn eigen wilde jaren, dat hij niet boos kon blijven op zijn zoon.

'Ik ben nooit opgepakt, pap, alleen maar aangehouden en overgedragen aan het ouderlijk gezag.' Dat waren de toverwoorden. Dat kon zijn vader niet zeggen.

Maar Jonathan had het gevoel dat Jessica nooit eerder in een politieauto had gezeten. Ze zat op de achterbank en steunde met haar kin op haar handen, verloren, roerloos. Ze keek hem niet aan.

Het was afschuwelijk dat ze nu niet konden vliegen en dat hij haar dus niet razendsnel naar huis kon brengen.

Ze hadden een achtervolging overleefd door de drie grootste duisterlingen die hij ooit had gezien en nu werden ze gepakt door een sukkel als St. Claire. Hij voelde zich hulpeloos. En erger: hij voelde zich schuldig, alsof hij Jessica opnieuw had laten vallen. Drie keer in één nacht.

Het was zo fantastisch geweest voordat de duisterlingen waren verschenen. Hij had met iemand anders nog nooit zo veel plezier gehad tijdens het vliegen. Jessica scheen instinctief te weten hoe ze moest springen, alsof ze een acrobaat was, alsof ze met elkaar verbonden waren. De gedachte dat ze nooit meer samen zouden vliegen voelde als een blok ijs in zijn maag. Hij betwijfelde of Jessica nog met hem zou willen praten na vanavond.

Hij haalde diep adem en maande zichzelf tot kalmte. Hij zou morgen rond middernacht naar haar toegaan om te zien of alles goed was met haar.

Ten slotte zag hij nog een paar koplampen dichterbij komen. Twee hulpsheriffs brachten Jessica naar huis. De sheriff duwde Jonathan achter in de tweede auto en perste zich naast hem.

Het gewicht van de dikke man vermorzelde bijna de veren van de achterbank. Jonathan voelde zich nietig naast hem. De hulpsheriff voorin startte de motor en de auto reed hobbelend de weg op.

'Jij en ik moeten praten, Jonathan.'

'Ja! Het is alweer te lang geleden, sheriff.'

De sheriff zuchtte en probeerde zijn kolossale lichaam te verplaatsen. Toen hij eindelijk goed zat, keek hij Jonathan recht in zijn ogen.

'Jongen, als jij een hele nacht in je eentje wilt rondwandelen, moet je dat zelf weten. Het kan mij niet veel schelen als je dan iets overkomt.'

'Vind ik geen punt.'

'Maar zo'n jong meisje in de problemen brengen is een ernstige zaak.'

Jonathan zuchtte van frustratie. 'Ik bracht haar alleen maar naar huis. Alles ging goed totdat u verscheen.'

De dikke, vlezige hand van de sheriff omklemde zijn schouder opnieuw en drukte hem neer op de achterbank. Het claustrofobische gevoel in Jonathan werd steeds groter.

'Ze zag er niet goed uit, Jonathan.'

'Dat kwam door een ongeluk, dat heeft ze verteld.'

'Nou, als zij het ietsje anders vertelt, of haar ouders, zul jij een heel ongelukkige *hombre* worden, Martinez.'

Jonathan draaide zich om en keek uit het raampje. Hij had Jessica voor het eerst meegenomen op zijn vliegtocht en de vlucht eindigde in politieauto's die hen naar huis brachten. Hij kon zich niet voorstellen dat hij nog ongelukkiger kon zijn dan hij al was.

De gewone namiddernachtelijke honger maakte zich meester van hem. Jonathan voelde in de zakken van zijn jack, maar de appels waren verdwenen. Ze moesten eruit gevallen zijn tijdens de achtervolging. Hij besloot een hele pot pindakaas leeg te eten zodra hij thuis was.

Ze reden langs het hek rond Aerospace Oklahoma. De rol prikkeldraad met scheermesjes erin schitterde in het licht van de passerende straatlantaarns. Hadden ze maar wat verder gesprongen, en waren ze maar vlugger naar beneden gekomen, dan zouden ze in een andere straat zijn geland. De politieauto zou hen nooit hebben gezien.

Hij zag een straatnaambordje en schrok.

'Hé, waar gaan we heen?'

De sheriff grinnikte. 'Blij dat je het opmerkt, Jonathan! Ik heb al even een praatje met je vader gemaakt en hij en ik zijn iets overeengekomen.'

Jonathan werd op slag misselijk. Ademhalen ging moeilijker, alsof de druk van de zwaartekracht toenam.

'Weet je, als ouders in de staat Oklahoma zich niet in staat voelen te zorgen voor hun criminele kind, kunnen ze aanvragen of het kind onder toezicht van de politie mag blijven.'

'Wát?' riep Jonathan. 'Maar mijn vader...'

'... schijnt vannacht niet hierheen te kunnen komen. Andere afspraak, denk ik.'

'Hoe lang duurt dit?'

'Maak je niet druk. Het duurt slechts tot een gerechtelijk ambtenaar tijd heeft gevonden om te luisteren naar de bijzonderheden van deze zaak. Daar moet je vader voor komen en ik weet zeker dat hij je weer mee naar huis zal nemen zodra jij die gerechtelijk ambtenaar hebt gesproken en beloofd hebt dat dit niet meer voor zal komen.'

'Meent u dat nou?'

De man lachte scherp. Op de smalle achterbank klonk het geluid zo hard als het geblaf van een hond.

'Martinez, ik maak geen grappen. Tijd om een lesje te leren over het grote gevaar dat in het overtreden van de avondklok steekt.'

Het claustrofobische gevoel werd Jonathan te veel. De auto was klein en het was er veel te warm. De verdeling tussen voor- en achterbank veranderde de auto in een kooi. Jonathans maag draaide zich om van de zenuwen en honger. 'U bedoelt dat ik een nacht de cel in moet?' vroeg hij zachtjes.

'Eén nacht? Nee, niet eentje maar, Jonathan. Weet je, in tegenstelling tot de afdeling van je vriendelijke sheriff, werken gerechtelijk ambtenaren niet in het weekend.'

'Wát?'

'Je zit vast tot maandagochtend.'

16 1.16 uur

HUISARREST

Het rare was dat Jessica's vader veel meer overstuur was dan haar moeder.

Haar moeder had haar opengedaan in haar verhuiskleren. Ze was nog in de keuken bezig geweest. Ze had rustig met de politie gepraat en hen bedankt omdat ze haar dochter hadden thuisgebracht. Zonder stemverheffing zei ze tegen Jessica dat ze in de keuken moest wachten, terwijl zij Jessica's vader wakker ging maken.

Pap was helemaal van streek.

Zijn ogen waren nog steeds groot, zijn haar stond rechtop, omdat hij er steeds zenuwachtig met zijn handen doorheen woelde. Mam had herhaaldelijk tegen hem gezegd dat hij Beth niet moest wakker maken, maar Jessica kon zich niet voorstellen dat haar zusje door zijn geschreeuw heen zou slapen. Waar hij het meest overstuur van was, was de kneuzing op haar gezicht die nu zichtbaar werd.

Maar soms was het handig dat je een ingenieur als moeder had. Mam had snel gezien dat elke buil of blauwe plek op Jessica's lichaam vergezeld ging van een grasvlek. Zelfs de dikke huid op haar elleboog was voorzien van een groene kring. Er zat nog steeds gras in haar haar. Ze zag eruit als een tienjarige na een lange zomerdag.

'Dus je bent echt gevallen, hè, lieverd?'

Jessica knikte. Ze durfde nog niet te praten. Ze was al zo'n watje geweest toen de politie was gekomen. Ze had hard gehuild op de achterbank van de auto. Jonathan was volkomen kalm geweest.

Zij had alles verprutst. Ze had als de ergste magneet ter wereld duisterlingen aangetrokken. Ze had Jonathans hand losgelaten en was gevallen na hun sprong. En toen de politie verscheen, had ze eruitgezien zoals nu.

'Je ziet eruit alsof je van een heuvel bent gerold, Jessica.'

'Ja.' Ze fluisterde met moeite. 'Het was een spelletje.'

'Een spélletje!' herhaalde haar vader luid. Hij werd elke keer weer boos als ze maar iets zei, alsof hij het niet kon verdragen haar stem te horen.

'Don.' In de stem van Jess' moeder klonk een scherpte tegen haar vader die ze nooit hoorde als ze tegen Jessica of Beth praatte. Hij zei geen woord meer, maar zat daar maar aan zijn haar te trekken.

Jessica haalde diep adem en keek naar haar knieën. Ze deden pijn. De pijn die ze in haar hele lijf had gevoeld, begon zich nu te verdelen in afzonderlijke pijntjes. Een van de builen deed een poosje pijn en nam dan rust, terwijl een andere bult het overnam als een stel worstelaars uit een lagere klasse die een van de grotere jongens aanvielen. Op dit moment begon de blauwe plek op haar wang te kloppen, waardoor ze het gevoel had dat haar gezicht scheef was en belachelijk. Ze raakte de plek voorzichtig aan.

Haar moeder spoot prikkend spul op een washandje en wreef er zachtjes mee over de blauwe plek.

'Jessica, wat is er precies gebeurd? Wanneer ben je weggegaan?'

Jessica slikte. De laatste keer dat ze haar ouders had gezien was vlak na het eten. 'Jonathan kwam rond tien uur langs. Ik dacht dat we een stukje gingen lopen.'

'Maar de politie zei dat jullie rond middernacht bij Aerospace waren. Mensen kunnen per uur zo'n vier of vijf kilometer lopend afleggen, meer niet.'

Jessica zuchtte. Er waren ook tijden dat het vreselijk was om een ingenieur als moeder te hebben.

Bixby was niet zo groot, maar haar moeder werkte aan de andere kant van de stad. Jessica wist niet precies hoeveel kilometer het was naar Aerospace Oklahoma.

Ze haalde haar schouders op. 'Ik weet niet, het was direct nadat ik naar bed was gegaan.'

'En dat was lang voor tien uur, Jessica. Na het eten,' zei haar vader. 'Ik vond het al raar dat je zo vroeg naar bed ging. Wist je dat hij langs zou komen?'

'Nee. Hij kwam gewoon.'

'En jij ging een stuk met hem wandelen?'

'Hij zit bij mij in de natuurkundeles.'

De politie zei dat hij een jaar ouder is dan jij,' zei haar moeder.

'Ik bedoel mijn natuurkundeles voor gevórderden.'

Toen zei haar moeder niets meer. Maar haar vader begon opnieuw: 'Waarom ging je zo vroeg naar bed?'

'Ik was moe van het werken.'

'Ben je echt de hele dag in het museum geweest? Of bij hem?'

'Ik was in het museum. Hij was er niet bij.'

Haar vader knikte. 'Moet je een hele dag huiswerk maken in de eerste schoolweek? Kunnen we dat huiswerk ook zíén?'

Ze slikte. Ze kon hun niets laten zien. Ze had een paar aantekeningen gemaakt, maar had Rex plechtig beloofd die nooit aan iemand te laten zien. Wanneer was ze begonnen met liegen tegen haar ouders? Misschien toen ze het gevoel kreeg dat de wereld niet langer klopte.

'Ik was bezig met een onderzoek.'

'Waarnaar?'

'Naar het mogelijke verband tussen de technieken waarmee men in de Solutréencultuur in het stenen tijdperk in Zuid-Spanje gereedschap maakte en bepaalde speerpunten uit de tijd vóór Clovis. Speerpunten gevonden in Cactus Hill, Virginia,' gooide ze eruit.

De mond van haar vader zakte open.

Jessica knipperde met haar ogen, verbaasd over haar eigen woorden. Blijkbaar was een gedeelte van de grote hoeveelheid middernachtergeschiedenis in haar hoofd blijven hangen. Ze herinnerde zich hoe Rex haar de verzameling van zich geleidelijk ontwikkelende speerpunten liet zien en het punt waar alles opeens veranderd was.

'Ongeveer twaalfduizend jaar geleden was er een snelle, technologische vooruitgang in de speerpunten in de Nieuwe

Wereld,' zei ze rustig. Hierover praten gaf haar in elk geval niet het gevoel dat ze moest huilen. Integendeel, ze had zichzelf helemaal onder controle. 'Verbeterde meridiaangroeven en scherpere randen. Sommige mensen denken dat de gevorderde techniek op de een of andere manier uit Europa kwam.'

'Oké, schat. We geloven je,' zei haar moeder terwijl ze zachtjes op Jessica's hand klopte. 'Je weet zeker dat Jonathan je nergens mee naartoe genomen heeft in een auto?'

'Absoluut zeker. Maar op het laatst bleek dat we veel verder waren gelopen dan ik had gedacht. Echt waar.'

'Je weet dat deze jongen eerder problemen heeft gehad met de politie?'

Jessica schudde haar hoofd. 'Dat wist ik niet.'

'Nou, dan weet je het nu. En je gaat voortaan nooit meer het huis uit zonder het tegen ons te zeggen, afgesproken?'

'Afgesproken.'

'En de komende maand ga je nérgens meer heen, behalve naar school,' voegde haar vader eraan toe.

Een fractie van een seconde zag ze dat haar moeder hier niet gelukkig mee was, maar ze knikte.

'Ik wil nu graag naar bed,' zei Jessica.

'Oké, lieverd.'

Haar moeder bracht haar naar haar kamer en gaf haar een nachtzoen.

'Ik ben blij dat er niets mis is met je. Het is gevaarlijk buiten, Jessica.'

'Weet ik.'

17 23.59 uur

ONTHULLINGEN

De muren waren dieppaars geschilderd. In het heimelijke uur werd dat paars-zwart. Aan één muur hing een schoolbord waarop Dess haar berekeningen, de zeldzame keren dat ze ze niet uit haar hoofd kon doen, met rood krijt maakte.

Aan een andere muur hing een zelfportret dat Dess had gemaakt van lego, door grijze, zwarte en witte stenen bij elkaar te passen, zoals de pixels op een computerscherm. Ze had een portretje van zichzelf willen maken zoals ze er nu uitzag, nu ze haar haar had geverfd en korter had laten knippen. Maar om al die legosteentjes weer af te breken en opnieuw te beginnen, vond ze te veel werk.

Bovendien was er, in tegenstelling tot een portret dat op de computer was gemaakt, geen manier om het origineel op te slaan.

Op een tafel midden in de kamer stond een muziekdoosje, met een roerloze ballerina erop. De roze tutu van de ballerina was allang vervangen door dieppaars gaas en haar blonde haar was met inkt zwart gemaakt. Kleine metalen sieraden waren toegevoegd om de kleding van de ballerina te completeren die Dess had gemaakt van gesoldeerde paperclips. De naam van de ballerina was Ada Lovelace. Het binnenwerk van het speeldoosje lag open, zodat Dess Ada's bewegingen kon veranderen door aan het raderwerk te draaien. Ze had ook een paar kleine pinnetjes weggevijld van de draaiende trommel die de muziek speelde. Daardoor klonk de melodie minder zoet en voorspelbaar. Het veranderde deuntje had geen begin of eind, alleen maar een willekeurige serie korte, tinkelende geluiden die pasten bij elke choreografie.

Vanavond rook de kamer naar brandend metaal. Dess had de hele dag gewerkt aan een wapen. Het wapen was zijn leven begonnen als een microfoonstandaard die ze gevonden had in een muziekwinkel. Ze was er gestopt om stalen snaren te kopen voor haar gitaar. Die snaren hadden – in een bepaald patroon aangebracht op deuren en ramen – een beschermende werking. Maar toen ze de standaard zag, had Dess besloten al het geld van haar vakantiebaantje eraan te spenderen. Het kopen van splinternieuw metaal garandeerde dat het schoon was, nog niet aangeraakt door niet-menselijke handen, hoewel een heleboel dertienjarigen er waarschijnlijk rockster mee hadden gespeeld. (Dess zelf had precies één nummer geplaybackt voor haar spiegel voor ze was begonnen met het werk.) De standaard kon verzet worden voor kleine en grote zangers, van een meter zestig tot een meter negentig lang, en nu het zware, ronde voetstuk was verwijderd, kon hij heel makkelijk worden verplaatst. Dess had nooit eerder zoiets groots een naam gegeven, maar zijn formaat was wiskundig gezien perfect. In zijn volle lengte voelde het méér een echt wapen dan alles wat ze ooit eerder had gemaakt.

Ze vroeg zich af of de duisterlingen nog steeds nachtmerries hadden over speren, de wapens die mensen uit het stenen tijdperk tegen hen hadden gebruikt. Melissa zei altijd dat het geheugen van duisterlingen bijzonder goed was en heel ver terugging.

Dess was de hele zondag bezig geweest kleine symbolen aan te brengen op de microfoonstandaard: wiskundige sleuven en groepen stippen in bepaalde patronen. Ze had zelfs een paar vormen gekopieerd van de plaatselijke muurtekeningen in de grotten, waarschijnlijk gemaakt ter herinnering aan een succesvolle jachtpartij, tienduizend jaar geleden. Ze had gewerkt tot ze de negenendertig tekeningetjes klaar had. Negenendertig was het ultieme antiduisterlingcijfer.

Haar soldeerbout lag nog steeds in een hoek na te gloeien. Van de punt kringelde een witte sliert rook naar het plafond. Terwijl het kaarslicht om haar heen vervaagde naar het middernachtelijke blauw, zag Dess de rook bevriezen. De slangachtige kronkelingen hielden plotseling op. In het blauwe licht staken ze glanzend af tegen de zwarte muren, zo teer en licht als de draad van een spinnenweb in het licht van de zon.

Dess stak een vinger uit om de bevroren sliert aan te raken. Een vingerbreed gedeelte van de rook maakte zich los en steeg op naar het plafond.

'Hmmm,' zei ze. 'Dat klopt.'

Net als alle andere dingen die in het middernachtelijke blauw bevroren, lieten de deeltjes van de rook los door haar aanraking. Maar de hete rook was lichter dan lucht, dus steeg hij op in plaats van dat hij daalde.

Ze tilde de standaard op. In het blauwe licht zag hij eruit als een uitstekend wapen.

Als het heimelijke uur van vanavond ook maar enigszins leek op dat van gisteravond, zou ze het nodig hebben.

Nog maar één stap: Dess wilde de speer een naam van negenendertig letters geven, maar een naam die werkte. Eén enkel woord zou het niet redden. Ze had alleen maar ooit een paar chemische namen gevonden van die lengte. Het waren woorden die alleen door wetenschappers werden gebruikt en die schenen niet veel macht te hebben in de blauwe tijd. Zelfs glibbers waren niet bang voor namen als benzohydroxypentalaminatriconihexadrine, waarschijnlijk omdat ze in het algemeen werden gevonden tussen de ingrediënten van Twinkies, cakejes gevuld met vanillecrème. Maar misschien zou een constructie van drie dertienletterwoorden het wel doen. Dess staarde naar de tekeningetjes die op de buis van de microfoonstandaard onder elkaar te zien waren en liet woorden door haar hoofd rollen.

De andere middernachters moesten woordenboeken gebruiken, maar voor iemand met een encyclopedische geest ging dat automatisch. Voor haar hadden woorden van dertien letters hun eigen geur en kleur en ze stonden in HOOFDLETTERS in haar hoofd. Het duurde maar even voor het perfecte trio van dertienletterige woorden haar te binnen schoot.

Ze hield het wapen dicht bij haar mond en fluisterde: 'Megamoeilijke superleerzame trigonometrie.'

Zoals afgesproken reed Dess naar Rex' huis. Hij woonde dichter bij Jess en als een van hen alléén gepakt zou worden, kon zij dat het beste afhandelen. Melissa bleef vanavond thuis, speurde het paranormale landschap af om te proberen een gevoel te krijgen van wat er in de woestenij gebeurde.

'Alles oké?' vroeg Rex toen Dess stopte bij het armoedige grasveldje rond Rex' huis. Hij had buiten staan wachten in een cirkel van dertien stapeltjes van elk dertien stenen.

'Ja hoor. Vanavond is het niet zo erg als gisteravond. Althans niet hier in de stad.'

Het terrein van de middernachteroverlevering, waar ze de avond ervoor heen waren geweest, was heel oud en lag ver de woestenij in. De glibbers hadden hen vanaf het begin gevolgd, in de lucht en op de grond. Elke keer als Dess opkeek, leek hun aantal groter geworden. Allerlei soorten vliegende duisterlingen waren opgedoken. Hun lelijke en vreemde silhouetten hadden de maan bijna verduisterd. Twee duisterlingen hadden zelfs geprobeerd hen lastig te vallen. Ze waren door de verdediging gedrongen die rond het gebied van de middernachteroverlevering was opgezet. Het had vervelend kunnen aflopen, maar ongeveer een kwartier voor maansondergang waren ze allemaal weggegaan, alsof ze zich plotseling herinnerden dat ze een afspraak hadden. Het was heel vreemd geweest en had hen in verwarring gebracht.

'Laten we gaan,' drong Dess bij Rex aan. Dess vond het idee dat Jessica helemaal alleen was niet prettig. Misschien zouden de punaises het vanavond niet redden.

Maar wie weet was ze niet alleen, dacht Dess glimlachend. Zou dát geen leuke verrassing zijn voor Rex?

Rex keek nauwlettend om zich heen voor hij op zijn fiets sprong. 'Ik hoop alleen maar dat het rustig blijft,' zei hij. 'Ik vraag me af waar al die duisterlingen vandaan kwamen. Ik wist niet dat er zo veel grote waren.'

Dess knikte. 'Daar heb ik ook over nagedacht. Wil je een theorie horen?'

'Graag.'

'Oké. Duisterlingen zien eruit als panters of tijgers, hè? Behalve als ze helemaal gek worden, zoals gisteravond.'

'Ja. In de biologieboeken staat dat ze familie zijn van de grote katten – leeuwen en tijgers – zoals wij familie zijn van de apen.'

'Weet je,' ging Dess verder. 'Míjn "biologieboek", ook wel Discovery Channel genoemd, zegt dat katten een groot deel van de dag slapend doorbrengen. Neem leeuwen. Ze slapen tweeëntwintig uur per etmaal. Soezen wat, wapperen soms met hun staart om de vliegen weg te houden, slaken zo nu en dan al gapend een brul om hun aanwezigheid kenbaar te maken, maar in wezen zijn ze half bewusteloos.'

'Tweeëntwintig uur slaap per etmaal? Dat klinkt als de kat van mijn vader.'

'Dus blijven er twee wakkere uren over. Een uur zijn ze bezig met het schoonhouden van zichzelf en hun jongen: ze likken zichzelf schoon, spelen en vechten met andere leden van de troep, wat dan ook. En jagen doen ze maar één uur per etmaal.'

Rex floot. 'Dat is pas leven! Een vijfurige werkweek.'

'Zeven,' verbeterde Dess. 'Ze hebben geen weekends.'

'Wreed.'

'Dus als duisterlingen op grote katten lijken, jagen ze waarschijnlijk ook maar één uur per etmaal.'

'Dat is waar,' knikte Rex.

'Maar wat is een etmaal voor een duisterling?'

Rex dacht na onder het rijden en probeerde zich te herinneren wat hij van de overlevering wist. 'De duisterlingen leven maar één uur per vijfentwintig uur, namelijk in het heimelijke uur. De rest van de tijd zijn ze bevroren, zoals gewone mensen bevroren zijn in de blauwe tijd. Ze hebben vijfentwintig van onze dagen nodig om één hele dag te leven. Voor een deel is dat de reden dat ze zo lang leven.'

'Ja,' zei Dess. 'Een duisterling slaapt waarschijnlijk drieëntwintig van onze dagen aan één stuk.'

Rex' fiets slingerde even. Daaraan kon ze zien dat hij dit nooit eerder bedacht had. Ze schudde haar hoofd. Het leven van mensen zou zo veel eenvoudiger zijn als ze af en toe de moeite namen dingen te berekenen.

'En dat betekent,' zei Rex langzaam, 'dat ze maar éénmaal per maand op jacht gaan. Als een weerwolf in de mythologie.'

'Precies. Daar moet ook het hele gedoe over volle maan vandaan komen. Duisterlingen jagen maar éénmaal in elke 3,571429 weken, niet om de vier weken. Maar wie telt dat na? In elk geval betekent dit dat er veel meer duisterlingen zijn dan we dachten, omdat de meeste het grootste deel van de tijd slapen. We zien alleen maar het topje van de ijsberg. Tegenover elke duisterling die op jacht is, liggen er drieëntwintig te slapen.'

Dess liet Rex de tijd om deze informatie tot zich te laten doordringen. Ten slotte zei hij: 'Dus de vraag is niet: waar kwamen ze allemaal vandaan?'

'Klopt,' antwoordde ze. 'De vraag is: waarom zijn ze allemaal wakker geworden?'

Toen Jessica opendeed na de klop op haar raam, keek ze teleurgesteld toen ze hen zag.

'Verwacht je iemand anders?' vroeg Dess.

'Ja, misschien,' antwoordde Jessica zachtjes.

Rex merkte het niet, of dacht dat zij en Jess een grap maakten. Dess vroeg zich af wat er de avond ervoor precies gebeurd was.

Ze had vandaag naar Jonathans huis gebeld om te weten te komen of hij zijn dreigement – Jess in de blauwe tijd opzoeken – had uitgevoerd. Maar ze had de hele dag geen gehoor gekregen. Ze maakte zich geen zorgen – Jonathan kon beter voor zichzelf zorgen dan wie ook van hen – maar Dess wilde de details horen.

'We hebben groot nieuws voor je,' zei ze.

'Kom binnen,' zei Jessica, terwijl ze het raam openschoof. Dess sprong naar binnen, draaide zich om en stak haar hand uit naar Rex om hem naar binnen te helpen. Het schoot door haar hoofd dat ze ook de voordeur konden gebruiken, maar in de blauwe tijd werd er door iedereen gefluisterd, werden geheime plannen gemaakt en werd er niet gelopen, maar geslopen.

Jessica zat op haar bed, een beetje in elkaar gezakt met afhangende schouders. Ze zag er moe en geïrriteerd uit. Blijkbaar is het niet de allerleukste eerste afspraak ooit geweest, dacht Dess. Misschien is het feestje verknald door duisterlingen.

Dess zag dat Jessica over haar rechterhand wreef alsof hij een beetje pijn deed. Ze wist uit ervaring wat dát betekende: dingen waren niet vollédig misgegaan.

Dess schoof haar vraag terzijde. Ze zou het Jess morgen tijdens het studie-uur kunnen vragen, als Rex niet in de buurt was. Hij zou woest kunnen worden.

'We zijn gisteravond naar een overlevingsplek geweest,' zei hij.

'Het was een gewaagd tochtje,' zei Dess. 'Duisterlingstad, zou je kunnen zeggen.'

'Maar we zijn er misschien achter wat er aan de hand is,' zei Rex.

Jessica keek op. 'Het is allemaal mijn schuld, hè?'

Rex keek haar even verbaasd aan en haalde toen zijn schouders op. 'Het is niet precies jouw schúld.'

'Maar het komt door míj. Jullie hadden geen last van duisterlingen. Maar sinds ik er ben, zitten ze toch overal?'

'Dat is waar,' gaf Rex toe. 'De heftige actie van de duisterlingen zou te maken kunnen hebben met het feit dat jij naar Bixby gekomen bent. Maar we weten niets zeker.'

'Misschien weten we wel íéts heel zeker,' zei Jessica. 'Namelijk dat jullie een privéwereld hadden, een heimelijke tijd voor jullie alleen, en dat ik alles in de war heb geschopt.'

'Dat is niet waar. De duisterlingen waren er al en wij hebben eerder problemen met ze gehad,' zei Rex. 'Maar jij hebt ze misschien bang gemaakt.'

'Bang gemaakt?'

Dess ging naast Jessica zitten. 'Elke middernachter heeft zijn of haar eigen talent, Jess.'

'Dat heb ik gemerkt. Dat wil zeggen, iedereen behalve ik.'

Rex liep te ijsberen. 'Volgens de overlevering kunnen duisterlingen het proeven als nieuwe middernachters in hun territorium komen, zoals Melissa dat ook proeft. Ze voelen onze talenten en ze weten wanneer een nieuwe middernachter gevaarlijk voor hen is.'

'Ik, een gevaar voor hén,' lachte Jessica. 'Dat meen je niet. Mijn grootste talent tot nu toe is het feit dat ik als een magneet ongeluk aantrek. Een wandelend ongeluksamulet.'

'Dat is vanwege hun angst,' zei Dess. 'Het zijn nog altijd beesten, wilde katten.'

'En jij verstoort hun nest.'

Dess rolde met haar ogen. 'Katten hebben geen nest, Rex.'

'Nou dan verstoor je hun... kattenhuis. Maar wat je talent ook blijkt te zijn, Jessica, het moet belangrijk zijn. Voor ons.'

Ze keek naar hem op. 'Weet je dat zeker?'

'Als zij jou willen, hebben wij je nodig,' zei Dess.

'Maar ze willen me dóód hebben.'

'Daarom moeten we erachter zien te komen wat je bent, wat je talent is,' zei Rex. 'Wil je ons daarbij helpen?'

Jessica keek hen allebei aan en staarde toen somber uit het raam naar de blauwe tijd. Dess zag de keurige rijtjes punaises langs elk raam en vroeg zich af hoe het zou zijn om gevangen te zitten in je kamer tijdens het heimelijke uur, terwijl de hele, lege wereld buiten op je wacht.

Jessica's kamer was uitzonderlijk schoon, alsof ze de hele dag bezig was geweest met de schoonmaak. Zoals Dess al had gedacht, waren haar ouders niet arm. Jessica had een echte stereo-installatie en een berg cd's. Maar de kamer zag er niet uit alsof erin geleefd werd. Hij voelde als een eenzame kamer.

Jessica zuchtte voor ze antwoordde: 'Natuurlijk. Wat moet ik doen?'

Rex glimlachte. 'We moeten je in het heimelijke uur naar een bepaalde overleveringsplek brengen. Er zijn daar manieren om achter je talent te komen. We proberen te weten te komen wat je bent.'

'Oké, maar wat gebeurt er als de duisterlingen zich ermee gaan bemoeien?'

'Dat zullen ze proberen,' zei Dess. 'Maar ik kan van tevoren, overdag, een verdedigingslinie opzetten en alles klaarmaken. Tegen de tijd dat het middernacht wordt, zal het er volkomen veilig zijn. In elk geval veiliger dan deze kamer.'

Jessica keek rond. Het was duidelijk dat ze ongelukkig was met het idee dat haar kamer niet volkomen veilig was. 'Dus het enige probleem is erheen gaan,' zei ze.

'Dat is ook geregeld,' zei Rex. 'Je kunt tegen je ouders zeggen dat je bij Dess blijft slapen. Zij woont iets dichter bij de woestenij. Je kunt het huis uit sluipen en daar zijn voordat...'

'Vergeet het maar.'

'Waarom?' vroeg Rex.

'Ik kan nergens blijven slapen, althans tot en met de volgende maand. Ik heb huisarrest. En ze zijn streng.'

'O.' Rex keek alsof hij nooit verwacht had dat zoiets gewoons zijn plannen in de war zou gooien. 'Nou, als jij in je eentje naar buiten sluipt, kan Melissa je oppikken en je erheen brengen.'

'Nee.' Jessica zei het woord zonder aarzeling. 'Ik heb genoeg tegen mijn ouders gelogen. Ik heb genoeg rondgeslopen. Vergeet het maar.'

Rex deed zijn mond open en weer dicht.

Dess wilde dolgraag met Jessica praten zonder Rex erbij. Wat was er de vorige avond gebeurd? Ze vroeg zich af of Jess' huisarrest iets te maken had met Jonathan.

'Ik bedoel,' ging Jessica verder, 'dat ik het niet vervelend vind in het heimelijke uur uit te gaan, maar ik ga in normale tijd het huis niet uit. Als mijn ouders daarachter kwamen, zouden ze pas echt kwaad zijn. Ik wil hun dat niet nog eens aandoen.'

'Wil je een hele maand wachten?' vroeg Rex. 'Als ze inderdaad zo bang zijn als ze lijken, zullen de duisterlingen binnenkort misschien iets heel ernstigs proberen.'

'Hoe ver weg is het?' vroeg Jessica.

'Redelijk ver,' zei Rex. 'Zelfs vanaf Dess' huis haal je het nauwelijks op de fiets heen en terug binnen een uur.'

'Kunnen we niet vliegen?'

Rex mond zakte open. Toen keek hij Dess met een koude blik aan. Ze zuchtte en hield haar handen op met een kleine schouderbeweging. Ze had geen hoop dat ze niet de schuld zou krijgen. Rex wist dat Melissa nooit aan Jonathan verteld zou hebben waar Jess woonde. Dus als Dess niet gekletst had, zou Jonathan het niet eens hebben geweten dat er een nieuwe middernachter in de stad was. Ze probeerde schaapachtig te kijken.

Maar van binnen lachte Dess. Van tijd tot tijd moest Rex eraan herinnerd worden dat niemand hem had verkozen tot profeet.

Hij vermande zich en keek Jessica weer aan.

'Het is te gevaarlijk. Jullie tweeën alleen in de woestenij... jullie zouden regelrecht in een dodelijke val trappen.'

'Ja,' gaf Jessica toe. 'Gisteravond was het heel slecht. En we waren nauwelijks de stad uit.'

'Waren jullie buiten de rand...?' Rex voelde zijn nekharen overeind staan, maar beheerste zich. 'We zullen iets anders bedenken,' zei hij. 'Een of andere manier om je daarheen te krijgen vóór middernacht.'

'Waar ligt die overleveringsplek eigenlijk precies?' vroeg Jessica.

Dess bekeek Rex' gezicht nauwkeurig en dacht dat ze een moment van plezier in zijn ogen zag, nu hij nog een reden had gevonden om Jessica Day angst aan te jagen voor middernacht.

'Het wordt "de Slangenkuil" genoemd.'

18 11.06 uur

BERUCHT

Maandagochtend duurde het niet lang voor Jessica wist waar Jonathan de rest van het weekend was geweest. Eerst geloofde ze het niet. Het klonk te veel als een gerucht om waar te zijn. Maar zijn lege tafel, en iedereen die ernaar zat te staren in het tweede uur, natuurkunde, zei genoeg. Het was waar. Hij zat in de gevangenis en het was allemaal haar schuld.

Er circuleerden een heleboel versies van het verhaal, maar iedereen scheen te weten dat Jonathan opgepakt was in gezelschap van Jessica Day. Jess was in een recordtijd van 'het nieuwe meisje' veranderd in 'een fout meisje'. De meeste mensen schenen verbaasd toen ze Jessica op school zagen, alsof ze verwachtten dat ze in haar eigen gevangeniscel lag weg te kwijnen. Overal waar ze kwam, veroorzaakte ze onrust en iedereen (behalve die paar stomme leraren die altijd en eeuwig immuun waren voor roddel) wilde weten wat er gebeurd was.

Gelukkig werd ze gered door Constanza, die Jessica

's morgens van de ene les naar de andere loodste en haar op de hoogte bracht.

'Het zit zo: iemands tante, of moeder, werkt op het politiebureau als hulpsheriff of als chauffeur en was daar zaterdagnacht toen Jonathan binnen werd gebracht. Zoiets gaat als een lopend vuurtje door Bixby. Wat waren jullie eigenlijk aan het doen?'

'We maakten een wandeling.'

Constance knikte. 'Jullie verbraken de uitgaansregels. Dat dacht ik al. Maar sommige mensen zeggen dat jullie opgepakt werden omdat je ingebroken had in een auto of in een drogist, of beide.'

'Niets van dat alles. Maar waarom hebben ze mij thuisgebracht en hem gevangen gezet?'

'Nou, iedereen weet – althans sinds vanmorgen – dat Jonathan eerder met de politie in aanraking is geweest. Wel een miljoen keer. Zijn vader ook. In feite hoorde ik dat Jonathan, of zijn vader misschien, gezocht werd voor een gewapende overval in Philadelphia, of misschien zelfs doodslag. Dat is trouwens ook de reden waarom die twee hierheen zijn verhuisd.'

'Weet je dit absoluut zeker?'

'Niet absoluut zeker. Maar je moet weten wat de mensen zeggen, Jessica.'

'Ja, natuurlijk. Sorry.'

Een paar meisjes uit de brugklas stonden bij Jessica's kluisje. Constanza joeg ze weg, terwijl Jess haar boeken pakte voor het studie-uur. Jessica zocht in haar kluisje. Ze voelde de blikken van leerlingen die langsliepen en probeerde te beslissen of ze meer achter was in driehoeksmeting of in natuurkunde.

Ze zag nog steeds Jonathans lege tafel, de laatste bevestiging dat het hem niet gelukt was thuis te komen. Alles werd steeds erger. Jessica kon het nauwelijks geloven. Alles wat fout had kunnen gaan, was ook fout gegaan, met één uitzondering: ze waren niet opgegeten.

Jessica Day: magneet voor duisterlingen en politie, verdacht type. Ze griste haar trigonometrieboek uit het kluisje en gooide de deur met een klap in het slot.

'Ik heb gehoord dat jullie aan het zoenen waren toen de politie kwam opdagen,' zei Constanza.

'Nee, dat is niet waar.'

'Wát? Waren jullie helemaal daarheen gegaan alleen maar om elkaars handje vast te houden?'

'Nee.' Jessica zweeg even. 'Eh, eigenlijk liepen we inderdaad hand in hand.' Ze wreef over haar pols, die nog steeds pijn deed. Rennen voor je leven vroeg om het gebruik van spieren die normaal niet veel oefening kregen.

'Dus jullie hebben iets samen?'

Jessica voelde dat ze een kleur kreeg. 'Nee. Ik weet het niet. Misschien...' Ze kende Jonathan nauwelijks, maar ze had nog nooit zo'n band met een jongen gehad zoals ze zaterdagnacht met hem had gevoeld. Natuurlijk, nadat de nacht zo was geëindigd... 'Waarschijnlijk niet, na wat er gebeurd is,' maakte ze haar zin af.

Constanza sloeg haar arm om Jess heen. Ze liepen naar de bibliotheek.

'Ik vind die avondklok een stomme wet. Ik denk dat ik

er een artikel over ga schrijven in de schoolkrant, misschien zelfs in het *Bixby Journaal.* "Jonge geliefden opgepakt omdat ze hand in hand liepen."'

'Laat mij er alsjeblieft buiten.'

'Ik zou natuurlijk niet je echte naam gebruiken.'

Jessica moest lachen. 'Fantastisch idee, Constanza. Niemand zal daar ooit achterkomen. Noem me maar Jess Verdacht.'

Constanza glimlachte. 'Niet slecht. Leuk zelfs.'

Ze gingen de bibliotheek binnen toen de tweede bel ging. Mevrouw Thomas keek op van haar computer. 'Goedemorgen,' zei ze met een opgetrokken wenkbrauw. Ze keek alsof ze een vette roddel verwachtte om de studietijd van vandaag een beetje op te fleuren.

'Morgen,' zei Jessica en ze kreunde heimelijk toen ze de lange tafel zag. De rest van Constanza's groep zat al klaar om het nieuws te horen.

Ze keek Constanza aan en zei: 'Ik moet echt aan trigonometrie werken. Door mijn criminele carrière heb ik dit weekend niets kunnen doen.'

Constanza glimlachte. 'O, dát zou ik niet zeggen, Jess Verdacht. Klinkt alsof je lol hebt getrapt. Maar maak je niet druk. Jij krijgt je huiswerk wel af en ik zal verslag doen aan de rest.'

'Bedankt, Constanza. Dat vind ik heel aardig. Maar... eh... welk verhaal ga je gebruiken?'

'Wat vind je van iets wat er een beetje tussenin zit? Handen vasthouden, maar niet zoenen? En niet eerder met de politie in aanraking geweest?'

'Ja, bedankt, denk ik. Probeer het allemaal niet te slecht te laten klinken, alsjeblieft. Ik woon hier vast nog een hele tijd.'

'Geen probleem! Als je een klein drama meemaakt, bezorgt dat je meer vrienden dan wanneer je een saai, suf leven leidt. Waarmee ik niet bedoel dat ik vind dat je een saai, suf leven leidt.'

'Bedankt.'

'Heb je aanstaande vrijdag iets bijzonders te doen?'

'Huisarrest.'

'Wat jammer. Een paar vrienden van me geven een feest bij Rustle's Bottom.'

'Rustle's wat?' vroeg Jessica.

'Het is een opgedroogde bedding van een meer. Mooie plek om een biervaatje neer te zetten, weet je? Het is in Broken Arrow County, officieel buiten het gebied waar de avondklok is ingesteld. Ik weet niet of Jessica Day had willen komen, maar Jess Verdacht zou zich er uitstekend amuseren.'

'Sorry. Huisarrest tot oktober.'

'Jammer. Nou ja, ik zie je in de kantine.' Constanza kneep even in haar hand. 'En maak je niet druk. Dit verhaal is op zijn hoogst een week lang groot nieuws.'

Ze liep snel terug naar de lange tafel en Jessica liet zich in de stoel in de hoek zakken, dankbaar dat Constanza iedereen bijpraatte over de laatste roddels. Er stond tenminste íémand aan haar kant.

Jess zag pas op dat moment dat Dess op haar gewone plaats zat, aan de overkant van de tafel.

'Ha, fijn. Ik hoopte al dat je hier zou zijn, Dess.'

'Ik wil voor geen goud mijn lievelingsuur missen.'

'Wat, het geef-Jessica-bijles-in-trigonometrie-uur?' vroeg Jessica hoopvol.

Dess glimlachte. 'Vandaag is elke bijles in wat dan ook niet gratis.'

Jessica kreunde. 'Begin jij ook al?'

'Maak je niet druk. Ik wil niet horen hoe je opgepakt werd. Je suffe strafblad interesseert mij niet. Ik wil alleen maar weten of jullie hebben gevlogen.'

Jess keek naar de lange tafel. Iedereen hing aan Constanza's lippen.

Ze keek Dess weer aan en knikte.

'Is het niet fantastisch?' vroeg Dess zachtjes.

Jessica voelde een kleine, onverwachte steek van ergernis, jaloezie bijna. Maar natuurlijk had Jonathan minstens een van de andere middernachters mee uit vliegen genomen. Hoe kon hij anders weten hoe het werkte? Maar het vliegen had gevoeld als iets speciaals tussen hen tweeën.

'Ja, geweldig.'

'Ik dacht wel dat je het leuk zou vinden. Daarom heb ik Jonathan verteld waar je woont.'

Jessica knikte glimlachend tegen Dess. 'Daar ben ik blij om.'

'Iemand moest het doen.'

'Jij kiest toch geen partij of zo in dit gedoe tussen Rex en Jonathan, of wel?'

Dess zuchtte. 'Het heeft eigenlijk geen zin. Rex is oké. Ik zou nauwelijks weten wat ik moest zonder hem. Maar hij krijgt soms zo'n houding van de-ziener-weet-het-'t-beste. En Jonathan is heel aardig, maar hij hangt graag de vrije vogel uit. Niet dat ik hem dat kwalijk neem. Dat gedoe tussen hen gaat terug naar het begin, meer dan twee jaar geleden.'

'Dus jullie vieren hebben nooit samengewerkt?'

'Ongeveer twee weken. Toen Jonathan kwam, begon hij net zijn kracht te ontdekken. Zijn droom wordt werkelijkheid en dan verschijnen Rex en Melissa. Rex wil natuurlijk elke avond op onderzoek uit naar de overlevering.'

Jessica knikte. Het moest een stuk makkelijker voor Rex geweest zijn om naar zijn waardevolle overleveringsplekken te gaan met Jonathans hulp. Dat zou het nog steeds zijn.

'Maar Melissa en Jonathan hebben nóóit met elkaar kunnen opschieten,' voegde Dess eraan toe. 'Ze heeft zelfs nooit met hem gevlogen.'

'Echt niet?'

'Ze kon er niet tegen. Ze heeft iets tegen... hand in hand zitten of lopen.'

Jessica knipperde met haar ogen. Even geleden was ze nog jaloers geweest op Dess, maar nu kon ze het niet helpen dat ze medelijden kreeg met Melissa. Vliegen met Jonathan was het leukste deel van middernacht.

'Dus Melissa mag niet mee op al die tochten naar de woestenij en Jonathan baalt ervan dat hij Rex' persoonlijke vliegbegeleider moet zijn. En dan breekt de hel los.'

Jessica slikte. 'Ik denk dat ik weet waar er misschien sprake is van een paar persoonlijkheidsconflicten.'

'Alles is sindsdien in de war gelopen, echt.' Dess keek

naar de grond. 'Nou ja, misschien was alles altijd al in de war.'

'Maar, Dess, waarom heb jíj me niet over Jonathan verteld als Rex het niet van plan was?'

'Ik wilde niets zeggen waar Rex bij was. De gedachte aan Jonathan alleen al jaagt hem helemaal over zijn toeren.'

'Je had me kunnen bellen.'

Dess haalde haar schouders op en glimlachte. 'Misschien wilde ik dat het een verrassing was.'

Jessica tuurde door Dess' zonnebril in haar donkere ogen en voelde dat het meisje de waarheid vertelde. Hoe vreemd Dess ook mocht lijken, ze was altijd eerlijk tegen haar geweest. Ze had van het begin af aan geprobeerd duidelijk te maken dat alles anders zou zijn hier in Bixby. Natuurlijk had Dess nooit alles kunnen uitleggen, maar dat was niet echt haar fout. Daar was de hele geschiedenis te ingewikkeld voor.

Jessica glimlachte. Hoewel de zaterdagnacht verschrikkelijk was afgelopen, was ze blij dat Dess Jonathan over haar verteld had.

'Het was wat je noemt verrassend. En ja, fantastisch,' zuchtte Jessica. 'Tot er een heleboel duisterlingen verschenen, aardigheidje van mij! En vijf minuten nadat we die ontglipt waren, was de politie er. Hij vindt me waarschijnlijk een wandelende ramp.'

'Maak je niet te druk over Jonathan, Jess. We hebben allemaal bij Clancy St. Claire achter in de auto gezeten. We vallen onder zijn gebied!'

'Nou, daar knap ik echt van op. Mijn ouders zijn al helemaal van streek. Als ik nog eens door de politie word thuisgebracht, hang ik. En heel lelijk ook.'

'We moeten ervoor zorgen dat dat niet gebeurt,' zei Dess.

'Ik durf het bijna niet te vragen, maar hebben jullie al een plan? Om mij naar de Slangenkuil te krijgen?'

'Je kunt gewoon niet meer wachten, hè!' zei Dess glimlachend. 'Daar zijn we nog mee bezig. Het is heel jammer dat je niet mee kunt naar dat feest in Rustle's Bottom.'

Jessica fronste haar wenkbrauwen. Hoezeer ze Constanza ook mocht, het had niet geklonken als haar soort feest. 'Waarom?'

'De slangenkuil is de naam voor het diepste gedeelte van de Bottom. Van daaruit is het maar vijf minuten lopen. En ik heb het gevoel dat dit feest tot middernacht duurt. Weet je zeker dat je je ouders niet zo ver kunt krijgen dat ze een uitzondering maken op dat huisarrest?'

'Ze maken geen uitzondering. Zeker weten.'

'Jammer.' Dess leunde naar achteren op haar stoel. 'Laten we het over iets leukers hebben.'

'Zoals wat? Wortelkanaalbehandeling?'

'Nee, over trigonometrie.'

Na school wachtte Jessica aan de voorkant van de school op haar vader. Voorlopig zou hij haar van school komen ophalen. Zijn theorie was dat ze zou verdwalen óf gearresteerd worden op weg naar huis. Als het werkeloze lid van de familie had hij niets beters te doen dan zich zorgen maken en overdreven reageren. Natuurlijk zou hij te laat komen omdat hij moest stoppen bij Bixby Junior High. De basisschool lag iets dichter bij het centrum. Beth wilde natuurlijk niet met de bus als haar criminele zusje gehaald en gebracht werd.

Massa's leerlingen kwamen naar buiten en iedereen keek nog een keer naar Jessica. Ze huiverde omdat iedereen nog een kans kreeg het nieuwe 'slechte' meisje aan te gapen. Het zou een tijdje kunnen duren voor ze opnieuw naar haar konden kijken. Morgenochtend bijvoorbeeld.

Ze keek boos terug naar een groepje jongens uit de tweede. Ze deden een stap naar achteren, draaiden zich om en renden naar hun wachtende bus. Er was één dag voorbij van haar huisarrest en openbare vernedering en Jessica Day had er al meer dan genoeg van.

Ze had er niet om gevraagd middernachter te zijn, had niet geprobeerd in de problemen te raken. Voorzover zij wist, was haar grote vergissing geweest dat ze niet gestopt had om aan de duisterlingen uit te leggen dat er in Bixby een uitgaansverbod van kracht was. Voor de duizendste keer die dag fantaseerde ze over hoe de duisterlingen haar hadden gepakt en haar verscheurde lichaam werd gepresenteerd aan haar ouders met een laatste briefje van haar:

Pap en mam,
Kon niet rennen of mijn leven ervan afhing, vanwege avondklok.
Dood, maar zonder huisarrest.
Jess

Ze begon aan een ander, nog veel spottender briefje toen ze een stem achter zich hoorde.

'Jess?'

Ze draaide zich om. Het was Jonathan.

'Ben je... eruit?' Ze voelde dat er een reusachtige grijns op haar gezicht verscheen.

Hij lachte. 'Ja. Goed gedrag.'

'Sorry, ik bedoel: leuk je weer te zien.' Ze deed een stap naar voren.

'Ik vind het ook leuk om jou te zien.'

Het leek of de schoolgeluiden om hen heen opeens gestopt waren, alsof het op de een of andere manier blauwe tijd was geworden midden op de dag. Deze keer wist Jessica dat ze niet droomde.

Ze keek naar Jonathan en probeerde te peilen wat hij dacht. Hij zag er moe uit, maar hij leek ontspannen, opgelucht dat hij haar zag. Zijn haar was een beetje vochtig, alsof hij net onder de douche was geweest. Jessica besefte dat hij naar school was gekomen alleen om haar te zien, en haar glimlach werd breder.

'Wat is er gebeurd?'

'St. Claire, de sheriff hier in Bixby, wilde alleen maar een punt maken,' zei Jonathan. 'Stelt niets voor. Hij had mijn vader overgehaald om toestemming te geven om me het hele weekend op te sluiten. Maar gelukkig kwam mijn vader me vanmorgen ophalen. Het was maar een grap. Ik werd niet eens gearresteerd, niet officieel. Ik zat alleen maar in voorarrest.'

Jessica huiverde. Ze had gedacht dat hij de hele dag zou

worden vastgehouden. Geen van de beelden in haar hoofd had haar gerustgesteld.

'Hoe was het?'

Jonathan rilde even. 'Er was geen raam. Ik kon nergens lucht zien. En er was niet genoeg te eten. In het heimelijke uur heb ik – bijna gewichtloos — alleen maar tegen het plafond gestuiterd. Maar de rest van de tijd was het voornamelijk vies. Het stonk er. Ik heb de halve dag onder de douche gestaan en naar mijn vader geluisterd die zich maar bleef verontschuldigen.'

'Maar het gaat goed met je?'

'Uitstekend. Hoe is het met jou?'

Jessica deed haar mond open, wilde Jonathan vertellen over het plan van Rex, wilde meer weten over de gevangeniscel op het politiebureau, over de zwaartekracht in het heimelijke uur en hoe ze aan de duisterlingen waren ontsnapt. Toen zag ze de auto van haar vader langzaam aan komen rijden tussen de schoolbussen en de schreeuwende kinderen door en liet haar vragen maar even zitten.

'Ik wil best nog eens vliegen.' Ze grijnsde hoopvol. Hij glimlachte terug.

'Super! Wat dacht je van vanavond?'

19 23.49 uur

GEESTLEZER

'Wekkewegganazzztad?

Melissa haalde een hand van haar stuur en wees naar rechts, naar de grote slapende mensenmassa. Het centrum van de stad smaakte gezwollen en zoet. Het klopte in een langzaam en saai droomritme, doorvlochten met een paar scherpe nachtmerries als onopgeloste brokken zout. Een positief punt van Bixby was dat de mensen er vroeg naar bed gingen. Op een woensdagavond begon het lawaai in Melissa's hoofd rond tien uur af te nemen en tegen halftwaalf waren de gedachten van degenen die nog wakker waren alleen maar vervelend, als muskieten die je nét kunt horen.

Rex bromde terwijl hij de kaart met beide handen uitspreidde en een kleine zaklamp tussen zijn tanden geklemd hield. Het was zijn idee geweest om vanavond de auto te nemen.

'Ik wéét hoe ik daar moet komen,' klaagde Melissa. 'Laten we naar Division gaan. We hebben maar tien minuten.'

‘Ikwilnietjhoevenssstoppen,’ mompelde hij om het zaklampje heen.

Melissa zuchtte.

Ze was zestien en in Oklahoma kreeg je op die leeftijd een rijbewijs, waarmee je alleen maar heen en weer mocht rijden tussen school en thuis (of tussen werk en thuis in het onwaarschijnlijke geval dat ze ooit een baan zou vinden waar ze niet knettergek van werd). Het was ook na elf uur ’s avonds, dus Rex was extra voorzichtig en wees haar de weg via allerlei achterafstraten. Hij wilde geen politie tegenkomen voor het geval sheriff St. Claire had besloten met harde hand op te treden zodra iemand zich niet hield aan de avondklok.

Jonathans verblijf in de cel op het politiebureau had Rex bang gemaakt. Op een of andere manier was hij banger voor Clancy St. Claire dan voor wat ook in het heimelijke uur. Voorzover het dikke, lastige sheriffs betrof was er geen overlevering die hij kon raadplegen.

De verdwijning van Jonathan in het weekend was ook voor Melissa angstig geweest, maar om andere redenen. ’s Zondags had ze het hele heimelijke uur op het dak van hun huis gezeten en vooral zitten kijken naar de groeiende activiteit van duisterlingen, maar ze had zich ook afgevraagd waarom Jonathan niet was komen opdagen. Normaal gesproken kon ze hem proeven als hij over het landschap vloog. Hij was gemakkelijk op te sporen, sneller dan wat dan ook in het middernachtelijke, paranormale territorium, zelfs sneller dan een vliegende duisterling.

Zijn afwezigheid had haar meer verontrust dan ze had gedacht. Toen ze maandagochtend hoorde dat hij alleen maar in de cel had gezeten, omgeven door dof staal, was dat een opluchting geweest. Rex had misschien een fobie voor sheriffs, maar er waren ergere dingen dan opgepakt worden.

Ze lachte spottend. Een nacht niet vliegen had Jonathan misschien zelfs goedgedaan. Hij leek deze week iets nederiger.

'Rechsjjaf.'

Melissa sloeg rechtsaf.

Ze begon de buurt te herkennen. 'Oké. We zijn er vlakbij. Ik ga ergens parkeren.'

Rex keek naar haar op en knikte instemmend.

'Au!' Ze kneep even haar ogen dicht. 'Maak me maar blind met die lamp. Waarom niet?'

Rex haalde de zaklamp uit zijn mond. 'Sorry.' Hij begon de kaart op te vouwen.

Nu ze er bijna waren, was Melissa blij dat ze met de auto waren gekomen. Fietsen in de blauwe tijd zou minder lang geduurd hebben, maar de duisterlingen hadden dan van alles naar hen toe kunnen gooien. Zonder een aantal wapens met het keurmerk van Dess zou het niet veilig zijn geweest en dit was een tocht die Rex en zij geheim wilden houden.

Ze hadden Dess nooit alles verteld van wat er in de overlevering stond over geestlezen. Het zou voor alle anderen moeilijk zijn de vergissingen te begrijpen die ze gemaakt hadden toen ze jong waren. Dess liep altijd rond met de gedachte dat ze buitengesloten werd en had het nooit gewaardeerd dat ze het veel gemakkelijker had gehad.

Vroeger, toen ze nog met zijn tweeën waren geweest, Rex en Melissa, hadden ze de regels van het heimelijke uur op de harde manier moeten leren. Die jaren waren niet alleen maar gemakkelijk geweest.

Melissa huiverde en bracht haar geest terug naar het heden.

Een paar straten verder stopte ze met haar oude Ford en trok haar rechter mouw op om op haar horloge te kijken. Nog drie minuten.

Het viel Rex nu pas op dat ze zwarte handschoenen aan had. 'Je ziet eruit als een stoottroeper.'

Ze grijnsde. 'Hoe heette dat meisje ook weer?'

'Constanza Grayfoot. Heb je nooit van haar gehoord?'

Melissa schudde zuchtend haar hoofd. Zelfs Rex begreep niet helemaal hoe verschrikkelijk het op school voor haar was. Melissa wist van de helft van haar leraren niet hoe ze heetten, laat staan dat ze de naam wist van iedere leerling die sociaal gezien iets betekende op school.

'Nou ja, haar naam doet er ook niet toe,' zei hij. 'Zolang je het algemene idee maar goed overbrengt. Maak de weg vrij, dan gebeurt het vanzelf.'

'Geen probleem.'

Melissa keek weer op haar horloge, zuchtte diep en deed even haar ogen dicht om zichzelf te kalmeren.

Het zoemen van een wakkere geest was dichtbij, een of ander hersenloos wonder dat laat op de avond nog geboeid naar een tv-show zat te kijken. Maar een zoete opluchting zou er over zestig seconden zijn.

'Zorg ervoor dat je ze op één lijn krijgt. We willen het

feest vrijdag niet missen, omdat zij zo nodig met elkaar moeten onderhandelen.'

'Rex, het is een fluitje van een cent. Laat me de lijken zien.' Ze voelde dat hij even verstrakte. Rex had er een bloedhekel aan als ze dit woord gebruikte. 'Sorry,' zei ze sarcastisch. 'Laat me de mensen zien die in het heimelijke uur koud zijn en ik maak het in orde.'

Rex draaide zich om en staarde uit het raam. Hij straalde ongelukkige gevoelens uit.

Ze zuchtte en stak haar hand uit om een van zijn handen te strelen. Hij keek verrast op haar neer en herinnerde zich toen dat haar huid beschermd was door de handschoenen. Hij glimlachte, maar even kreeg ze de smaak van zijn vroegere bitterheid in haar mond. Hij deelde elke gedachte met haar, met verschrikkelijke geheimen en een verborgen wereld, maar ze raakten elkaar nooit aan.

'Rex, dit is echt heel simpel. Er kan niets fout gaan.'

'Dat zeg je altijd.'

'De blauwe tijd is een koud kunstje, Rex. Juist de rest van de werkelijkheid is hard.'

Hij draaide zich weer naar haar om, stak zijn hand uit en stopte een paar centimeter van haar gezicht. 'Weet ik.'

'Acht jaar geleden heb ik het moeilijkste gedaan wat ik ooit zal doen.'

Hij lachte. 'Dat vertel je me steeds.'

Die zoektocht was het moeilijkst geweest, namelijk om Rex voor de eerste keer te vinden. Melissa had zijn aanwezigheid gevoeld zo lang ze zich kon herinneren, al vóór ze kon praten. Als de blauwe tijd aanbrak en het gekmakende lawaai eindelijk stopte, bleef er maar één enkele stem over. Een eenzame smaak uit de plotseling lege wereld, zo oppervlakkig als een denkbeeldige vriend. Het had jaren geduurd voor ze gewend was aan het idee dat hij een echt mens was. Ten slotte had ze in het heimelijke uur de kilometers naar zijn huis rennend afgelegd, acht jaar oud, in een pyjama met tekeningen van cowgirls erop, half denkend dat het een droom was. Maar het feit dat ze elkaar hadden gevonden, had alles echt gemaakt.

Het was kantje boord geweest, besefte ze nu. Als ze nog langer alleen was geweest, was ze gek geworden.

Melissa probeerde haar geest tot rust te laten komen om zich op middernacht voor te bereiden en op de taak die haar te wachten stond. Ze haalde een paar keer diep adem. Ze wachtte op het moment dat al het lawaai en gestommel, de onrustige dromen en nachtmerries, half bewuste angsten en regelrechte nachtelijke verschrikkingen ten slotte zouden...

Verstómmen.

'O, ja,' zei ze. 'Daar gaat het om.'

Ze kon Rex' glimlach proeven.

Al zijn gedachten waren nu open voor haar. Ze voelde zijn opluchting dat ze veilig waren, in de blauwe tijd, buiten het bereik van de wet. Ze proefde ook zijn intense vastberadenheid om dit goed af te werken. Ze kon zelfs het beetje schuldgevoel proeven dat hij had omdat hij zo vér ging.

'Maak je niet druk, Rex. Wat niet weet wat niet deert.'

'Zeg 't me als we té ver gaan.'

‘Dat zal ik doen.’

Ze stapten uit de auto. Melissa stelde met een snelle blik orde op zaken. Nog niets aan de hand, maar het was nog vroeg. Geen schepsel dat in de blauwe tijd leefde zou zich ooit bij daglicht zo ver in de stad wagen.

Rex’ ogen schoten heen en weer op zoek naar tekenen.

‘Moet je dit zien, Melissa. Ze hebben overal rondgekropen. En elke avond waren het er meer.’

‘Maar goed dat Jessica niet vaak thuis is.’

Rex’ ergernis was voelbaar, het voorspelbare resultaat van zelfs maar de vaagste verwijzing naar Jonathan Martinez. Het was tenminste geen jaloezie, die Melissa genoeg proefde op Bixby High. Het was alleen de gekrenkte trots van Rex dat hij niet alles onder controle had in het heimelijke uur.

Even later voelde Melissa hoe hij de emotie onderdrukte. ‘Mmm, die gozer is eindelijk ergens goed voor,’ mompelde hij.

Ze slopen door een achtertuin en verborgen zich tussen de struiken aan de overkant van de straat.

‘Komt hij eraan?’

Melissa concentreerde zich, en geuren kwamen naar haar vanuit elke hoek van middernacht. Ze proefde Jessica, die vol verwachting in haar kamer zat. Dess was nog thuis, tevreden werkend aan haar speeltjes. De glibbers bewogen zich aan de rand van Bixby. Ze werden elke avond opgewondener.

En van de andere kant van de stad kwam een gedaante die zich snel voortbewoog door de lucht.

'Hij is onderweg.'

Ze kropen dieper weg tussen de struiken.

Een paar minuten later landde Jonathan.

Het was een jaar geleden dat ze hem voor het laatst in actie had gezien, realiseerde Melissa zich nu. Ze herinnerde zich zijn elegantie nu hij, draaiend als een spiraal, naar beneden kwam en zachtjes op één voet landde, geluidloos en in slow motion. Misschien zou ze nooit met Jonathan vliegen, maar Melissa kon in elk geval zijn geest proeven als hij gevuld was met het plezier dat hij had als hij vloog.

Naast haar zat Rex even vol bewondering naar Jonathan te kijken.

'Hoi!' riep Jonathan door het raam van Jessica's kamer.

'Hoi!' Jessica stapte uit haar raam, rende naar hem toe en pakte zijn handen vast.

Melissa kon niet horen wat ze toen zeiden, maar ze kon proeven wat er tussen hen was, helemaal cliché en daglicht: Jessica smaakte naar vanille. De twee praatten rustig, en waren zo op elkaar gericht dat een duisterling gemakkelijk naar beneden had kunnen vliegen om hen op te pakken en mee te nemen. Even later draaiden ze half in dezelfde richting. Naast elkaar, hand in hand, gingen ze door hun knieën en zetten zich af voor de sprong, moeiteloos in harmonie.

Twee seconden later waren ze boven de bomen verdwenen.

'Leuk stel,' zei Melissa, terwijl ze uit de struiken kroop.

Terwijl ze de straat overstaken, keek Rex zenuwachtig naar de lucht.

'Rustig maar. Ze zijn halverwege het centrum.' De laatste twee avonden had Melissa gevoeld dat de twee dicht bij het centrum van Bixby waren, waarschijnlijk op een van de hoge gebouwen daar, ver weg van duisterlingland en met een goed uitzicht in alle richtingen. Jessica was veel veiliger bij Jonathan dan thuis, dat moest zelfs Rex toegeven.

De voordeur zat op slot.

'Verdomde stadsmensen,' zei Melissa. Ze liepen naar Jessica's open raam.

'Je bent in een geweldig humeur,' zei Rex.

Melissa trok zichzelf op en klom door het raam naar binnen. Daar proefde ze de restjes van Jessica's gedachten. Ze stak een hand uit om Rex naar binnen te helpen en zag hoe hij die instinctief ontweek, tot hij zag dat ze handschoenen aanhad.

'Ik heb altijd een goed humeur in de blauwe tijd,' zei Melissa toen ook Rex binnen was. 'Vooral wanneer ik aan het werk ben.'

Rex verspreidde een scherpe geur van angst.

Melissa zuchtte. 'Maak je niet druk. Ik beloof je dat ik me niet al te goed zal amuseren.'

'Oké. De overlevering staat vol met...'

'... dingen die ik niet interessant vind,' viel Melissa hem in de rede.

'Over oninteressant gesproken...' Melissa keek minachtend Jessica's kamer rond. 'Wauw, ze is zó helemaal dáglicht.'

Rex fronste zijn wenkbrauwen. 'Zo erg is het niet. Waarom heb je zo'n hekel aan haar?'

'Ik heb geen hekel aan haar, Rex. Ze is alleen... ze is niet bijzonder. Ik denk dat ze bij haar geboorte met een echte middernachter is verwisseld. Alles is zo gemakkelijk voor haar.'

'Dat zou ik niet zeggen.'

Ze deden de deur open en kwamen in de lange gang. Melissa duwde de eerste deur aan haar linkerhand open.

'Dit is de kamer van... het kleine zusje.'

'Proef je dat?'

'Ik zie het.' Melissa wees naar de vloer die bezaaid was met rokjes, jeans, T-shirts, proppen papier en schoolboeken. De twee muren hingen vol met posters van jongensgroepen en op het bed lag een kleine gestalte genesteld onder de dekens met een knuffel in haar hand.

Rex lachte. 'Jouw paranormale krachten blijven me verbazen.'

Ze deden de deur dicht en liepen verder. Er was een badkamer met toilet aan de rechterkant. In de gang zagen ze nog twee deuren. Eentje gaf toegang tot de woonkamer. Ertegenover was de tweede deur.

'Dit ziet er veelbelovend uit,' zei Melissa toen ze hem openduwden.

Daar lagen Jessica's ouders, bevroren in hun slaap. Melissa keek naar hen. Ze leken dood, zo wit en zo weerloos. Ze zagen eruit als paspoppen. Het leek of iemand zijn best had gedaan ze een echt menselijk uiterlijk te geven, maar ze waren per ongeluk te griezelig uitgevallen.

Rex snuffelde wat rond in de slaapkamer en gluurde in de verhuisdozen bij de muurkast. Net als de andere middernachters was hij een beetje bang voor de bevroren mensen.

Melissa was totaal niet bang. Jess' ouders waren koud en hard. In die toestand had ze talloze mensen eerder gezien, en dit was het enige moment waarop ze ooit een ander menselijk wezen wilde aanraken. Ze trok haar handschoenen uit.

'Laten we met Jessica's moeder beginnen.'

20 7.22 uur

VAN GEDACHTEN VERANDERD

'Goedemorgen, Beth.'

'Goed in welke zin?'

'Zien, horen, ruiken, alle andere zintuigen. De zon schijnt en de vogels fluiten, en jij mag deze boterham hebben die ik net voor mezelf in de broodrooster heb gestopt.'

Beth bleef naast de tafel staan. 'Wat is er mis mee?'

'Niets. Je bent mijn zusje en ik rooster een boterham voor je.'

Beth plofte neer aan de keukentafel en keek voorzichtig naar haar grote zus. 'Ben je niet een beetje al te blij voor iemand met huisarrest?'

Jessica dacht hier even over na terwijl ze naar de broodrooster keek, waarvan de elementen roodgloeiend waren geworden. De geur van toast kwam uit de rooster, waardoor Jessica een diepe zucht slaakte.

'Toast is lekker,' antwoordde ze.

Beth snoof. 'En als je nou toch gek geworden bent, zou je dan ook een omelet voor me kunnen bakken?'

'Zó blij ben ik nou ook weer niet, Beth.' De broodrooster klikte en de twee boterhammen kwam lichtbruin geroosterd omhoog. 'Alsjeblieft.'

Jessica pakte de boterhammen met haar vingertoppen uit de rooster, liet ze op het bord vallen, draaide zich razendsnel om en zette het bord voor haar zusje neer.

Beth inspecteerde de boterhammen voorzichtig, haalde haar schouders op en begon er boter op te smeren.

Zachtjes neuriënd liet Jessica nog twee boterhammen in de rooster zakken.

Ze voelde zich nog steeds licht, alsof de middernachtelijke zwaartekracht niet helemaal verdwenen was met de blauwe tijd. Bij elke stap kreeg ze het gevoel dat het een sprong zou worden die haar door de kamer zou dragen, uit het raam en de lucht in. Ze had de hele nacht gedroomd dat ze vloog (behalve in het uur waarin ze inderdáád gevlogen had).

Jonathan en zij hadden wat rondgehangen op de grote, haveloze neonreclame van Mobil Oil op het hoogste gebouw in Bixby. Het was een reusachtige Pegasus, een vliegend paard.

De neonbuizen die niet brandden, vormden de omtrek van zijn gestalte en hadden geglansd in het donkere maanlicht. De gespreide vleugels leken op de vleugels van een engel die was gekomen om haar te beschermen tegen de duisterlingen.

Het stalen frame dat Pegasus op zijn plaats hield, was verroest, maar Jonathan wist bijna zeker dat het staal schoon was. Het gebouw stond in het centrum van de stad, waar duisterlingen bijna nooit kwamen. Jonathan kwam hier al twee jaar heel regelmatig, maar had er zelfs nog nooit een glibber gezien.

Drie avonden achter elkaar had ze zich veilig gevoeld in de blauwe tijd. Veilig en geborgen, gewichtloos en...

De broodrooster klikte opnieuw.

'Gelukkig,' zei ze zachtjes.

'Ja, je bent blij, ik snap het.' Beth smeerde jam op haar overgebleven stuk toast. 'Is het al een blijdschap op omeletniveau?'

Jess glimlachte. 'Het gevoel begint te komen.'

'Zeg, Jess?'

'Wat?'

'Die Jonathan met wie je bent opgepakt. Vind je hem leuk?'

Jessica bekeek het gezicht van haar zusje nauwkeurig. Beth scheen oprecht geïnteresseerd. 'Ja, ik vind hem leuk.'

'Hoe lang kennen jullie elkaar al?'

'De avond dat we opgepakt werden was ons eerste afspraakje.'

Beth glimlachte. 'Dat heb je ook aan mam verteld. Maar hoe kwam het dat je de avond ervoor, toen je me kwam opzoeken en die mevrouw Volwassen-toespraak hield, helemaal aangekleed was?'

Jessica slikte. 'Aangekleed was?'

'Ja. Spijkerbroek, sweater. Je had zweetdruppeltjes op je voorhoofd en je rook naar gras.'

Jessica haalde haar schouders op. 'Ik was alleen maar... ik kon niet slapen. Ik had een ommetje gemaakt.'

'Goeiemorgen!'

Jessica schrok. 'Goeiemorgen mam. Wil je geroosterd brood? Ik maak voor mezelf wel nieuw.'

'Graag, Jess. Dankjewel.'

'Je ziet er goed uit, mam.'

'Dank je, schat.' Haar moeder glimlachte en streek de revers van haar nieuwe pak met één hand glad, terwijl ze het bordje met de geroosterde boterhammen van Jessica aannam. Ze ging aan tafel zitten.

'Mag je met ons ontbijten?' vroeg Beth. 'Ik dacht dat Aerospace Oklahoma een afkeer heeft van tijd met het gezin.'

'Stil Beth. Ik heb iets te zeggen tegen je zusje.'

'Uh-oh. Stront aan de knikker.'

'Béth...'

Beth propte een stuk geroosterd brood in haar mond en deed er het zwijgen toe. Jessica drukte de knop van de broodrooster langzaam naar beneden terwijl de gedachten door haar hoofd raasden. Ze draaide zich om, ging tegenover haar moeder zitten en probeerde te bedenken wat haar verraden kon hebben. Ze hadden niets aan het toeval overgelaten. Ze vertrok altijd nadat de blauwe tijd begonnen was – Jonathan deed er trouwens maar een paar minuten over om van zijn huis hierheen te komen – en was terug in bed voor het uur om was. Misschien had mam een vuile schoen gevonden, of een open raam, of misschien had ze vingerafdrukken genomen van alle daken van gebouwen in het centrum...

Béth! Jessica keek boos naar haar zusje. Zij moest mam

en pap verteld hebben dat Jessica vrijdagavond kleren aan had. Beth knipperde onschuldig met haar ogen.

'Je vader en ik hebben het vanmorgen over je straf gehad.'

'Is hij al wakker?' vroeg Beth.

'Beth...' begon haar moeder en zweeg toen even. 'Eigenlijk was hij vroeg wakker, maar hij viel meteen weer in slaap. We hebben nogal liggen woelen vannacht. We waren het erover eens dat we iets langer hadden moeten nadenken over je straf voor we iets besloten.'

Jessica keek haar moeder verbaasd aan. 'Betekent dit nog meer straf of minder?'

'Ja,' zei Beth. 'Staan jullie op instorten of zo?'

'We denken dat omdat je nieuw bent in de stad en je waarschijnlijk behoefte voelt aan acceptatie. Wat jij deed was fout, Jess, maar je probeerde niet iemand pijn te doen.'

'Jullie staan inderdáád op instorten!'

'Beth, ga je klaarmaken voor school.'

Beth bewoog zich niet. Ze zat daar maar. Haar mond was opengezakt. Jessica kon haar oren niet geloven. Haar vader was altijd degene die toegaf, of dat wilde proberen, maar mam hield hem altijd tegen en legde uit dat een straf waarover onderhandeld kon worden, niets voorstelde, wat ze waarschijnlijk geleerd had tijdens haar studie aan de technische universiteit.

'We vinden ook dat je nu nieuwe vrienden moet maken. Je hebt stabiliteit nodig en steun. Je steeds maar opsluiten in je kamer is niet gezond. Daar kun je later weer problemen van krijgen.'

'Dus het huisarrest is opgeheven?'

'Je hebt nog steeds huisarrest, maar je mag één avond in de week vrienden opzoeken. Zolang we maar altijd weten waar je uithangt.'

Beth maakte een geluid dat maar half gedempt werd door het geroosterde brood. Mam stak haar hand uit en pakte over tafel Jessica's hand. 'We willen dat je vrienden hebt, Jess. Maar we willen dat het de goede vrienden zijn en dat je veilig bent bij hen.'

'Oké, mam.'

'Maar ik moet nu echt gaan. Ik zie jullie vanavond. Zorg dat jullie op tijd op school zijn.'

Nadat ze was weggegaan, pakte Beth de onaangeraakte geroosterde boterham van het bord van haar moeder en begon deze hoofdschuddend te smeren.

'Ik zal aan dit gesprek denken als ik een keer in de problemen kom. Je hebt mam een gloednieuwe definitie laten geven van huisarrest. Mooi werk, Jessica.'

'Ik heb niets gedaan.'

'"Wil je geroosterd brood, mam? Mooi pak, mam!"' imiteerde Beth haar zusje. 'Ik ben verbaasd dat je geen omelet voor háár hebt gebakken.'

Jessica knipperde met haar ogen, deels met verbazing vervuld om wat er net was gebeurd en deels verward door haar eigen reactie. Ze had zich heel goed gevoeld voordat haar moeder haar een klein deel van het huisarrest had kwijtgescholden, maar nu was ze daar niet meer zo zeker van. Ze voelde de zenuwen in haar maag. Om elke avond met Jonathan naar een veilige plek te vliegen was prachtig geweest, als een droom. Maar nu had ze geen excuus om Rex' plan te dwarsbomen, geen goede reden om de tocht naar de Slangenkuil af te zeggen. Ze zou lijnrecht tegenover de duisterlingen komen te staan.

'Ik weet het niet, Beth. Ik geloof niet dat het de toast was.'

'Jawel, ik durf erom te wedden dat pap instort.'

Jess schudde haar hoofd. 'Ik weet het niet. Mam praatte alsof ze de laatste dagen veel over mij heeft nagedacht.' Ze keek Beth recht aan. 'Maar bedankt dat je niets hebt gezegd over... die wandeling op vrijdagavond.'

'Je geheim is veilig bij me.' Beth glimlachte. 'Dat wil zeggen, tot ik erachter kom wat je geheim is. Dan hang je.'

Jessica gaf een kneepje in de hand van haar zusje. 'Ik hou van je, Beth.'

'Oh, hou op! Een moeder die een beetje raar doet is al erg genoeg.'

Jessica fronste haar wenkbrauwen. 'Misschien heb ik hen alleen maar bang gemaakt omdat ik zo ben weggeslopen.'

'Misschien,' zei Beth. Ze schoof het laatste stuk toast in haar mond. 'Dit hele gedoe vind ik een beetje eng.'

Later die ochtend was het doodstil in de bibliotheek.

Over Jessica en Jonathan werd nu al een paar dagen flink geroddeld, maar het verhaal werd oud. Dat was dus de tweede week school. Het werk stapelde zich op. En iedereen gebruikte het studie-uur om werkelijk te studeren. Zelfs Constanza zat te lezen in wat verdacht veel leek op een geschiedenisboek.

Jessica had zich begraven in haar natuurkundeboek. De afgelopen avonden had Jonathan haar geholpen met de basiskennis terwijl ze in het heimelijke uur bij elkaar waren. Ze begon dat gedoe met actie en reactie echt te begrijpen. Het feit dat ze bijna gewichtloos elke avond rondsprongen en -vlogen had de wetten van de beweging veel interessanter gemaakt. En door het feit dat ze soms moest rennen alsof haar leven ervan afhing, had ze grote waardering gekregen voor traagheid. Maar ze had nog steeds problemen met de formules, dus besloot ze Dess om hulp te vragen.

Jessica had er bijna het hele uur voor nodig om moed te verzamelen om aan Dess te durven vertellen wat er aan het ontbijt was gebeurd.

'Dus je weet van de hele Slangenkuilexpeditie?'

'Ja, we werken er nog steeds aan. Rex en ik proberen een manier te vinden om jullie daar veilig heen te krijgen,' zei Dess. 'Maar goed, het klinkt alsof jullie er wel plezier in hebben de engerds uit de weg te gaan.'

'Dat is waar.' Jessica glimlachte. Het altijd aanwezige gevaar maakte haar heimelijke uren met Jonathan veel opwindender dan wanneer ze gewoon samen zouden uitgaan.

'Maar ik heb nieuws, Dess. Ik merkte aan het ontbijt dat ik geen huisarrest meer heb.'

'Meen je dat? Dat is fantastisch.'

'Ja, vind ik ook. Maar het was wel een beetje raar. Mijn ouders waren er helemaal klaar voor om me voorgoed op te sluiten. En vanmorgen krijg ik van mijn moeder een hele preek dat ik nieuwe vrienden moet maken.'

Dess haalde haar schouders op. 'Dat soort dingen gebeurt nu eenmaal. Mijn ouders doen het voortdurend. Dit voorjaar, de eerste keer dat ik met Rex en Melissa werd opgepakt wegens overtreding van het uitgaansverbod, zeiden ze dat ze me naar een psychokamp zouden sturen in de zomervakantie.'

'Hè?'

'Dat is net zoiets als een zomerkamp voor jeugdige misdadigers. Ze worden gerund door de staat en lijken op een gevangenis. Mijn vader werkt op booreilanden en hij is ervan overtuigd dat hard werken goed is om de ziel te zuiveren. Maar een paar dagen later veranderden mijn ouders totaal van gedachten. Sinds die tijd zijn ze cool. Ze beginnen zelfs Rex en Melissa aardig te vinden.'

'Nou, mijn ouders waren niet van plan om me weg te sturen, geloof ik. Maar het was wel raar om mijn moeder zo te zien terugkrabbelen.' Jessica zuchtte en wreef nerveus in haar handen. 'Dus ik neem aan dat we moeten proberen die Slangenkuil te doen.'

'Hoe eerder, hoe beter,' zei Dess. 'Zodra we weten wat je talent is, kunnen we uitzoeken waarom de duisterlingen zo bang voor je zijn. Constanza's feestje is een perfecte gelegenheid.'

'Ik weet het niet,' zei Jessica. 'Mam heeft niets gezegd over feestjes laat op de avond.'

Dess boog zich naar haar toe. 'Het is de veiligste manier om je daar te krijgen vóór middernacht. We moeten ons losmaken van Rex' vader en mijn ouders. We moeten misschien onze weg naar de Slangenkuil bevechten. Met jou erbij zou dat riskant worden. Niet dat we je niet mogen, Jess. Maar jij trekt wel slechte zaken aan.'

'O, dank je,' zei Jessica somber. 'Jessica Day, rampenmagneet.'

'De duisterlingen zijn elke avond vervelender geworden, vooral in de woestenij. Het is niet hetzelfde als in het centrum van Bixby.'

'Maar zodra het feestje bevriest, ben ik daar helemaal alléén.'

'Je bent daar al bijna bij de Slangenkuil. Hij ligt in het midden van de Bottom,' zei Dess. 'Ga om vijf voor twaalf een wandeling maken en je zult al snel binnen mijn verdedigingssysteem zijn. Melissa kan Rex en mij naar de rand van de Bottom brengen. Vanaf daar lopen we. Als jij er niet bij bent, zullen de duisterlingen niet om ons heen zwermen als we te laat zijn.'

Jessica slikte moeilijk. De gedachte dat ze helemaal alleen rond middernacht haar weg naar de beruchte Slangenkuil moest vinden, maakte haar niet erg blij. 'Zijn we echt veilig daar?'

Dess knikte. 'Absoluut. Ik heb de hele week aan bescherming gewerkt. Ik heb een berg metaal klaarstaan. Rex en ik kunnen die morgen na school opstellen. We maken een cirkel rond de Slangenkuil, met een doorsnee van 100 meter. De duisterlingen kunnen daar nooit doorheen komen.'

'Meen je dat?'

'We zijn daar helemaal veilig. Natuurlijk moet je eraan denken dat je vóór middernacht goed oplet.'

'Waarvoor?'

'De slangen.'

Jessica knipperde met haar ogen.

'Je weet wel,' zei Dess geduldig, 'in de Slangenkuil.'

'O. Ik dacht dat "slangenkuil" misschien alleen maar een speciale bijnaam was die je niet letterlijk moest opvatten.'

'Nou, vergis je je niet in die naam,' zei Dess. 'Het is meer een soort zinkput dan een kuil. Een zinkput vol slangen.'

'Fantastisch! Dat zal ik onthouden.' Jessica huiverde en herinnerde zich de glibbers van die tweede nacht. Het idee dat het om echte slangen ging, maakte haar niet gelukkiger.

'Maar misschien gaat dat feestje niet door. Ik weet niet eens of ik nog wel uitgenodigd ben.'

Dess keek door de bibliotheek naar de tafel van de oudere meisjes. 'Er is maar één manier om daarachter te komen.'

Een paar vriendinnen van Constanza keken op toen Jessica eraan kwam. Ze trok nog steeds de aandacht, vooral in de kantine met Jonathan. Jessica deed of ze de blikken niet zag en zakte naast Constanza op haar hurken.

'Over dat feest komende vrijdag?' fluisterde ze.

Constanza keek op haar neer. 'Ja?'

'Ik heb eh... geen huisarrest meer.'

'Echt waar?' Constanza glimlachte breed. 'Wauw. De politie brengt je thuis en een week later loop je weer te feesten. Niet gek, Jess Verdacht.'

'Dat vind ik ook. Hoe zit het met dat feestje in Rustle's Bottom? Ik bedoel, ik weet dat je waarschijnlijk...'

'Fantastisch!'

'Ik bedoel, als er al te veel...'

'Nee hoor, ga maar mee.'

Jessica slikte. 'Ik weet niet precies hoe ik daar moet komen. En het is waarschijnlijk te ver...'

'Ik rij wel. Je kunt blijven slapen. En zo hoeven je ouders niet ongerust te zijn als we superlaat thuiskomen.'

'Mmm,' zei Jessica, 'goed idee.' Allerlei smoesjes spookten nog rond in haar hoofd, maar Constanza's stralende glimlach legde ze allemaal het zwijgen op.

'Ga je morgen na school met me mee naar huis? Dat wordt super!'

'Cool,' bracht Jessica er met moeite uit.

'Ik kan nauwelijks wachten tot ik een paar jongens aan je kan voorstellen op dat feest. Ik weet dat je die Jonathan wel mag, maar vertrouw me maar, mannen van Broken Arrow zijn veel leuker dan de jongens van Bixby. Veel volwassener. Je zult de avond van je leven hebben, Jess.'

21 24.00 uur

PEGASUS

Jessica was bang. Jonathan voelde het.

Ze waren in een recordtijd op Pegasus, het vliegende paard, en schoten langs Division als een steen die over het water springt. Met de skyline van Bixby als een gigantische hindernisbaan, kwamen ze steeds hoger terwijl ze van het ene dak naar het andere sprongen. Het gebouw van Mobil Oil was het hoogste in de stad en nu zaten ze op het gevleugelde paard. Het begon donker te worden. De stad spreidde zich onder hen uit.

Maar Jess was de hele weg bang geweest. Ze bleef omkijken, had geen vertrouwen in hun snelheid. Zelfs hier boven zocht ze met haar groene ogen nog steeds de horizon af. De spieren van haar hand waren gespannen en de band die Jonathan meestal voelde als ze vlogen, ontbrak.

'Alles goed met je?'

'Wat bedoel je?'

'Je lijkt zo nerveus.'

Ze haalde haar schouders op.

Hij glimlachte. 'Misschien maak je je zorgen omdat je steeds met mij wordt gezien?'

Jess lachte. Ze keek uit over de donkere, lege stad. 'Ja, als een of andere glibber mijn moeder over ons gaat vertellen, hang ik.' Ze zweeg even en gooide er toen uit: 'Toch ben jíj degene die overdag helemaal anti aanraken is.'

Jonathan knipperde met zijn ogen. 'Meen je dat?'

'Ja.' Jessica keek weg. 'Ik bedoel, het is niet zo belangrijk, maar je slaat nóóit je arm om me heen. Je pakt nóóit mijn hand.'

'We hebben elkaar steeds bij de hand!'

'In het heimelijke uur, ja, maar op school moet je er helemaal niets van hebben.'

Hij fronste geïrriteerd zijn wenkbrauwen en hij vroeg zich af of het waar was. 'Nou, soms moet je je hand wat rust geven, anders houden we er een Nintendo-pols aan over.'

Jess trok haar vlieghand los en balde hem tot een vuist. 'Dat zal wel.'

Jonathan nam hem zachtjes terug en begon de pezen te masseren. Hij voelde hoe haar spieren zich ontspanden.

'Waar ben je écht zenuwachtig over?'

Haar blik vloog langs de skyline. 'Hoe veilig denk je dat we hier boven zijn?'

'We zijn midden in de stad, zitten op tien ton schoon staal. En we kunnen vliegen als dat nodig is. Behoorlijk veilig als je het mij vraagt.'

Jess volgde met een vinger de roestige steun waarop ze zaten. 'Hoe weet je dat dit staal schoon is? Zo te zien staat het hier al heel lang.'

'Ik heb Dess gevraagd of Rex kon kijken met zijn bril af. Als Pegasus verlicht is, kun je hem in heel Bixby zien, weet je. Hij zei dat het paard helemaal schoon is.'

Ze glimlachte naar hem. 'Bedankt dat je dat gedaan hebt.'

Hij haalde zijn schouders op. 'Rex kan lastig zijn, maar in sommige dingen is hij erg handig.' Hij wreef geconcentreerd over haar hand.

Jonathan had het niet tegen Jess gezegd, maar in de afgelopen week had hij een paar glibbers gezien aan de rand van het centrum. Ze waagden zich dichter bij de grote stalen gebouwen dan hij ooit eerder had opgemerkt. De glibbers waren hun grenzen aan het verleggen en gleden langs de lege pakhuizen in het randgebied. Ze namen de gebouwen in beslag en lieten deze opgaan in de middernachtelijke wereld. Sinds Jess naar Bixby was verhuisd, vochten de middernachtelijke schepsels hun weg de stad in, elke avond iets dichterbij. Het zou misschien maanden duren, maar Jonathan was er zeker van dat er op den duur geen schone plekken in Bixby meer zouden zijn. De glibbers en hun duisterlingbazen zouden zelfs aanspraak kunnen maken op Pegasus.

Waar moesten Jess en hij dan heen gaan?

'Maar we kunnen niet voor eeuwig op deze lichtreclame blijven zitten, Jonathan.'

Hij keek haar aan en vroeg zich af hoe zij wist wat hij dacht. Hij vreesde dat Jess' geheimzinnige talent misschien iets te maken had met gedachtelezen. Hij hoopte van niet. Jonathan had geen idee hoe Rex ertegen kon om met Melissa op te trekken. Hij huiverde. Geen privacy, zelfs niet in je hoofd.

'We zijn nu veilig, Jess. En als je geen huisarrest meer hebt...'

'Dat is vandaag gedeeltelijk opgeheven,' zei ze.

'Dat is fantastisch! Waarom heb je dat niet gezegd?' vroeg hij. Toen zag hij de uitdrukking op haar gezicht. 'Jess, waarom is dat niet fantastisch?'

'Nou, omdat ik nu naar dat feest kan gaan, morgenavond, bij Rustle's Bottom.'

'O, de Slangenkuil.' Jess had hem een paar dagen geleden verteld over Rex' meesterplan. Het idee had gevaarlijk genoeg geklonken toen het nog ging over 'ergens in een verre toekomst.' Nu was het nog maar vierentwintig uur weg...

'Je weet dat het in de woestenij is.'

'Dat vertelden ze me tussen neus en lippen door. Rex zegt dat het de enige manier is om erachter te komen wat ik ben,' zei Jessica. 'Dess kan het daar veilig maken en Rex zegt dat mijn talent belangrijk zou kunnen zijn, of misschien iets waarmee ik mezelf kan beschermen. In het museum heeft hij me verteld dat er veel waardeloze talenten zijn.'

'Als Rex tegen je zei dat je van een rots moest spri...' begon hij.

'Jonathan,' zei ze lachend, 'jíj zou tegen me zeggen dat ik van een rots moest springen.'

Jonathan glimlachte. 'Waarschijnlijk. Maar ík zou met je meespringen.'

Ze trok hem dichter naar zich toe. 'Ik moet íéts doen, Jonathan. Ik blijf niet de rest van mijn leven hier zitten.'

'Weet ik.' Hij zuchtte. 'Dus moet je doen wat Rex zegt. Hij is tenslotte de enige van ons die de handleiding voor middernacht heeft.'

Jess keek hem recht in zijn ogen. 'Daarom mag je hem niet, hè? Omdat hij de overlevering kan lezen en jij niet.'

Jonathan keek haar fronsend aan. 'Het is ingewikkelder dan dat.' Hij slikte en vroeg zich af hoeveel hij moest zeggen. 'Jij kent Rex en Melissa niet net zo goed als ik. Laten we alleen maar zeggen dat ik Rex niet vertrouw. Ik denk niet dat hij alles vertelt wat hij weet, zelfs niet tegen Melissa.'

'Waarom zou hij dat niet doen?'

'Om controle te houden. Als iedereen weet wat hij weet, geeft het feit dat hij een helderziende is hem geen macht meer.'

'Rex die informatie achterhoudt? Kom op, Jonathan. Verleden week vertelde hij me in het museum van alles over de blauwe tijd. Dat duurde bijna zes uur. Ik moest tegen hem zeggen dat hij moest ophouden, want anders zou mijn hoofd ontploffen.'

'Zes uur en hij vertelde je niets over mij?'

Jessica knipperde met haar ogen. 'O, nou. Hij vergat jou te vermelden, denk ik.'

Jonathan glimlachte zuur. 'Hij wilde dat jij een van zíjn middernachters werd.'

Ze zuchtte en keek weer om zich heen. Hij volgde haar blik voorbij de stad, naar de horizon. Vanaf hier boven konden ze helemaal tot de rand van Bixby kijken, waar donkere groepen huizen geleidelijk vervaagden in de woestenij. De verlaten vlakten glansden in het donkere licht van de maan en de bergen daarachter waren zwarte silhouetten tegen de sterren.

'Dus wat moet ik doen?' vroeg ze zachtjes.

'Ik denk dat je geen keus hebt. Je moet doen wat Rex zegt.' Jonathan zuchtte. 'Soms denk ik dat dat hele middernachtergedoe een beetje gesjoemel is.'

'Gesjoemel?'

'Ja. We hebben allemaal onze eigen talenten. Rex leest de overlevering, is een ziener, ik vlieg, Melissa kiest geesten, Dess is de wiskundige. Jij moet íéts doen. Dus zijn we uiteindelijk allemaal afhankelijk van elkaar alsof we samen een team moeten vormen.'

Jess kneep in zijn hand. 'Maar wat is daar zo erg aan, Jonathan?'

Hij keek haar boos aan. 'Ik heb er niet om gevraagd in een team te zitten. Ik weet niet eens wie het team heeft samengesteld.'

'Misschien heeft het lot ons bij elkaar gebracht.'

'Ik heb er ook niet om gevraagd in een team van het lot te zitten.' Hij trok zijn hand los. 'Het lijkt allemaal doorgestoken kaart, alsof we met elkaar opgescheept zitten.'

Jess schudde haar hoofd. 'Jonathan, dat is geen doorgestoken kaart. Dat is gewoon het leven.'

'Wat is het leven? Als Rex tegen jou zegt wat je moet doen?'

'Nee, hulp nodig hebben, dat is het leven. En opgescheept zitten met andere mensen.'

'Zoals je hier opgescheept zit met mij?'

'Precies. Zoals jij opgescheept zit met mij die je moet beschermen.' Jessica stond op en deed een paar stappen van hem af. Boos keek ze uit over de donkere stad.

'Ik bedoelde niet...' begon hij, terwijl hij ook opstond.

Ze waren stil. Jonathan haalde diep adem en probeerde zich te herinneren wanneer dit gesprek in een ruzie was veranderd. Hij had inderdaad het gevoel dat hij in een val zat. Niet door Jess, of zelfs maar de duisterlingen die achter haar aan zaten, maar door de woorden die zij allebei hadden gezegd – door niet te weten wat te zeggen om het beter te maken.

Het was vreemd om Jessica niet aan te raken, niet zijn zwaartekracht met haar te delen. De middernachtelijke lucht leek koud, alsof de ruimte tussen hen zich gevuld had met ijs. Als ze vlogen was alles zo gemakkelijk. In de afgelopen vier nachten waren ze gestopt om hardop te zeggen waar hun volgende sprong hen zou brengen. Ze communiceerden met hun handen veel beter dan met woorden.

En nu zaten ze hier vast – vlogen niet, praatten niet, raakten elkaar niet aan. Jonathan had het gevoel dat de zwaartekracht al terug was en hem verpletterde.

Hij keek door het roestige frame dat Pegasus vasthield op het dak van het Mobil gebouw twaalf meter lager.

'Jess?'

Ze gaf geen antwoord.

Hij strekte zijn hand uit. 'Je moet me vasthouden. Het is gevaarlijk hier boven.'

'Het is overal gevaarlijk. Voor mij.'

De angst in haar stem joeg hem de stuipen op zijn lijf.

Middernacht zou zo mooi voor haar moeten zijn, één grote speelplaats, maar het leek of iets – Rex en zijn geschiedenis, het uitgaansverbod, de duisterlingen – het altijd bedierf.

'Jess,' zei hij. 'Hou alleen mijn...' Hij maakte de zin niet af toen iets hem te binnen schoot – misschien was dat de reden dat ze boos op hem was, de reden die hij gemist had. 'Ik zal er morgenavond zijn. Bij de Slangenkuil. Dat weet je, hè?'

Ze draaide zich om en keek hem aan. Haar groene ogen werden zachter. 'Echt waar?'

'Ja, natuurlijk. Ik bedoel, ik heb ook wel zin in een beetje lol trappen.'

Ze glimlachte breed.

'Ik zal zelfs Rex de bevelen laten geven,' zei hij. Dit is misschien een van die dingen waarover je de handleiding zou willen raadplegen.'

'Bedankt, Jonathan.' Ze pakte zijn handen weer en hij voelde dat de middernachtelijke zwaartekracht hen weer verbond.

Jonathan grijnsde terug. 'Jess, ik zou je niet...'

Maar voor hij de zin kon afmaken, begon ze hem te zoenen.

Jonathan knipperde verrast met zijn ogen en deed ze toen dicht. Jessica voelde warm aan, zelfs in de zomernachtelijke lucht van het heimelijke uur. Hij sloeg zijn armen om haar heen en voelde hoe haar voeten lichtjes van de grond kwamen door zijn omhelzing.

Toen ze ophielden met zoenen grijnsde hij. 'Wauw! Ik geloof dat we je talent hebben gevonden.'

Ze lachte. 'Het werd tijd, Jonathan.'

'Dat we zoenden? Ja, ik was van plan...'

'Nee. Dat je zei dat je ook naar de Slangenkuil kwam.'

'Jess, natuurlijk kom ik. Ik wil je niet dood hebben door Rex' schuld.'

'Had dat liever meteen gezegd!'

'Je had het me moeten vragen.'

Ze kreunde, trok hem weer tegen zich aan en omhelsde hem. 'Je moet niet zo'n idioot zijn,' fluisterde ze.

Jonathan fronste zijn wenkbrauwen. Hij was bang om iets te zeggen. Hij bleef tegen haar aan gedrukt staan en maakte de sluiting van zijn ketting los.

'Hier, neem deze mee voor morgenavond.'

'Je ketting?'

'Hij heet Superobstakel, en hij heeft negenendertig schakels. Van mijn huis uit is het ongeveer tien minuten vliegen naar de Bottom. Misschien heb je hem nodig voordat ik er ben.'

Haar hand sloot zich om de metalen schakels. 'Maar dan heb jij niets om jezelf te beschermen.'

'Misschien geeft Dess me iets. Ze heeft de hele week al speeltjes gemaakt. Maar ik wil dat jij de ketting hebt.'

'Dank je, Jonathan.' Jess' gezicht werd zonnig door haar glimlach. 'Hé, heb je ooit iemand gezoend...'

'Dúh.' Hij zag haar frons en slikte. 'Ik bedoel, ja.'

'Ik vroeg,' zei ze met stralende ogen, 'heb je ooit eerder iemand gezoend... in het heimelijke uur?'

Hij kreeg een kleur en schudde toen zijn hoofd. 'Tot nu toe niet.'

Jess' glimlach werd op slag breder. 'Dan heb je dít nooit gedaan.'

Ze sloeg haar armen om zijn middel en zakte door haar knieën. Hij had nauwelijks de tijd om zich voor te bereiden toen ze sprong en hen beiden recht omhoog de lucht in droeg.

'O,' zei hij.

En toen zoenden ze weer.

22 10.31 uur
CHIC

'Wat denk je ervan, Jess? Zijn we klaar?'

Jessica bekeek zichzelf in de spiegel. Ze herkende het rode haar en de groene ogen, maar dat was het ongeveer.

Constanza was de hele avond bezig geweest een makeover van hen beiden te maken. Ze had een blik geworpen op Jessica's kleding voor het feest en besloot haar een jack te lenen. Dan wat make-up. Toen een jurk.

Een paar uur lang Constanza's kleren passen werd een heleboel plezier. Er waren twee kasten vol kleren en een hele wand van haar slaapkamer was bedekt met spiegels. De meeste dingen pasten Jessica wel en alles was mooi, of zag er in elk geval duur uit. Constanza was helemaal weg van de dingen die Jessica bij elkaar had gezocht. Ze voelden zich weer normale tieners die zich aankleedden om naar een gewoon feestje te gaan in plaats van naar een slangenkuil vol kwaadaardige schepsels. Constanza speelde cd's en Jessica speelde modeshow. En het was de eerste avond van de week dat ze kon vergeten hoe laat het was en wat er zou gebeuren als het middernacht werd.

Nu, kijkend naar het eindresultaat, was Jessica verbaasd hoe weinig ze er als zichzelf uitzag. In het leren jack van Constanza, dat tot over haar billen viel, en waaronder maar twee centimeter zichtbaar was van het rode jurkje dat ze eronder droeg, zag ze er eerder uit als Jess Onbetrouwbaar dan als Jessica Day.

'Weet je zeker dat ik niet te eh... chic ben?'

'Té chic?' vroeg Constanza. 'Zoals in te mooi of te schitterend?'

'Zoals in te stom.'

'Jessica, je ziet er helemaal niet stom uit. Ze vallen allemaal als een blok voor je.'

'Wie zijn "ze" ook alweer?'

'De jongens op het feestje. En dat zijn jongens van Broken Arrow.'

Broken Arrow was een stadje in het naburige district, waar de jongens leuker waren, waar het gras groener was, en waar de avondklok niet bestond. En iedereen zat er schijnbaar in zijn eindexamenjaar, althans volgens Constanza.

Jessica voelde zich opgelaten omdat ze zo chic moest zijn. Kleren waren voor haar nooit erg belangrijk als ze naar school ging, of zelfs als ze met Jonathan ging vliegen. Ze wist dat ze, als ze bij hem was, zich daar geen zorgen over hoefde te maken.

'En hebben die jongens namen?' vroeg Jessica. Ze was nog steeds een beetje zenuwachtig over de gewone moeilijkheden van een nachtfeestje vol vreemden.

'Ik neem aan van wel.'

'Ik bedoel, hoe goed ken je ze?' drong Jessica aan.

'Rick, die me heeft uitgenodigd, is een vriend van Liz, die er ook zal zijn.'

Jessica zuchtte en bedacht toen dat het belangrijkste was dat ze in Rustle's Bottom terecht zou komen. Het overleven van de Slangenkuil, en erachter zien te komen waarom de duisterlingen achter haar aan zaten, waren de enige twee dingen die telden.

'Oké, ik geloof dat ik klaar ben. Tussen haakjes, jij ziet er ook supercool uit.'

Constanza had een pied-de-poule jasje en een rokje aan en laarzen met hoge hakken. Het was duidelijk dat ze niet van plan was vanavond op de vlucht te slaan voor welke duisterling dan ook.

'Ja, niet slecht, al zeg ik het zelf.' Constanza griste haar autosleutels van het ladekastje onder de spiegel en liep naar buiten, waarbij ze 'Tot straks!' riep tegen haar moeder.

Jessica groef in de zakken van het jasje dat ze had meegebracht, viste er een kleine zaklamp uit, een kompas en een zorgvuldig opgevouwen vel papier. Dess had haar het kompas gegeven en een plattegrond van de Bottom getekend om haar te helpen de Slangenkuil te vinden. Na een tweede waarschuwing over het trappen op slangen in het donker was het idee van de zaklamp van Jess geweest. Om haar hals droeg ze Superobstakel, Jonathans ketting met negenendertig schakels.

'Kom mee, Jess!'

Ze haalde diep adem. Jessica had tegen haar ouders niets gezegd over het feest en wist niet zeker wat er zou gebeuren als haar moeder zou bellen nadat zij en Constanza waren vertrokken. Nou, het ergste wat Jessica kon overkomen was dat ze weer huisarrest kreeg. Voor eeuwig.

Ze keek nog een keer in de spiegel en fluisterde het dertienletterige woord voor die avond: stijlevolutie.

Op weg naar Rustle's Bottom keek Jessica uit het autoraampje en zag prikkeldraad langsschieten. Ze besefte dat ze langs het hek reden rond Aerospace Oklahoma.

'Hé, mijn moeder werkt hier,' zei ze.

'Je zei dat ze vliegtuigen ontwerpt, hè?'

'Alleen de vleugels.'

'Zo raar dat je moeder werkt en je vader niet.'

Jessica haalde haar schouders op. 'Pap heeft zijn baan in Chicago opgezegd om hierheen te kunnen verhuizen. Hij wisselt voortdurend van baan.'

'Maar dat was wel heel cool van hem.'

'Ja, vind ik ook. Maar ik denk dat hij er een beetje spijt van heeft.'

Jess zat kaarsrecht. Een groot bouwwerk doemde voor hen op, verlicht en nog in aanbouw. Het was het nieuwe gebouw waar zij en Jonathan hun toevlucht hadden gezocht toen ze achterna werden gezeten door de duisterlingen. Er werd zo te zien vanavond laat doorgewerkt. Het stalen skelet was helder verlicht, grote lampen hingen aan elke steunbalk en schommelden in de herfstwind. Het zag er bijna net zo uit als in het heimelijke uur, toen de maan onderging en het hele gebouw plotseling in een wit licht stond dat glibbers en duisterlingen verdreef.

'Hé, zijn er nog nieuwe gebouwen op je werk?' mompelde ze zachtjes.

'Wat zeg je?' vroeg Constanza.

'Niets. Alleen maar iets wat ik vergeten ben aan mijn moeder te vragen.'

Jonathan en Jessica hadden een paar keer met elkaar gepraat over wat er die avond gebeurd was en over wat hen gered zou hebben van hun achtervolgers. Jonathan dacht dat het gebouw gebouwd moest zijn van een of ander nieuw soort metaal. Jessica had het hele verhaal aan Rex en Dess verteld, maar ze waren bezig de expeditie naar de Slangenkuil voor te bereiden en waren niet met antwoorden gekomen. Blijkbaar wist Rex niet alles van de regels van middernacht.

'Ik wil steeds met mijn moeder praten over haar nieuwe baan,' ging Jessica verder, 'maar ze heeft het daar zo druk dat het me tot nu toe niet gelukt is.'

'Ja, mijn vader is precies hetzelfde,' zei Constanza.

'Niet dat ik hem had willen spreken over zijn baan. Oil Futures of zoiets.' Ze wees voor zich uit en haar glimlach werd breder. 'Gefeliciteerd, Jessica, je laat Bixby nu achter je.'

Ze reden de stad uit en Jessica voelde een steek in haar maag. Ze lieten niet alleen Bixby achter zich, maar ze waren op weg naar de woestenij…

'Volgende halte is de Slangenkuil,' zei ze tegen zichzelf.

Ze keek op haar horloge. Zevenenvijftig minuten voor middernacht.

23 23.03 uur

COÖRDINATEN

Rex en Melissa waren laat.

Dess keek op haar horloge. Het was drie minuten over elf, en het was nog maar de vraag of ze nog op tijd in de Slangenkuil konden komen. Melissa's roestige oude brik kon hen maar tot een bepaald punt brengen. Ze moesten de laatste zevenhonderd meter lopend over Rustle's Bottom afleggen.

Ze waren met zijn drieën na school naar de Slangenkuil gegaan om Dess' verdedigingsapparatuur op te zetten. Dess wilde nu dat ze daar waren gebleven; naar huis gaan en wachten tot alle ouders naar bed waren was een stom idee geweest. Problemen met haar ouders was niets vergeleken met halverwege de Bottom gepakt worden door hongerige duisterlingen.

Maar Rex moest zeker weten dat zijn gekke vader in bed lag voor hij wegging. Alsof hij zijn handen nog niet vol had aan Melissa.

Dess telde tot dertien om zichzelf tot ontspannen te dwingen. Ze reikte in het binnenwerk van de speeldoos met Ada

Lovelace als poppetje bovenop. Ze trok een paar pinnetjes uit de cilinder, zette ze op een andere plaats weer vast en keek naar de daaruit voortvloeiende dansbewegingen. Ze wond de mechanische ballerina nog een keer op en keek naar haar dans om te zien of ze de bewegingen maakte die Dess verlangde.

Ada sprong in beweging, altijd klaar om te dansen, maar de nieuwe pasjes zagen er anders uit dan verwacht. Bij de laatste schokkerige stoot van haar linkerarm bewoog deze naar voren in plaats van naar achteren. Dess schudde haar hoofd. Ze zag haar fout: ze had een van de pinnetjes op een verkeerde plek gezet.

Het was de schuld van Rex en Melissa dat ze zo ongerust was. Als zij op tijd waren geweest, zou Rex degene zijn geweest die nerveus werd en zij en Melissa hadden dan tegen hem gemopperd en waren zelf kalm gebleven. Ze zouden op weg zijn naar de Slangenkuil, waar Dess' meesterwerk in metaal alle belanghebbenden bewonderende kreten zou ontlokken, terwijl glibbers verbrandden.

Ze keek weer uit het raam. Nog steeds geen oude Ford die twee huizen verderop stopte, de gewone plek voor premiddernachtelijke afspraakjes.

Dess schopte tegen haar tas en dat maakte een geruststellend, rinkelend geluid. Klaar om te gaan, gevuld met een scala aan antiduisterlingwapens, als reservevoorraad voor het geval de verdediging rond de Slangenkuil niet goed genoeg was. En ze had een heel bijzonder nieuw speeltje op het dak achtergelaten voor Jonathan, dat hij mee zou nemen. Ze had haar steentje bijgedragen.

Maar waar bleven Rex en Melissa?

Dess stond te popelen om te bellen, maar dat zou oerstom zijn. Melissa ouders lieten haar haar gang gaan, maar Rex' vader was een hele rare. Als Rex op dit moment uit zijn raam klom, was dat een slecht moment om een telefoon te laten rinkelen.

Bovendien was het ze geraden dat ze op weg waren.

23.06. Over veertig seconden zou het precies veertigduizend seconden na twaalf uur 's middags zijn. En wat belangrijker was, het zou niet meer dan tweeëndertighonderd seconden zijn tot middernacht. Dess had het gevoel dat de blauwe tijd – vol met duisterlingen – naar haar toe kwam met een snelheid van 2000 kilometer per uur.

Oké, dacht ze. Eigenlijk nog een beetje sneller. De omtrek van de aarde was 40.075 kilometer en een dag had vierentwintig uur. Dus moest middernacht zich met een snelheid van 1670 kilometer per uur bewegen om éénmaal per vierentwintig uur de omtrek van de aarde te halen.

Ze had het gezien op Discovery, van camera's op de spaceshuttle: de scheidingslijn tussen zonsopgang en zonsondergang, hoe licht en donker zich over de aarde voortbewogen en de blauwe tijd brachten.

Op dit moment zou het zo'n 1400 kilometer oostelijker middernacht zijn, in de volgende tijdzone.

Voor zover zij wisten waren er buiten Bixby natuurlijk geen duisterlingen of middernachters of blauwe tijd. Rex had dat nooit onderzocht. Dess vroeg zich af of een beetje minder geschiedenis en een beetje meer wiskunde de puzzel zou kunnen oplossen.

Ze keek uit het raam. Nog steeds geen Rex en Melissa.

Eén verschrikkelijk moment vroeg ze zich af of ze haar in de steek hadden gelaten. Gewoon naar de Slangenkuil waren vertrokken zonder haar. Het oude gevoel van een buitenstaander te zijn besprong haar weer.

Het was allemaal de schuld van Melissa, de geestlezer. Zij had Rex ontdekt toen ze allebei acht jaar waren. Dess was slechts een jaar jonger, maar Melissa had er nog vier jaar over gedaan om haar te vinden. Haar excuus was dat Dess te dicht bij de woestenij woonde en dat in die tijd alle duisterlingen en glibbers haar onontwikkelde talent in de war hadden gebracht.

Dess vond het klinkklare onzin. Melissa kon Rex al vanaf anderhalve kilometer herkennen, zelfs bij daglicht; in de blauwe tijd was een andere middernachter een vuurbaken aan een donkere horizon. Ze had Jonathan en Jessica allebei een paar dagen na hun aankomst gevonden. De vier jaar dat Rex en Melissa met zijn tweetjes waren geweest, wist Dess alleen maar van glibbers, de eenzame zekerheid van wiskunde en van Ada Lovelace.

Ze stak haar hand in de speeldoos en wond hem weer op. 'Dans dan, schoonheid.'

Dess was er zeker van dat ze haar met opzet die eerste jaren genegeerd hadden. Melissa had tijd willen winnen terwijl zij en Rex samen opgroeiden en middernacht samen onderzochten. Dat had gewerkt. Tegen de tijd dat Melissa Dess eindelijk 'vond', was de band tussen Rex en Melissa zo stevig dat niets hen ooit zou kunnen scheiden. En Melissa's spirituele invloed op Rex maakte het voor hem onmogelijk zelfs maar te dénken aan wat Melissa had gedaan.

Dess slikte en staarde uit het raam.

Ze zouden haar vanavond niet in de steek durven laten. Ook al was de Slangenkuil al klaar gemaakt om duisterlingen terug te drijven, ze hadden haar toch nodig voor het geval er iets verkeerd ging. Als het om staal ging, was zij de enige die kon improviseren. Zonder haar zou deze hele missie onmogelijk zijn.

Het zou niet zo erg zijn geweest als Jonathan Martinez niet zo'n teleurstelling was gebleken. Hij was naar zijn eigen wereldje gevlogen in plaats van de groep bij elkaar te brengen. Misschien zou Jessica hem meebrengen, zodra die twee weer kwamen opdagen uit de zoenzone.

Dess schudde haar hoofd. Ze moest hier niet meer aan denken voor ze hier waren. Ze wilde Melissa niet de voldoening geven dat ze kon merken dat ze zich zo voelde.

Zoals altijd als ze geplaagd werd door moeilijke gedachten, liet ze de cijfers het overnemen in haar hoofd: *'Ene, twi, drai, viejr...'*

Een paar seconden later klonk er een belletje in haar hoofd: nog een wiskundige fout. 'Twee in één nacht,' mompelde ze.

Middernacht kwam niet naar Bixby met een snelheid van 1670 km per uur. Middernacht zou alleen maar zo snel gaan bij de evenaar, de enige breedtelijn die om de echte cirkelomtrek van de aarde ging, als een centimeter om het breedste deel van een dikke mannenbuik.

Dess zag het nu in haar hoofd. Hoe noordelijker je was, hoe langzamer middernacht (of de ochtendschemering, of wat ook) zich over de aarde voortbewoog. Anderhalve kilometer van de noordpool zou het daglicht zich zo langzaam bewegen als een zieke schildpad die er de hele dag over doet om een kleine cirkel te lopen.

Ze keek uit het raam. Nog steeds geen roestige Ford en middernacht was 2978 seconden verwijderd.

Nu begon het haar te irriteren: hoe snel bewoog middernacht zich naar Bixby? Waarom kreeg ze geen antwoord van haar verstand, zoals anders altijd gebeurde?

Ze telde tot dertien. Ze ontspande zich en stopte de berekeningen in het bewuste deel van haar geest. Natuurlijk, om dit te berekenen moest ze weten hoe ver Bixby van de evenaar verwijderd was.

Ze draaide het lege raam haar rug toe en pakte haar boek *Sociale wetenschappen* van de plank. Ze sloeg het achterin open en bladerde het door. Ze vond een kaart van het midwesten van de Verenigde Staten. Een postzegeltje als Bixby stond er natuurlijk niet op, maar ze wist dat het stadje ten zuidwesten van Tulsa lag.

Dit was gemakkelijk: de lijnen van geografische lengte en breedte kruisten elkaar op het punt waar Bixby zou liggen als iemand de moeite had genomen het op de kaart te zetten. Zesendertig graden noord en zesennegentig west.

'Tsjongejonge,' zei ze zachtjes terwijl de cijfers door haar hoofd raasden. Alle gedachten aan de snelheid van middernacht verdwenen. Dit was belangrijk.

Zesendertig was een veelvoud van twaalf. Zesennegentig was een veelvoud van twaalf. De cijfers bij elkaar geteld (drie plus zes plus negen plus zes) was vierentwintig, wéér een veelvoud van twaalf.

Ze sloeg het boek dicht en sloeg zichzelf ermee op haar hoofd. Dess had gestoeid met de postcode, de bevolking, de facetten van de architectuur, maar het was nooit eerder bij haar opgekomen naar Bixby's coördinaten te kijken.

Misschien waren het niet alleen de geheimzinnige stenen en de onaangetaste woestenij die Bixby anders maakten; misschien was het de plek op de aardbol zelf. Net als de sterren met de dertien punten overal, was het geheim duidelijk zichtbaar op elke kaart in de wereld.

Dess' hart begon sneller te kloppen toen de cijfers door haar hoofd draaiden. Als ze gelijk had, zou deze ontdekking misschien ook het antwoord zijn op de andere biljoendollarvraag: waren er nog meer blauwe tijden in de wereld? Dess deed haar ogen dicht en zag een aardbol in haar hoofd. De zeeën en de landmassa's verdwenen tot er alleen maar navigatielijnen overbleven, een gloeiende bol van ijzerdraad. Als je de richtingen omdraaide, zouden er nog zeven plaatsen zijn met dezelfde cijfers als Bixby: zesendertig zuid bij zesennegentig west, zesendertig west bij zesennegentig noord enzovoort. En waarschijnlijk meer combinaties met andere cijfers. Achtenveertig bij vierentachtig volgde hetzelfde patroon, net als ook vierentwintig bij vierentwintig. Natuurlijk zouden die plekken ergens midden in een oceaan liggen, maar sommige moesten zich op het land bevinden.

Misschien bestonden er wereldwijd nog wel tien of twaalf Bixby's.

Of was alles puur toeval?

Dess beet op haar lip. Misschien was er een manier om de theorie te controleren.

Ze sloeg haar studieboek weer open en staarde naar de kaart van Oklahoma. Ze wilde dat haar ogen een microscoop werden die de kaart kon vergroten tot ze Bixby en de omgevende woestenij kon zien. Waar precíés zouden de twee lijnen elkaar kruisen?

Haar vader moest dat kunnen uitzoeken. Als ploegbaas op een boortoren had hij gedetailleerde kaarten van de olievelden die de stad omgaven, inclusief de woestenij.

Dess keek uit het raam. Niets. Ze werd gek van het wachten. Ze moest uitzoeken waar het centrum van middernacht was. Als haar theorie klopte, had ze een redelijk idee waar de lijnen elkaar zouden kruisen.

Ze stond op en sloop naar de deur, die ze op een kier opendeed. Het gebruikelijke flikkerende licht van de tv was niet meer te zien. Het huis was stil en roerloos. Haar vader moest morgen werken, wat hij de meeste weekends deed, dus haar ouders waren al naar bed gegaan. Dess liep de gang op, voorzichtig om niet op die planken te stappen waarvan ze wist dat ze kraakten, en liep langzaam naar de woonkamer. Ze liet de deur achter zich open en luisterde met één oor naar mogelijk ongeduldig geklop op het raam.

Dit was heel dom, besefte ze. Dit kon tot morgen wachten. Ze lagen al genoeg achter op hun schema zonder een confrontatie met haar ouders.

Maar ze moest het zeker weten.

Haar vader bewaarde zijn kaarten in een grote ladekast. Dess knielde neer en trok de bovenste lade open, die ongeveer een meter bij een meter groot was. Er lagen alleen maar folders en balpennen in deze lade. In de volgende lade lagen kaarten op dun papier, die opkrulden toen ze de la verder opentrok. Op de kaarten zag ze zwarte vingerafdrukken en ze rook de bekende stank van de ruwe olie uit Oklahoma.

Ze hoorde buiten een geluid en verstijfde terwijl ze haar adem inhield.

De auto reed voorbij, rammelend over de onverharde weg. Het geluid stierf weg in de verte.

Dess zocht tussen de kaarten en tuurde naar de coördinaten bij het licht van de straat dat door de voorruit binnenviel. De kaarten waren ongelooflijk gedetailleerd. Alle huizen waren te zien en ook de boortorens. Ze besefte dat heel Bixby binnen één enkele geografische lengte- en breedtegraad lag, die onderverdeeld was in kleinere eenheden die 'minuten' werden genoemd over de afstand van anderhalve kilometer. Haar vingers zochten razendsnel naar het exacte kruispunt.

De kaarten lagen niet in een speciale volgorde. 'Bedankt, pap,' zei ze heel zachtjes.

Ze hoorde een geluid in de slaapkamer van haar ouders. Dess kneep met kloppend hart haar ogen dicht. Haar vader had er een vreselijke hekel aan als iemand aan zijn spullen zat. Maar er ging geen licht aan en langzaam werd het weer stil in het hele huis.

Eindelijk vond ze de kaart.

Dess trok hem voorzichtig tussen de stapel uit. Hij rolde uit zichzelf op. Vlug nam ze de rol mee en liep geruisloos terug naar haar eigen kamer.

Na een blik uit het raam naar de nog steeds lege straat rolde ze de kaart uit op de vloer. De hoeken prikte ze vast met stukjes staal. Met trillende vingers volgde ze de stippellijnen naar hun kruising.

'Ik wist het,' zei ze.

Zesendertig noord bij zesennegentig west was precies in het midden van Rustle's Bottom.

Dit kon geen toeval zijn. De Slangenkuil was inderdaad het centrum van de duisterlingen. En als ze alleen maar een bepaalde lengte- en breedtegraad nodig hadden, waren er waarschijnlijk andere plekken in de wereld waar de blauwe tijd om 24.00 uur aanbrak.

Buiten klonk een claxon voor haar raam.

'Toeter niet voor míj!' fluisterde ze terwijl ze haar stoffen tas greep.

Imbecielen! Dess hield dit nog even voor zich. Ze kon het alleen uitzoeken. In elk geval zou Rex gaan wensen dat hij vaker naar haar luisterde.

Voordat Dess uit het raam stapte, keek ze op de wekker: 11.24.

Ze zouden er niet op tijd zijn.

24 23.25 uur

RUSTLE'S BOTTOM

Het feest begon net een beetje op gang te komen.

Rustle's Bottom was een grote, prairieachtige vlakte die zich uitstrekte zover als Jessica kon kijken. De prairie leek saai en kleurloos, helemaal tot waar de bergen zich verhieven. Een rij lage bergkammen stak vaag af tegen de donkere lucht. De vlakte was leeg, op de auto's na die geparkeerd stonden op het dorre gras. De grond was door de droogte hard geworden. Volgens Dess was het de bedding van een meer dat honderden jaren geleden was opgedroogd. Jessica gaf een schop tegen de droge grond. Er was geen enkele aanwijzing dat deze grond ooit iets anders was geweest dan een koude, winderige woestenij.

Ze trok het jack van Constanza strakker om zich heen. Dit was lang niet zo warm als haar eigen jas, die in Constanza's huis was achtergebleven. Hier was niets wat de wind tegenhield. In Oklahoma waaide het hard en vaak. Dat kwam omdat het zo vlak was: de lucht bouwde voortdurend zijn snelheid op terwijl hij over de vlakte suisde, als een suffe chauffeur alleen op een lange, rechte autoweg. De wind blies zonder enige verandering van snelheid of richting en sneed dwars door het dunne jack heen. Haar voeten waren gelukkig wel warm. Constanza had geprobeerd haar schoenen met hakken aan te praten uit haar grote voorraad, maar Jessica had de voorkeur gegeven aan een paar oude, betrouwbare laarzen die – hoopte ze – slangenbestendig waren.

Ze zette de kraag van het jack op en keek naar boven. Haar ogen werden groot van verbazing en eerbied. De lucht boven Chicago was nooit zo vol geweest met sterren. Zo ver van de lichtjes van de stad leken het er wel miljoenen. Voor het eerst kon Jessica begrijpen hoe de Melkweg aan zijn naam was gekomen. Het was een slingerende rivier van wit die van oost naar west stroomde (ze had op haar kompas gekeken toen ze uit de auto waren gestapt), vol schitterende sterren en zachte wervelingen van licht.

'Brrr. Het is al bijna winter,' zei Constanza. 'Kom op. Laten we zorgen dat we het warm krijgen.'

Een aantal kilometers terug waren ze van de weg af gegaan en nu reden ze dwars over de bedding van het meer. Het leek op rijden over een reusachtige parkeerplaats. Constanza was naar een flikkerend licht gereden en gestopt waar een stuk of tien auto's en pick-ups geparkeerd stonden in een rommelige rij. Zo'n dertig meter verder zat een groep mensen rond een vuur in een ondiepe kuil. Om de kuil lagen stenen die zo te zien vele eerdere vreugdevuren hadden meegemaakt. Iemand had er een stapel aanmaakhout op gegooid, een paar boomstronken en een oude, kapotte stoel. Het vuur kwam knetterend tot leven. Het knapte en siste vanwege het nieuwe hout.

Jessica liep achter Constanza aan naar het vuur.

Een grote vonk schoot de lucht in en werd door de wind meegenomen. De groep rond het vuur lachte toen het vlammende projectiel allerlei rare bokkensprongen maakte over de woestenij, voordat het een paar seconden later opbrandde. Uit een cd-speler die in het dorre gras stond kwam muziek.

'Is dit niet fantastisch?' zei Constanza.

'Ja.' De nacht was mooi, moest Jessica toegeven, en dramatisch. Ze wenste dat een vuur en de lucht boven de woestenij de enige drama's waren die ze vanavond het hoofd moest bieden.

'Hé, Constanza.' Een jongen maakte zich los uit de groep.

'Hoi Rick. Hoe gaat-ie? Dit is mijn vriendin Jess.'

'Hoi Jill.'

'Hoi Rick. Ik heet Jessica.'

'Natuurlijk. Kom mee naar het vuur.'

Ze kropen dicht rond het vuur. Jessica trok haar handen uit haar zakken om ze te warmen. Rick gaf hun allebei een plastic beker bier die Jessica afsloeg. Er kwamen meer auto-'s en hun passagiers sleepten meer hout aan voor het vuur. Kapotte stoelen, uitgedroogde boomtakken, en een stapel oude kranten, waarvan telkens een paar pagina's tegelijk in brand omhoogvlogen, de lucht in, gedragen door de hete lucht. Iemand bracht een verkeersbord met het woord STOP erop mee. Er hing een klomp beton onder aan de paal en iedereen lachte en klapte toen het bord op het vuur werd gegooid en helemaal zwart werd. Jessica hoopte dat niemand een auto-ongeluk zou krijgen vanwege dit feestje. Constanza amuseerde zich en het was een prachtige nacht, maar Jessica voelde zich te jong bij de groep, alsof iemand haar zo dadelijk om haar identiteitskaart zou vragen en haar zo uit de groep zou gooien.

Ze keek op haar horloge: 23.45 uur. Over vijf minuten zou het tijd zijn voor haar wandeling. Dess had gezegd dat de Slangenkuil maar een paar minuten lopen was, maar het idee dat ze te laat zou komen was te griezelig om zelfs maar over na te denken. Ze wilde veilig in de Slangenkuil zijn vóór middernacht.

Jessica wreef zenuwachtig in haar handen. Ze keek er niet naar uit om de warmte van het vuur te moeten verlaten en in haar eentje door de woestenij te gaan lopen. Ze huiverde en voelde op haar rug een ijzige kou, terwijl ze van voren bijna geroosterd werd. Jessica draaide zich om en keek uit over de woestenij. Het vuur in haar rug voelde alsof ze een warme jas aantrok en ze zuchtte.

'Wat ben je stil.'

Jess keek opzij en knipperde met haar ogen. Ze zag de gestalte van een jongen naast haar staan.

'Ben ik ook, geloof ik. Maar ik ken niet zo veel mensen hier.'

'Je bent een vriendin van Liz en Constanza?'

'Ja. Jessica.'

'Hoi, Jessica. Ik ben Steve.'

Jessica kon nu het gezicht van de jongen zien, verlicht

door het flikkerende vuur. Hij zag er jonger uit dan de meeste jongens rond het vuur.

Ze glimlachte. 'Hé, Steve, zit je op school in Broken Arrow?'

'Ja. Hier geboren. Je staat hier eigenlijk in het centrum van Broken Arrow. Zoals je kunt zien is het een stad die nooit gaat slapen. Lijkt op Bixby, maar dan zonder de wolkenkrabbers.'

Jessica lachte. 'Een ontluikende wereldstad.'

'Ja, hoewel ik niet weet wat "ontluikend" betekent.'

'O. Dat betekent, eh...' Ze haalde haar schouders op. 'Vlak en winderig?'

Steve knikte. 'Dan is Broken Arrow zeker een ontluikende stad.'

Jessica voelde nu de kou op haar gezicht. 'Ik denk dat ik wel gaar ben aan deze kant,' zei ze, naast zich ruimte voor hem makend terwijl ze zich omdraaide. Ze keek weer op haar horloge. Twee minuten. Ze stak haar handen naar het vuur uit en probeerde iets van de warmte erin op te slaan voor haar wandeling.

'Hé, jij klinkt niet alsof je uit Bixby komt.'

'We zijn net hierheen verhuisd vanuit Chicago.'

'Chicago? Wauw! Echte wolkenkrabbers. Je moet Oklahoma wel heel vreemd vinden.'

'Het is anders, ja. Behalve de wind, want die lijkt héél veel op die in Chicago.'

'Je hebt het echt koud, hè? Wil je mijn jas?'

Steve had een jack van dons aan. Het zag er ongelooflijk warm uit.

Jessica schudde haar hoofd. 'Nee, dat kan ik niet doen.'

'Zeker weten?'

'Ja.' Ze keek weer op haar horloge. 'Ik moet namelijk weg.'

Teleurstelling flitste even in Steves ogen. 'Ga je nu al naar huis? Heb ik iets verkeerds gezegd?'

'Nee, helemaal niet. Ik wil alleen een stukje lopen. Naar de Slangenkuil.'

Steve knikte. 'Voor middernacht, hè? Weet je waar het is?'

'Zo'n beetje. Ik bedoel, ik heb een kaart.'

'Ik breng je wel.'

Jessica beet op haar lip. Ze had er geen seconde aan gedacht een niet-middernachter mee te nemen. Maar wat zou het probleem zijn? Steve zou veilig zijn, wat er ook gebeurde in de Slangenkuil. Hij zou de hele tijd bevroren zijn. En in deze oninteressante duisternis was het geen prettig idee om in je eentje weg te lopen van het vuur. Met Steve erbij zou ze in elk geval niet verdwalen.

Hij glimlachte en wachtte vol spanning op een antwoord.

'Goed,' zei ze. 'Laten we gaan.'

De kou greep haar lichaam beet vanaf het moment dat ze bij het vuur wegliepen en kroop in het geleende jack als een hand met ijskoude vingers. Jessica's benen, die alleen beschermd werden door een panty, bevroren bijna en haar handen werden steeds kouder, hoe diep ze ze ook in haar zakken stak.

'Wie heeft je verteld over de Slangenkuil?' vroeg Steve.

'Eh... iedereen. Constanza had het er op een dag over en het klonk wel interessant, weet je.'

'En je zou alleen gaan? Wauw, dan ben je een dappere.'

'Ik heb soms mijn stomme momenten,' gaf Jessica toe. Ze hoorde haar tanden klapperen.

'Je hebt het écht heel koud, Jessica.' Steve sloeg zijn arm om haar heen. Het donzen jack om haar schouders hielp wel, hoewel het niet goed voelde zo dicht naast een jongen te lopen die niet Jonathan was.

'Bedankt.'

'Geen probleem.'

Terwijl ze door de woestenij liepen, vroeg Jessica zich af hoe Steve wist waar hij heen ging. Er waren geen bordjes, pijlen of bakens die ze kon zien behalve de Melkweg, die in de richting liep waarin zij wandelden. Dat betekende dat ze naar het oosten of naar het westen liepen. Ze zou op haar kompas moeten kijken om het zeker te weten.

'Weet je zeker dat we goed gaan?'

'Ja hoor. Geboren en getogen in Broken Arrow, zeg ik niet al te trots.'

'Oké.'

Ze keek op haar horloge. Vijf minuten.

'Maak je niet druk, we zijn er rond middernacht,' zei Steve. Precies op tijd voor de show van de kwade geesten.'

Ze glimlachte met spottend medelijden. 'Zou het voor geen geld willen missen.'

In haar ooghoek zag ze een lichtflits. Het was het vuur, rechts van hen. Ze vroeg zich af waarom het niet meer achter hen lag.

Jessica keek naar de lucht. Nu lag de Melkweg links en rechts verspreid over hun pad. Ze liepen naar het noorden of naar het zuiden.

'Steve? Hoe ver is het naar de Slangenkuil?'

'O, misschien nog tien minuten.'

'Tien minuten? Maar het is bijna middernacht.' Jessica voelde een huivering door haar lijf die ijziger was dan de kou. 'Mijn vriendin zei dat de Slangenkuil heel dicht bij de plek lag waar het vuur was.'

'Heb je het koud? We kunnen even in mijn auto gaan zitten, als je wilt.'

'Je auto?'

'Hij is híér,' zei Steve terwijl hij haar dichter tegen zich aan trok. 'Worden we weer een beetje warm.'

Ze trok zich los. 'Maar ik moet er om middernacht zijn.'

De rij geparkeerde auto's kwam weer in zicht. Hij had in een grote cirkel gelopen.

'Hoor eens, Jessica,' zei hij. 'De Slangenkuil stelt niet veel voor. Het is alleen maar een oude zinkput vol regenwater en slangen. Dat is het idee van magie in Broken Arrow, ben ik bang.' Hij kwam dichter bij haar staan. 'Ik kan je iets laten zien wat veel interessanter is.'

Jessica draaide zich om en liep vlug terug naar het vuur. Ze stopte een hand in haar zak voor de kaart en de zaklamp. Ze had geen gevoel meer in haar vingers, die zich onhandig bewogen door de kou.

'Jessica...' Ze hoorde zijn voetstappen achter zich.

Ze negeerde hem en vouwde de kaart open. De Slangenkuil lag oostelijk van het vuur. Jessica richtte de zaklamp op Dess' kompas en draaide zich weg van het vuur in oostelijke richting.

Ze hoorde Steves voetstappen achter zich, maar negeerde ze. Ze hoopte dat hij zijn belangstelling zou verliezen en zou weggaan.

Jessica schoof alles terug in haar zakken en begon harder te lopen. Dess had gezegd dat ze de Slangenkuil niet kon missen. Vermoedelijk was de zinkput duidelijk zichtbaar in de woestenij als een lange, donkere vlek.

Steve legde een hand op haar schouder. 'Hé, wacht, Jessica. Sorry. Ik wist niet dat het zo belangrijk was.'

Ze rukte zich los. 'Ga je met iemand anders bemoeien.'

'Ik bemoeide me toch niet...' Hij bleef staan en zijn stem kwam van verder weg. 'Je verdwaalt hier, Jessica. De slangen pakken je.'

'Beter dat zíj me pakken dan dat jij het doet,' mompelde ze tegen zichzelf.

'En de kwade geesten ook, Jessica,' riep Steve. 'Het is bijna middernacht. Wil je hier helemaal alleen bl...'

Zijn stem zweeg even plotseling als wanneer een radio wordt uitgedraaid. Het licht veranderde, het vertrouwde blauw kwam als een schemering aan over de woestenij. De lucht werd roerloos en stil. Het werd meteen warmer, maar Jessica huiverde.

Het was middernacht.

Ze begon te rennen.

25 24.00 uur
DE SLANGENKUIL

Terwijl ze rende, keek Jessica even om en ze schrok toen ze Steve zag. Hij had haar aangekeken toen middernacht hem had bevroren. Op de een of andere manier moest ze aan het einde van het heimelijke uur hier terugkomen. Als ze niet in precies dezelfde houding stond, zou hij het heel vreemd vinden als ze opeens van plaats was veranderd.

Ze keek weer voor zich en zette het op een lopen alsof haar leven ervan afhing. Als ze niet terugkwam, zou hij denken dat ze in rook was opgegaan.

Daar kon ze mee leven.

De woestenij was een brede, blauwe vlakte, alsof ze over een eindeloze oceaan rende. In het middernachtlicht werden echter een paar dingen zichtbaar. De lucht hing vol flarden van wolken en een paar verdroogde struiken stonden in de harde aarde. De sterren waren nog steeds zichtbaar en Jessica zag aan de Melkweg dat ze de goede kant uit ging.

Gelukkig waren er geen tekenen van duisterlingen of glibbers. Nog niet.

Maar er was ook geen spoor van de Slangenkuil.

Ik lijk wel gek dat ik Steve vertrouwd heb, dacht Jessica. Als ze zich aan haar plan had gehouden, weggaan van het feest in haar eentje en Dess' kaart volgen, was ze nu al veilig in de Slangenkuil geweest.

'Wat ben ik toch een watje,' siste Jessica door opeengeklemde tanden. Hoe moest ze duisterlingen en glibbers overleven als ze al bang was om een stuk te lopen, alleen in het donker?

Al rennend keek Jessica voortdurend om zich heen, op zoek naar de Slangenkuil. Ze zocht naar alles wat groter was dan verdorde struiken. Hoe ver had Steve haar van haar pad afgebracht? Volgens haar horloge rende ze nu al zes minuten.

Ze bleef plotseling staan. Dan was ze al te ver. Dit behoorde een wandelingetje van vijf minuten te zijn. Ze trok het kompas uit haar zak. Zou het werken in het heimelijke uur?

'Kom op, kom op,' fluisterde Jess. De naald draaide lui de hele cirkel rond en wees ten slotte naar de richting waaruit ze was gekomen.

Maar ze was in oostelijke richting gerend. Het noorden kón niet achter haar liggen.

Over de vlakte klonk een geluid, een scherp getjirp. Jessica zocht de lucht af. Recht voor haar staken vleugels als van een vleermuis af tegen de opkomende maan. Een vliegende glibber, dichtbij genoeg om haar te kunnen zien. Ze moest blijven bewegen. Maar welke kant uit?

Ze keek in de richting waarvan het kompas aangaf dat dat

het oosten was. Ze zag aan die kant niets anders dan de vlakke, lege, blauwe woestenij. Ze keek boos naar het kompas.

De naald wees in een nieuwe richting. Het apparaatje zei dat het noorden nog steeds achter haar was, maar nu stond ze met haar gezicht in een andere richting.

'Hoe kan...'

Jessica draaide zich langzaam om. In welke richting ze ook keek, de naald bleef recht naar haar wijzen.

'Fantastisch, dan ben ik nu de noordpool,' mopperde ze. Nog iets voor Rex om over na te denken.

Als ze althans lang genoeg zou overleven om hem weer te zien.

Ze stopte het waardeloze kompas terug in haar zak en keek naar de sterren. De Melkweg liep van oost naar west, of had dat gedaan voordat het kompas de kluts was kwijtgeraakt door het heimelijke uur. Aan één kant van de stroom van licht was de opkomende maan.

'Jessica, stomkop!' De zon kwam op in het oosten; waarom zou de donkere maan dat niet doen?

Ze had steeds de goede weg gekozen.

Ze begon weer te rennen zo hard ze kon. Als de glibber haar had gezien, mocht ze geen tijd meer verliezen. Of ze ging in de goede richting, of ze ging eraan.

De maan stond hoger. Zijn onheilspellende gezicht was breed genoeg om de oostelijke horizon te vullen. Gevleugelde beesten verzamelden zich vóór haar. Het waren donkere vormen tegen het koude licht van de maan.

Plotseling zag ze iets wat eruitzag als een blauwe bliksemflits. Maar het leek of hij andersom ging. Hij sprong van de grond op, de lucht in, en verspreidde zich van een dikke soort boomstam in vele dunne vingers van vuur, als een reusachtige en bladerloze boom die plotseling zichtbaar werd door een blauwe flits. Meer lichtflitsen schoten omhoog vanaf de grond en Jessica hoorde de kreten van vliegende glibbers. Ze zag hoe er eentje neerstortte, aangeraakt door een van de takken van blauwe elektriciteit.

'Dess,' zei ze. De lichtflitsen waren de verdediging van de Slangenkuil die begon te werken. Ze was op de goede weg! Ze was bijna in veiligheid.

Ze rende harder.

De vliegende schepsels schenen de verdediging uit te proberen. Ze probeerden langs de flitsen in de Slangenkuil te duiken. Terwijl de wolk van glibbers dikker werd, werd de bliksem woester en vormde een boog van blauwe vlammen boven de kuil. De struiken om Jessica heen wierpen lange, trillende schaduwen.

Nog dertig seconden en ze zou veilig zijn.

Een gigantische donkere vorm hing boven de blauwe boog, te groot voor een glibber. Hij kwam regelrecht op Jessica af en begon te dalen; zijn vleugels waren bijna groot genoeg om het vuur te doven.

Hijgend stopte Jess en ze gleed bijna uit. Terwijl de duisterling landde en zijn vleugels dichtvouwde, kon ze zien hoe zijn vorm kookte en veranderde in een gehurkte, zwarte, gespierde gestalte met klauwen en schitterende ogen.

Een panter...

De blauwe boog die de Slangenkuil beschermde, bevond zich maar een paar meter erachter. Ze was zo dichtbij.

Jessica deed Jonathans ketting af en hield hem stevig in één hand. Ze fluisterde zijn naam: 'Superobstakel.'

Het beest brulde. De schreeuw deed de harde aarde onder haar voeten trillen. Hij steigerde terwijl er snijtanden uit zijn bek groeiden.

Even was Jessica overweldigd door dezelfde verlammende angst die haar bevangen had toen ze voor het eerst een duisterling zag. Maar toen herinnerde ze zich hoe blij Dess die panter had weggestuurd, in een wilde uitbarsting van vonken uit de vliegende wieldop.

Deze keer was Jessica niet weerloos.

'Je zit in grote problemen, gekke kat,' zei ze terwijl ze de ketting omhooghield.

Het beest gromde alleen maar, niet onder de indruk.

Ze maakte zichzelf klaar om aan te vallen. De ketting werd een bal in haar hand. Het had geen zin om te wachten tot er nog een duisterling kwam opdagen.

De panter kromde zijn rug. Zijn ogen fonkelden alsof hij voelde wat ze op het punt stond te doen.

Jessica haalde diep adem en rende er regelrecht naartoe.

De kat zette een hoge rug op en verloor zijn evenwicht. Het was een roofdier, niet gewend aan prooi die zich tegen hem keerde. Maar toen kwam het jachtinstinct boven. Hij sloeg zijn klauwen uit en schoot op haar af. Hij had één enkele sprong nodig, als de aanval van een reuzenslang die plotseling één bonk spieren werd.

Jessica gooide de ketting naar het beest.

Het metaal vatte vlam op het moment dat het uit haar hand vloog, de schakels brandden in een sliert van blauwe sterren. Brandend staal en de panter bogen naar elkaar toe. Het beest en het metaal botsten in de lucht met een donderend geluid. De grote kat stortte jammerend op de grond, maakte een koprol en krabbelde overeind aan de rand van de Slangenkuil. Met zijn ogen volgde hij Jessica.

Een seconde later leek het of de wereld ontplofte.

Een bliksemstraal schoot omhoog vanuit de Slangenkuil, sprong over een paar meter woestenij en sloeg in het lijf van de panter. De hele Slangenkuil leek kortstondig gevuld met koude, blauwe vlammen met het ruisende geluid als van een tropische regenbui. Toen volgde een oorverdovende explosie die Jessica omverblies. Ze rolde door het dorre gras, terwijl het harde zand onder haar trilde.

Even kon ze zich totaal niet bewegen. Het geluid van de ontploffing dreunde nog na in haar hoofd en ze zag niets anders dan de bliksem die de grote kat trof. Het stond op haar netvlies gebrand als het nabeeld van een flitslicht.

Jessica deed met moeite haar ogen open en stond trillend en hoestend op. Ze wist even niet wat wat was. De tranen stroomden over haar wangen. En terwijl ze probeerde ze weg te knipperen, zag ze een wazige vorm die door de lucht suizend op haar afkwam. Half verblind deed ze een paar stappen naar achteren. De vorm landde voor haar.

Jessica legde instinctief een hand op haar keel, maar de ketting was weg. Ze kon zich niet verdedigen.

Een hand greep haar bij haar arm.

'Deze kant uit, Jess.'

De zwaartekracht vloeide uit haar weg. Plotseling leek het of ze van veren gemaakt was.

'Jonathan.'

Met één enkele zweefsprong trok hij haar over de knetterende scheiding. Ze was maar een paar meter verwijderd geweest van de rand van de Slangenkuil. Om hen heen werden zaklampen aangeknipt. Het haar op haar hoofd stond rechtop alsof ze in een bad vol elektriciteit was gestapt.

Jessica struikelde toen ze in de zinkput landden. Op het moment dat Jonathan haar arm losliet, gleden haar voeten van de helling van zachter zand. Ze liet zich met moeite op de grond zakken.

'Jess?'

'Het gaat goed.' Ze knipperde het zand uit haar ogen en het lukte haar om Jonathans gezicht in beeld te krijgen. Hijgend knielde hij naast haar neer, terwijl rul zand om hen heen naar beneden gleed naar het midden van de put.

'Ik probeerde de duisterling tegen te houden, maar hij ging zo snel achter je aan,' zei hij ademloos. 'Ik dacht dat ik te laat was.'

'Nee, je was precies op tijd.' Jessica schudde met haar hoofd en probeerde het suizen in haar oren kwijt te raken. Het leek of haar vingers en tenen zoemden, alsof een of andere reusachtige kracht door haar heen was gegaan en haar lichaam had geëlektrificeerd. Elke ademhaling scheen haar te vullen met energie. Ze had bijna het gevoel dat ze in lachen zou uitbarsten.

'Ik ben Superobstakel verloren. Ik bedoel, ik heb hem naar de gekke kat gegooid,' ratelde ze opgewonden.

'Ik heb het gezien. Het was ongelooflijk.'

'Is hij weg? Je ketting?'

'Helemaal aan stukken, maar ik zal je een andere geven.'

'O, geweldig.' Jessica giechelde en dwong zichzelf een keer langzaam en diep adem te halen. Het zoemen van haar lichaam begon te verdwijnen. Eindelijk kon ze weer helemaal goed zien. Jonathan keek haar bezorgd aan.

'Weet je zeker dat alles goed is?' vroeg hij. 'Je ziet eruit alsof je net een vork in een stopcontact hebt gestoken.'

'Hé, bedankt voor dit leuke compliment!' Ze probeerde rillend te gaan staan. Hij stak een hand uit om haar overeind te helpen. 'Het gaat echt goed, hoor.'

Eigenlijk voelde ze zich fantastisch. Ze streek haar haar glad, dat alle kanten uit stak.

'Eh, Jessica...'

'Ja?'

'Je draagt make-up?'

Ze sloeg het zand van zich af. 'Mag een meisje zich niet mooi maken voor een feestje?'

Jonathan trok een wenkbrauw op en keek rond. Het bekken van de Slangenkuil was omringd door stukken metaal, dingen van de vuilnisbelt die glansden en spetterden. Grote bliksemflitsen schoten de lucht in waar schreeuwende glibbers in strakke cirkels rond de kuil rolden. Verbrande en verdraaide vormen lagen op de grond, het waren gebakken, gerookte glibbers die zich te dichtbij hadden gewaagd. Door de blauwe kap van bliksem zag Jessica in de verte een paar duisterlingen zweven. Hun ogen straalden donkerblauw in de felle glans van de onophoudelijke bliksemflitsen.

Jonathan lachte. 'Wat een feest!'

Jessica glimlachte, maar fronste toen haar wenkbrauwen. 'Maar niet alle gasten zijn er.'

'Ik zag Melissa's auto onderweg aan de andere kant van de Bottom. Ik denk dat ze een beetje te laat komen.' Hij keek naar het vuurwerk om hem heen. 'Als ze al hier kunnen komen.'

Jessica keek door de boog van blauwe bliksem, langs de draaiende wolk glibbers. 'Hoe ben jij erdoorheen gekomen, Jonathan?'

Hij wees naar iets wat naast hem op de grond lag. Het zag eruit als de deksel van een oude vuilnisbak, gedeukt en vol met rare tekens en patronen. 'Een Onweerlegbaar Megadoelmatig Vliegapparaat. Iets wat Dess heeft gemaakt om me te helpen hierheen te komen.'

'Onweerlegbaar Megadoelmatig Vliegapparaat?' Ze lachte.

'Wat is er?'

'Niets. Het is een goede naam.'

'Alle drie de woorden hebben dertien letters. Haar nieuwste ding is uitdrukkingen van negenendertig letters. Die hebben meer effect, denkt ze.'

'Zo te zien heb je aan dit vliegapparaat ook wel iets gehad,' zei Jessica. De deksel was aan een kant zwart geworden, alsof hij gebruikt was om een vlammenwerper af te weren.

'Vliegende glibbers ketsten op me af als insecten tegen de voorruit van een auto.' Jonathan tilde de deksel op en stak zijn vingers door het handvat dat erbovenop zat. Nu leek de deksel op een gedeukt schild. Hij keek naar de maan, die al half was opgekomen.

'Ze hadden nu hier moeten zijn.'

Jessica kon nog steeds een stuk van de Melkweg zien naast de reusachtige maan. 'Ze zouden van die kant moeten komen, hè?' vroeg ze.

Jonathan knikte. Hij trok een reep chocola tevoorschijn en nam er haastig een hap van.

Ze liepen dicht langs de Slangenkuil naar de andere kant. De bliksemflitsen wierpen lange schaduwen in alle richtingen. De zinkput was een onregelmatige, ronde krater alsof een reusachtige schop een lading modder had opgeschept. Aan de zijkanten hadden zich planten gehecht en de aarde in het diepe midden zag er donker en vochtig uit. Jessica schrok toen ze een kruipende glibber voor haar voeten dacht te zien, maar het bleek een normale slang te zijn, die bevroren was door middernacht.

'Leuke plek voor een feestje,' mopperde ze.

Ze kwamen bij de rand aan de overkant en keken uit op de gladde vlakte van de Bottom.

'Daar zijn ze,' zei Jonathan.

26 24.00 uur
VUURPROEF

'Het ziet er nogal indrukwekkend uit, Dess.'

'Bedankt, maar ik had gehoopt dat we het vanuit de bínnenkant konden bekijken.'

'Kom op!' zei Rex voor de tiende keer. 'De politie zat overal vanavond. We hebben geluk gehad dat we het tot jouw huis gehaald hebben.'

'En hoe moeten we dan daarginds zien te komen?' vroeg ze.

De blauwe boog boven de Slangenkuil scheen helder over de woestenij. Met zijn middernachtelijke zicht kon Rex elke slanke bliksemschicht zien die van de ring van staal sprong die Dess had gemaakt. Hij kon de glibbers zien die in de lucht wervelden, aangetrokken door de Slangenkuil en zijn oude stenen, nauwelijks slim genoeg om de dodelijke krachten die ze in het schone metaal opriepen uit de weg te gaan. Hij kon ook duisterlingen in de lucht zien. Ze hingen er en waren op hun hoede en geduldig, wachtend tot er iets zou gebeuren.

Alles was klaar.

Jammer genoeg gebeurde het allemaal honderden meters verder, in de open woestenij zonder bescherming.

'Ik heb geen idee,' gaf hij toe.

'Ze weten dat we hier zijn,' zei Melissa. 'Maar voor ons hebben ze geen belangstelling. Alleen zij is interessant.'

Rex knikte. Hij kon twee gestalten zien in het licht van de bliksemflits. Over de vlakte keken ze naar hem om.

Het was Jessica gelukt om te komen. Ze had haar leven gewaagd om hen te kunnen treffen.

'Misschien kunnen we er gewoon heen lopen.'

Dess keek hem aan alsof hij zijn verstand had verloren.

'Na jou,' stelde Melissa voor.

Dess had een kleine, beschermende ring om hen heen gemaakt. Ze had palen van schoon staal geleend van haar vaders kampeertent, zorgvuldig gerangschikt en verbonden met draad op zo'n manier dat er een ster met dertien punten was ontstaan. De draden glansden in het maanlicht als een spinnenweb om hen heen. Het was gemakkelijk om duisterlingen weg te houden als je daar verdedigingsmiddelen tegen kon inzetten, maar over een open vlakte lopen was even iets anders.

'We kunnen toch niet zomaar hier blijven zitten?' Hij keek op naar de maan. 'We hebben nog maar veertig minuten, ongeveer.'

'Minder dan dat,' zei Dess. 'De boog wordt zwakker.'

Rex staarde haar met grote ogen aan 'Wat?' riep hij 'Je zei dat hij het 't hele heimelijke uur zou uithouden.'

Ze schudde haar hoofd. 'Weet ik, maar je hebt net dat

vuurwerk gezien. Iets groots moet het hebben geraakt. Misschien heeft een of andere duisterling zich tegen de barrière gegooid. Zelfs een gekke kat zou nog niet zo stom zijn.'

Rex knipperde met zijn ogen. Hij had het zich ook niet kunnen voorstellen. Duisterlingen waren heel oud en de duisterlingen die nog niet dood waren door het simpele proces van liquidatie, waren alleen maar de zeer voorzichtige duisterlingen. Zelfopoffering zat niet in hun aard. 'Dan moeten we hier niet blijven rondhangen. We moeten hen helpen.'

Melissa tilde haar hoofd op en snoof de wind op. 'Ik geloof niet dat ze zo gauw zullen vertrekken.'

'Nee,' zei Rex. 'Maar we moeten het proberen. We zouden die afstand binnen een paar minuten kunnen afleggen.'

'En ons kunnen laten doden binnen dertig seconden,' zei Dess.

Hij draaide zich naar Melissa. 'Jij zei dat wij hun nauwelijks interesseren.'

'Ze zullen heel vlug van gedachten veranderen als we dichter bij háár komen.'

Rex kneep zijn handen tot vuisten. 'Daarom moeten we het proberen. Snappen jullie dat niet? Ze willen Jessica pakken omdat ze belangrijk is, omdat ze de sleutel tot iets is. We moeten erachter zien te komen wat.'

'Ja, ik snap het,' zei Melissa. 'Ze hebben een bloedhekel aan haar. Ik proef het als een mond vol benzine. Maar we zijn nooit echt vijanden met de duisterlingen geweest, Rex. Jij zei altijd dat het wilde dieren zijn: blijf bij hen uit de buurt, dan zullen ze jou ook niet lastigvallen. Zij is degene die ze helemaal gek maakt.'

'Wat moeten we dan doen volgens jou?'

'Weglopen.'

'Wat?'

'We draaien ons om en gaan naar huis.'

'Melissa,' zei Dess, 'mijn ring om de Slangenkuil haalt het hele uur misschien niet.'

Melissa haalde haar schouders op. 'Dan zijn al onze problemen opgelost, op de een of andere manier. Misschien komt Jessica erachter wat haar talent is zodra ze het echt nodig heeft. Of misschien krijgen de duisterlingen hun zin en wordt alles weer normaal.'

Rex keek naar zijn oude vriendin. Hij kon niet geloven wat ze net had gezegd. 'Melissa...' begon hij, maar hij merkte dat hij niet wist wat hij moest zeggen.

Dess liet een scherpe lach horen. 'En alles wordt weer normaal? Ik dacht dat je niet van normaal hield.'

'Normaal is ook niks, maar het is beter dan voor haar te sterven.'

'Voor hen allebei,' zei Dess. Ze keek Rex aan. 'Ik wil niet opnieuw met jullie beiden opgescheept zitten. Laten we gaan.'

Rex zag dat Dess bij haar tas neerhurkte. Ze trok de rits open en haalde een metalen paal van ongeveer een meter lengte uit de tas. Ze kwam weer overeind, verdraaide iets aan de ene kant en gaf er een klap op. Nog een metalen stok gleed uit de paal, als een uitschuifbare telescoop, tot het hele ding bijna dertig centimeter boven Dess' hoofd uitstak. Het was versierd met de wiskundige tekens en symbolen die ze altijd gebruikte, maar deze keer waren het er héél veel.

'Megamoeilijke Superleerzame Trigonometrie,' zei ze met een brede glimlach.

Dess draaide zich om en liep naar de Slangenkuil. Ze stapte over de glanzende barrière van gespannen gitaarsnaren en liep toen de open woestenij in.

'Komen jullie?' vroeg ze over haar schouder.

Rex knipperde met zijn ogen en liep toen achter haar aan. Hij bleef even staan om de tas op te tillen, die onder het lopen geruststellend tegen zijn zij rammelde. Na een paar stappen hoorde hij Melissa zuchten en hij wist dat ze dicht achter hen volgde.

Ze waren net halverwege toen de duisterling hen zag.

Een paar glibbers waren achter hen aan gevlogen of waren dichterbij gekropen, maar Dess' wapen was fonkelend tot leven gekomen toen ze dichterbij kwamen. Geen van de schepsels had het aangedurfd de kracht van het wapen te testen. Rex dacht al bijna dat het hun zonder problemen zou lukken.

Toen kwam de duisterling. Hij zwaaide van achteren over hen heen, verduisterde de maan een moment en landde regelrecht op hun pad.

Het beest zag er niet uit als een kat of welke duisterling dan ook die hij eerder had gezien. Rex wist niet helemaal zeker wat het was. Zijn kogelronde lijf was behaard met rommelige stukken vacht die overal tevoorschijn piepten. De vleugels waren breed, met skeletachtige 'vingers', zichtbaar door de doorschijnende huid. Vier lange, harige poten bungelden aan het ronde lijf, golvend en zachtjes schurend over de woestijngrond terwijl hij landde. De gezwollen maag rustte op het zand.

'Oud,' zei Melissa zachtjes. 'Heel oud.'

Rex zette de tas neer en stak zijn hand erin, die zich om een papieren zak sloot die vol zat met metalen voorwerpen: een ruitensproeier, veiligheidsspelden, bestek en spijkers. Alles rammelde tegen elkaar aan. Hij trok de zak tevoorschijn en woog hem in zijn hand. Intussen vroeg hij zich af of Dess elk voorwerp een naam had gegeven. De zak voelde aan alsof hij met honderden metaalachtige dingen gevuld was.

'De duisterling is ons niet kwaad gezind,' zei Melissa. 'Maar hij wil wel dat we weggaan.'

'Ik peins er niet over,' zei Rex.

De vleugels begonnen te krimpen en werden naar binnen gezogen. Een vijfde poot ontsproot aan het lijf. Hij begon maar wat te stompen en te zwaaien. Toen verscheen er nog een poot, toen nog twee, tot het beest eindelijk zijn dikke lijf van de grond kon verheffen op acht spichtige poten.

Rex huiverde toen hij de vorm herkende. Het was een tarantula, een reusachtige versie van de woestijnspin.

Het monsterlijke schepsel illustreerde wat Rex geprobeerd had uit te leggen aan Jessica in het museum. De duisterlingen waren de oorspronkelijke nachtmerries, de mal voor elke angst van de mens. Zwarte katten, slangen, spinnen, hagedissen, wormen... de duisterlingen aapten ze allemaal na op hun jacht naar verschrikkingen.

Nu waren spinnen toevallig Rex' persoonlijke nachtmerrie. Vooral harige spinnen.

De poten van het beest maakten krampachtige, trillende

bewegingen. De haren erop waren dun en samengeklit. Het verlegde zijn evenwicht bijna zenuwachtig, waarbij één poot in de lucht bleef hangen, alsof hij wilde voelen van welke kant de wind kwam. De ogen van de duisterling waren willekeurig verspreid over het lijf en leken paars in het donkere licht van de maan.

'Ziet er niet zo eng uit,' riep Dess met weinig overtuiging.

'Er zijn er meer,' zei Melissa.

Twee duisterlingen zweefden nog in de lucht, een eind verderop, maar ze waren klaar om zich bij de andere te voegen.

'Deze eerst,' zei Rex. Hij slikte zijn walging door en deed een paar stappen naar voren. Hij stak zijn hand in de papieren zak, pakte een handvol stukjes metaal en gooide die naar het beest, zo hard hij kon.

In de lucht kwamen de stukken metaal tot leven en brandden met een diepblauw, als de onderkant van een vlam. De metalen stukken raakten de duisterling en brandden op tegen het spinnenlijf. Rookpluimen stegen van het beest op en een smerige stank van verschroeid haar en natte hond drong in Rex' neus. Het beest reageerde nauwelijks, huiverde alleen, trok, trilde en stootte een langzame zucht uit, de uitademing van reusachtige, ontstoken longen.

'Laat dit aan mij over,' zei Dess, 'en aan de zware artillerie.'

Ze liep met grote stappen naar de gigantische vogelspin. Ze droeg de uitschuifbare metalen stok over haar schouder als een speer. Het beest steigerde op zes van zijn poten, terwijl hij met de andere twee voor zich uit stompte om haar af te weren.

Van een paar meter afstand gooide ze het wapen, dat ontbrandde zodra ze het had losgelaten. Het suisde door de lucht met het fluitende geluid van een vuurpijl. Het metaal boorde zich in de spin. Daarbij trok hij een scheur in het gemarmerde vlees.

Uit de wond spoot blauw vuur.

De spin liet een schelle schreeuw horen. Het gezwollen lijf stortte op de grond, terwijl het beest nutteloos met zijn poten bleef zwaaien.

'O, gátver!' schreeuwde Dess. Ze struikelde naar achteren en drukte een hand over haar mond.

Seconden later roken Rex en Melissa een verschrikkelijke stank, van dode ratten, verbrand plastic, vermengd met rotte eieren. Melissa hoestte en kokhalsde. Ze viel op één knie.

'Ren naar de Slangenkuil!' bracht Rex er met moeite uit. Ze waren niet meer dan zo'n honderd meter van de kuil verwijderd.

Hij rende naar de trillende spin. Hij had nog steeds de zak met metalen spullen bij zich. Melissa strompelde achter hem aan. Dess stormde langs de vogelspin, die nog steeds met zijn poten lag te trappelen, op weg naar de blauwe boog van de Slangenkuil.

Onder het rennen had Rex het gevoel of de woestenij vóór hem zich bewoog. Donker zand golfde over zijn pad. De reusachtige spin zakte in elkaar en liep leeg als een ballon waarin een gaatje geprikt was.

'Stop, Rex!' riep Melissa, terwijl ze hem probeerde tegen te houden. 'Hij is niet dood. Alleen...'

Ze maakte haar zin niet af, omdat de stank haar verstikte.

Nu kon Rex ze zien. Er spoten dingen met grote kracht uit de wond van de duisterling. Meer spinnen, duizenden spinnen. Ze dromden samen in een zwarte stroom tussen hen tweeën en de Slangenkuil.

Dess was aan de andere kant, rende nog steeds, en was nog maar een paar seconden verwijderd van de veiligheid van de nog steeds flitsende bliksem. Rex zag dat ze over de grens in de armen van Jessica en Jonathan viel. De zwarte stroom spinnen veranderde van koers en stroomde nu naar Melissa en hem. De stroom maakte een scherp, lawaaierig geluid terwijl hij zich voortbewoog. Het leek of een lading gravel werd uitgestrooid over een glazen ruit.

Rex keerde de tas met metalen dingen om en verspreidde de inhoud in een ruwe cirkel rond hun voeten. De massa rende naar het stuk waarop het glinsterende metaal lag en botste ertegenaan. Even later stroomde de massa eromheen als water.

Binnen een paar seconden waren ze omsingeld, een eiland in een woelige zee van spinnen.

De stukjes metaal lichtten op en spetterden. De buitenste stukjes glansden helderpaars. Een paar spinnen durfden tussen het metaal te kruipen. Ze gingen in vlammen op, maar er kwamen er nog meer en die kropen over de brug van verbrande spinnenlijven. 'Hoe lang denk je dat het staal werkt?' vroeg hij aan Melissa.

'Doet er niet toe,' antwoordde ze. Ze keek naar boven. Rex volgde haar verbijsterde blik.

De andere twee duisterlingen kwamen naar beneden. Ze hadden de gestalte van een panter. Eentje zweefde recht boven hen. Zijn snijtanden kwamen uit zijn kaak tevoorschijn terwijl hij dook, waarbij zijn vleugels als een parachute achter hem aan deinden.

'Sorry, cowgirl.'

'Ze hebben mij in elk geval te pakken,' zei ze, 'vóórdat ik krankzinnig werd van al die verdomde, lawaaierige mensen.'

'Ja.' Rex hoopte dat de panters er zouden zijn voordat hij van top tot teen onder de spinnen zat. Hij legde zijn rechtervuist op zijn mond en gaf de stalen doodshoofdringen om zijn vingers elk een naam van dertien letters: 'Communicatief. Onafbreekbaar.'

Toen greep hij Melissa bij haar arm. Hij wist dat het allemaal zijn schuld was en vroeg zich af wat hij verkeerd had gedaan.

Een seconde later belandde iets met een vaart op de duisterling, en een regen van vonken volgde.

27 24.00 uur

ONWEERLEGBAAR MEGA-DOELMATIG VLIEGAPPARAAT

Jonathan ving het meeste op met zijn schild, maar de botsing had de lucht uit zijn longen geslagen. De huid van de duisterling bolde van de spieren, die zo hard waren als een zak deurknoppen. Hij hoorde het metaalmengsel van Onweerlegbaar Megadoelmatig Vliegapparaat krimpen van de impact. Toen brandde hij zijn vingers aan zijn schild, dat onmiddellijk witheet werd. Vonken vlogen van de huid van de duisterling en zijn schreeuw van pijn was oorverdovend.

Een moment werd Jonathan zwaar; het contact met de duisterling had hem beroofd van zijn middernachtelijke zwaartekracht. Hij begon hard te dalen, maar toen de ijzige aanraking met het schepsel wegebde, werd zijn lichaam weer lichter. Tegen de tijd dat hij de grond raakte, was hij alweer bijna gewichtloos. Hij sprong weer op en stond tegenover een zeer verraste Rex.

'Zag je dat?' riep hij. 'Directe treffer.'

Op weg naar de Bottom had Jonathan ontdekt dat de

deksel van de vuilnisbak een fantastische hulp was bij het vliegen. Het was een soort surfboard, een vleugel, een zeil, een oppervlakte om de wind mee te vangen en zijn richting te bepalen na zijn sprong. Op de momenten dat hij naar de duisterling zweefde, had Jonathan de deksel gebruikt om zijn weg goed aan te passen, zoals een vernuftige raket die op zijn doel afkoerst.

Er siste iets bij zijn voeten en Jonathan keek naar beneden. De spinnen omringden hem van alle kanten en vochten zich brandend door het metaal heen. Hij was geland midden in een meer van meedogenloze, giftige insecten.

Vernuftig was maar betrekkelijk, dacht hij.

'Wat stinkt het hier,' zei hij tegen Rex en Melissa. 'Laten we springen.'

'Eén probleem, genie dat je bent,' zei Melissa. Ze wees naar de andere duisterling, die scherend door de woestenij op hen afschoot.

Jonathan trok het nog steeds smeulende Onweerlegbaar Megadoelmatig Vliegapparaat van zijn hand en hoopte dat zijn driedubbele naam nog één schokkende verrassing overhad. Hij verboog de deksel van de vuilnisbak met zijn arm tot een reusachtige frisbee en gooide die naar het beest.

Hij bleef niet staan om het resultaat te zien, maar greep Rex vast. Hij stak zijn andere hand uit.

Melissa deinsde terug. 'Ik ga nog liever dood.'

'Klets niet!' zei Rex terwijl hij haar naar voren duwde. Ze stak instinctief een hand uit en Jonathan greep hem vast.

Hij voelde een golf van misselijkheid opkomen en hij ging bijna van zijn stokje. Hij voelde hoe Melissa's geest zich in de zijne haastte, strijdlustig en boos. Maar tegelijkertijd verorberde die geest met een razende honger zijn gedachten en herinneringen en drong door in elke hoek van zijn geest. Rex voelde Melissa's emoties: angst voor de spinnen, verbazing over plotselinge gewichtloosheid en – en dit was het allerbelangrijkste – afschuw van de intimiteit van een aanraking.

Een ogenblik lang was hij verlamd, maar toen drong een onweerstaanbaar bevel door in zijn geest.

Spring, idioot, dacht Melissa voor hem.

'Een, twee...' begon hij.

Rex had meer dan een jaar niet meer met Jonathan gevlogen, maar de reflexen waren er nog steeds. Ze zakten door hun knieën, sprongen samen en zweefden over de spinnen. Samen waren ze sterk genoeg om Melissa mee te nemen.

Jonathan hoorde de tweede duisterling botsen met het projectiel en weer echode een schelle kreet over de woestenij. Maar er kwamen nu andere gevleugelde vormen in hun richting – het moesten minstens glibbers zijn.

Melissa's vingers grepen de zijne vast, maar ze speelde het toch klaar om hen te verdedigen. Met haar vrije hand trok ze de ene ketting na de andere los en gooide ze in de lucht rond het vliegende trio, waardoor de glibbers gillend neerstortten. Rex zwaaide wild met zijn vrije hand, waardoor de metalen ringen die hij droeg vonkend tot leven kwamen.

De eerste sprong droeg hen tot een paar meter van de Slangenkuil. Jonathan moest Rex tegenhouden, anders zouden ze bij de volgende sprong over de hele woestenij zijn gevlogen en aan de andere kant er weer uit.

Seconden later stopten ze, slippend, binnen de veiligheid van de boog, en Jonathan liet Rex en Melissa in het zachte zand zakken. Melissa kwam ongelukkig terecht en verzwikte een enkel. Haar ogen fonkelden in het bliksemlicht. De boosheid en pijn van haar geest stroomden via Jonathan naar buiten en lieten de smaak van rottend vlees achter op zijn tong.

Melissa kromp ineen van de pijn en liet een zielige kreun horen. De vingers van de hand die hij had aangeraakt klauwden in het harde zand. Hoestend speelde ze het klaar om te gaan staan en hem aan te kijken. Jonathan zette zich schrap.

Er lag een uitdrukking op haar gezicht die hij nooit eerder gezien had, of misschien nooit eerder had kunnen zien. Melissa keek zo droevig, zo hopeloos. Toen verscheen het bekende masker van ergernis weer op haar gezicht.

'Bedankt,' zei ze.

Jonathan besefte dat ze het inderdaad gehaald hadden tot de Slangenkuil. 'Graag gedaan.'

Melissa keek Dess aan. 'En jij.'

Dess sloeg haar ogen neer en haalde haar schouders op.

Melissa draaide hun haar rug toe. 'Jij ook bedankt, bedoel ik, Dess.'

Jonathan keek Jessica aan, die haar wenkbrauwen fronste. Rex legde zijn hand op Melissa's schouder, maar ze trok zich los.

Rex zuchtte en deed voorzichtig zijn ringen af. De vingers zagen er verbrand uit op de plekken waar de ringen hadden gezeten. Hij keek naar de maan.

'We kunnen beter beginnen,' zei Rex. 'Klaar, Jessica?'

Jessica huiverde in haar jack. 'Ik dacht het wel.'

Jonathan pakte haar hand. Hij voelde hoe de spieren zich ontspanden, omdat de middernachtelijke zwaartekracht door haar stroomde.

'Jonathan, help jij Dess,' zei Rex.

Jonathan zette even zijn stekels op en herinnerde zich weer hoe Rex er altijd van uitging dat hij het bevel voerde. Maar hij haalde diep adem. 'Oké,' zei hij. 'Waarmee moet ik haar helpen?'

Dess schraapte haar keel. 'Help me de verdediging in orde te brengen opdat de Slangenkuil niet overstroomd wordt met duisterlingen en ongeveer een miljoen glibbers.'

'Ik dacht dat je zei...'

'De verdediging wordt zwakker,' legde ze uit. 'De bliksemboog moet iets groots geraakt hebben.'

'Een duisterling bijvoorbeeld?' vroeg Jessica.

'Ja.'

Jonathan en Jess keken elkaar aan.

'Ik heb dat gedaan,' zei Jessica.

Een paar meter verderop snoof Melissa hoorbaar, weer helemaal haar oude zelf.

Dess fronste haar wenkbrauwen. 'Wauw. Dat is een truc die je me moet laten zien.'

'Gewoon een ongelukje. Zoals alles wat ik doe.'

'Later,' zei Rex. 'Laat ons wat tijd winnen, Dess.'

Hij draaide zich naar Jessica. 'Jess, ben jij...?'

'Hè?'

Rex zweeg even. 'Draag je make-up?'

Ze rolde met haar ogen. 'Kom op. Het is vrijdagavond!'

'Nee, je ziet er fantastisch uit. Echt waar. Laten we aan de slag gaan.'

Jessica kneep in Jonathans hand en draaide zich toen om. Rex en Melissa liepen met haar naar het donkere midden van de kuil.

Jonathan haalde nog eens diep adem en keek niet meer naar Jessica.

'Oké, Dess, wat doen we?'

'Ten eerste hebben we het schone metaal nodig dat ik heb meegebracht. Het ligt...' Dess kreunde en sloeg met een hand tegen haar voorhoofd. 'In mijn katoenen tás.'

Jonathan keek om zich heen. 'Waar?'

Dess wees de Slangenkuil uit en over het zand naar de plek waar spinnen nog steeds uit de duisterling kropen die ze met een speer doorboord had. Ze verspreidden zich over de woestenij en vormden een zwarte, kolkende zee van poten en tanden.

'Geen schijn van kans,' zei Jonathan.

Dess zuchtte. 'Dan zullen we moeten improviseren, denk ik.'

28 24.00 uur

CEREMONIE

Jessica liep achter Rex aan naar het midden van de Slangenkuil.

De grond was vochtig daar beneden. Die ochtend had Dess in de bibliotheek aan Jessica uitgelegd hoe zinkputten zich vormden. Ergens onder hen bevond zich een ondergrondse holte met water, gevangen tussen lagen steen. Het water had zich daar verzameld toen de Bottom nog een meer was geweest. De aardkorst onder haar voeten was hier dunner dan in de rest van de Bottom en was, tientallen jaren geleden, gedeeltelijk in de holte met water gestort.

Jessica liep voorzichtig en vroeg zich af of de Slangenkuil misschien binnenkort helemaal zou instorten. En waarschijnlijk, bofkont die ze altijd was, gebeurde dat vanavond.

In het diepste en vochtigste deel van de kuil stak een stenen zuil uit de grond. Dess had verteld dat die heel lang begraven was geweest, misschien wel duizenden jaren, voordat de vorming van de zinkput hem weer aan de zon had blootgesteld. De steen was belangrijk geweest voor de mensen die in vroegere tijden de duisterlingen hadden bevochten, vóór de schepsels zich hadden teruggetrokken in het heimelijke uur.

De zuil was zo hoog als Rex lang was. Ongeveer halverwege stak een platte, brede richel uit. Op de richel lag een stapeltje stenen. Rex veegde ze weg.

'Kinderen,' zei hij.

'Gelukkig zijn er vanavond geen lijken,' zei Melissa.

'Lijken?' herhaalde Jessica geschrokken.

'Mensen die verstijfd zijn in het geheime uur,' legde Melissa uit. 'Ik noem ze altijd líjken.' Ze keek Jessica aan. 'Op sommige avonden moet je over hen heen kruipen als je iets wilt doen.'

'Ja, ik hoorde dat mensen hierheen komen rond middernacht.'

'Klopt,' zei Melissa. 'We maken ze graag bang, zodat ze het de volgende keer wel uit hun hoofd laten hierheen te komen, snap je?'

'Dat lukt je vast heel goed.'

Melissa lachte. 'Dat is ook het beste voor hen.'

Rex betastte de stenen zuil en bekeek hem aandachtig.

'Dit is een van de plekken waar de oude kennis verandert,' zei hij tegen Jessica. 'Ik probeer vrij vaak hierheen te komen.'

'Verandert? Bedoel je dat de oude kennis per avond verschilt?'

Jessica kwam een stap dichterbij en probeerde de tekeningen te zien die Rex bekeek. Zij zag alleen maar steen, verdeeld in verschillende lagen met verschillende kleuren. In het blauwe licht waren het allemaal tinten grijs.

Hij knikte. 'Ja. Elke keer dat ik hier de tekens lees, zijn er nieuwe verhalen.' Hij tikte met zijn knokkels tegen de rots. 'Hierin zitten een heleboel verhalen opgeborgen en er komen er weinig meteen tevoorschijn.'

'Het is te vergelijken met het scherm van een computer,' zei ze.

Melissa snoof hoorbaar, maar Rex knikte weer. 'Ja. Je kunt hem alleen niet laten vertellen wat je moet weten. Hij vertelt je wat hij wil.'

'Tenzij je het heel aardig vraagt,' zei Melissa.

Ze trok een zwartfluwelen zakje uit haar jack en haalde er een mes uit.

Jessica slikte. 'Hoe werkt dit eigenlijk?'

'De steen moet je even proeven,' zei Melissa.

'Proeven,' herhaalde Jessica. 'Gaat hij mijn hand likken of zo?'

Melissa glimlachte weer. 'Het is meer een beet dan een lik.'

Rex draaide zich naar Melissa en pakte het mes uit haar hand. 'Hou op, Melissa. Zo belangrijk is het niet.'

Hij keek Jessica aan. 'Een paar druppels bloed is genoeg.'

Ze deed een stap naar achteren. 'Niemand heeft iets gezegd over bloed!'

'Gewoon van je vingertop. Doet niet zo erg zeer.'

Jessica kneep haar hand tot een vuist.

'Kom op, Jess,' zei Melissa. 'Ben je nooit bloedzusters geworden met iemand? Heb je nooit een bloedeed gezworen?'

'Eh... niet echt. Ik ben meer iemand van het erewoord.'

Rex knikte. 'Eigenlijk was dat erewoord oorspronkelijk een bloedeed. Ze gebruikten heel vroeger een mes.'

'Het gedeelte "ik hoop te sterven" was heel letterlijk in die tijd,' zei Melissa.

'Maar we leven nu en niet vroeger,' vond Jessica. 'En ik hoop niet echt dat ik doodga.'

'Wat? Ben je zo'n watje dat je niet in je vinger durft te snijden?' vroeg Melissa.

Jessica keek haar boos aan. Na alles wat ze die avond had doorgemaakt, liet ze zich door niemand een watje noemen. En zeker niet door Melissa.

'Oké. Geef het mes,' zei ze zuchtend.

'Laat de druppels bloed hierin vallen,' zei Rex. Hij wees naar een kleine holte in de stenen richel op de zuil, niet groter dan een muntje.

Jessica inspecteerde het mes. 'Is het schoon?'

'Absoluut. Niets onmenselijks is ooit...'

'Niet dat soort schoon,' viel Jessica hem in de rede. Ze probeerde niet met haar ogen te rollen. 'Gedesinfecteerd schoon.'

Rex glimlachte. 'Ruik er maar aan.'

Jessica rook aan het mes en meende een vleugje schoonmaakalcohol te ruiken.

'Voorzichtig, oké?' zei Rex. 'We hebben maar een paar druppels nodig.'

'Geen probleem.' Ze keek naar haar hand en maakte er een vuist van, met uitzondering van de ringvinger. Het mes glinsterde in het donkere licht van de maan, en ze kon de woorden 'roestvrij staal' op het lemmet lezen.

‘Oké,’ zei ze, terwijl ze haar moed verzamelde.

‘Wil je dat ik het voor je...’

‘Nee!’ viel Jessica Rex in de rede. Ze slikte, knarste met haar tanden en maakte een sneetje in de vingertop. De pijn schoot omhoog in haar arm.

Terwijl ze keek, welde het bloed op uit het sneetje. Zelfs in het blauwe licht van middernacht was het fris, helderrood.

‘Verspil het niet,’ zei Melissa.

‘Er is meer dan genoeg,’ mompelde Jessica. Ze hield haar hand boven de richel en zag hoe een druppel zich langzaam op haar vingertop begon te vormen, even heel licht trilde en toen in de kleine holte viel.

Een sissend geluid kwam van diep in het steen. Jessica rukte haar hand weg.

‘Meer,’ zei Rex.

Ze strekte voorzichtig haar arm en liet nog een druppel in de holte vallen. Het sissen klonk luider terwijl het bloed in de holte druppelde. Ze voelde dat de grond onder haar voeten begon te beven.

‘Oké,’ zei Rex. ‘Misschien is dat genoeg.’

De steen waar Jessica voor stond trilde. Van alle kanten gleed zand naar beneden naar het midden van de kuil en ze moest één voet eruit trekken en toen de andere.

‘Moet het zo gaan?’

‘Eh… ik weet het niet,’ zei Rex.

‘We hebben dit eigenlijk nog nooit gedaan,’ gaf Melissa toe.

‘Fantástisch.’

‘Ik bedoel, het is meestal tamelijk duidelijk wie welk talent heeft,' zei Rex, terwijl hij een stap naar achteren deed. De steen begon nu harder te schudden. Het stof steeg op van de grond om hen heen. Jessica hoorde een reusachtig, kolkend geluid dat onder haar voeten vandaan kwam.

Ze stelde zich het water beneden voor, koud en donker en al eeuwenlang wachtend.

'Wanneer moeten we beginnen te rennen?' riep ze boven het lawaai uit.

Met een harde klap spleet de steen van boven naar beneden in tweeën.

'Ik denk nu!' schreeuwde Rex.

Jessica draaide zich om en liep strompelend weer naar boven. Het zand gleed weg onder haar voeten. Ze kwam weer beneden terecht.

Opeens hield het rommelende geluid op.

Ze stopten alle drie, keken elkaar aan en draaiden zich toen om naar de steen.

'Dit gaat goed,' zei Melissa. 'Jij hebt de steen gebroken, Jessica.'

De steen was in tweeën gespleten. Een dunne breuklijn was te zien, van de top af tot helemaal beneden. Maar het trillen was opgehouden. Stof wervelde om hen heen en de bliksem flitste nog steeds vanuit de omtrek van de kuil, maar het leek bijna stil na de aardbeving.

Jonathan belandde zachtjes naast Jessica en ze hoorde hoe Dess de helling achter haar af kwam.

'Wat is er gebeurd?' vroeg hij.

Ze hield haar vinger omhoog. 'Ik sneed me in mijn vinger. Toen kregen we een soort aardbeving.'

Rex rende weer terug naar de steen. Hij keek aandachtig naar de richel.

'Het heeft gewerkt,' zei hij zachtjes.

Jessica liep naar hem toe en staarde in de kleine holte. Haar bloed was veranderd in lange, gedraaide draden die donker werden en vlekken maakten op de steen. De draden van bloed vormden een symbool. Jessica vond dat het leek op een halvemaanvormige klauw die een vonk omhooghield.

'Wat betekent het, Rex?'

Hij zweeg even en knipperde met zijn ogen.

'Twee woorden die verbonden zijn... vuurbrenger.'

Jessica haalde haar schouders op. 'En wat wordt daarmee bedoeld?'

Hij deed een stap naar achteren en schudde zijn hoofd. Jessica draaide zich om en keek naar de andere middernachters. Ze zagen er allemaal net zo verward uit als zij zich voelde.

'Ik weet het niet,' zei Rex. 'Vuurbrenger? Zo'n talent bestaat niet.'

'Maar nu wel,' zei Jonathan.

'Nou, laat het dan wel iets goeds zijn,' kondigde Dess aan. 'Want over ongeveer vijf minuten krijgen we gezelschap.'

29 24.00 uur

VUURBRENGER

'Wat bedoel je, Dess?' vroeg Rex.

'Als de verdediging Jessica's duisterling heeft opgegeten, is mijn schone metaal heel vuil geworden. Het begint te sputteren.'

Jessica keek op naar de rand van de kuil. De ring van bliksem die hen omgaf zag er zwakker uit. De flitsen verblindden hen niet meer zodra ze aarzelend omhoogschoten in de lucht, als lichtblauwe bliksemstralen.

'Ik weet het,' zei Rex. 'Maar ik dacht dat jij het kon verhelpen.'

'We hebben gedaan wat we konden. Ik heb niet genoeg wapens. Iémand heeft mijn tas in de woestenij laten staan.'

'Jij bent weggelopen van je tas,' antwoordde Rex, 'toen je tekeer ging met je speer.'

'Iemand moest die spin doden,' schreeuwde Dess.

'Je hebt hem niet gedood, je hebt er een leger van gemaakt!' Rex schreeuwde nu ook. 'Waar een paar van ons al bijna in verdronken.'

'Je verdrínkt niet in een leger!'

'Hou op, jullie!'

Melissa's schreeuw legde Rex en Dess het zwijgen op. Jessica zag dat door hun ruzie de kleur uit haar gezicht was verdwenen. Ze kromp ineen na deze uitbarsting.

'Sorry, Melissa,' zei Rex met een diepe zucht.

'Ik kan niets doen, Rex,' zei Dess zachtjes.

Jessica keek omhoog. In het licht van de bliksemflitsen zag ze glibbers wervelen rond de Slangenkuil. Aan de rand van de kuil keek een massa kleine oogjes op haar neer. De spinnen hadden de kuil omsingeld en keken hen vol verwachting aan.

'Ga je gang, Jessica.'

Ze keek hulpeloos naar Rex. 'Wat moet ik doen? Jullie doen allemaal alsof ik iets weet. Alsof ik een bijzonder iemand ben.'

Jonathan greep haar hand vast en ze voelde zijn geruststellende gewichtloosheid haar lichaam binnen stromen. 'Oké, Jess. We komen er wel achter.'

'Wat betekent vuurbrenger, Rex?' vroeg Dess.

'Ik weet het niet zeker. Ik zou meer...'

'Er is geen tijd om het te gaan opzoeken in de oude kennis, Rex,' viel Jonathan hem in de rede. 'Wat dénk je dat het betekent?'

Rex keek naar de stenen zuil en beet op zijn lip. Melissa haalde haar handen voor haar ogen weg en keek naar hem op.

'Dit meen je niet,' zei ze.

Dess lachte. 'Jij denkt dat het letterlijk bedoeld is, hè? Jij denkt dat ze vuur kan gebruiken. Echt vuur.'

'In het heimelijke uur?' vroeg Jonathan.

'Helemaal in de roos,' zei Dess. 'Rood vuur in de blauwe tijd.'

Rex keek naar Melissa.

'Ik vind dat het goed klinkt,' zei ze. 'Het is in elk geval iets wat hun genoeg angst zou aanjagen om dit allemaal uit te leggen.'

'Maar je zei dat vuur hier niet werkte,' zei Jessica.

Rex knikte. 'Dat is waar. Daarom is het heimelijke uur er trouwens. Het hele punt van de splitsing was om de technologie te ontvluchten. Vuur, elektronica, alle nieuwe ideeën.' Hij keek Jessica aan. 'Maar jij bent gekomen om hen weer vertrouwd te maken met vuur. Jij zou alles kunnen veranderen.'

'Nou, blijf daar niet alleen maar staan praten,' zei Dess.

'Heeft iemand lucifers bij zich?' vroeg Jessica.

'Nee.'

'Nee.'

'Nee.'

Melissa schudde haar hoofd. 'Wat een vuurbrenger. Jammer dat we geen luciferbrenger hebben gekregen.'

'Hé, ik vroeg naar lucifers,' zei Jessica. 'En Rex zei dat ze...'

Een krakend geluid echode door de Slangenkuil, gevolgd door een oogverblindende lichtflits, en een dode glibber viel naast Dess op de grond.

'O, bah!' schreeuwde ze, terwijl ze haar neus dichtkneep vanwege de stank.

Melissa keek naar de lucht. 'Ze weten dat het minder wordt. Ze komen dichterbij.'

'Oké,' zei Rex. 'Misschien hebben we geen lucifers nodig. We kunnen vuur maken op de ouderwetse manier.'

'Waarmee? Met stenen of zo?' vroeg Jonathan.

'Of met twee stokjes. Je wrijft ze tegen elkaar,' zei Dess.

'Stokjes?' Jessica keek om zich heen. 'Ik ben ook niet de stokkenbrenger en dit is tenslotte een woestenij.'

'Hier.' Rex trok een stalen ring van zijn laars. Hij raapte een steen van de grond. 'Sla deze tegen elkaar, Jess.'

Ze pakte de steen en de ring van hem aan en sloeg ze tegen elkaar.

'Harder.'

Jessica hield de steen stevig in haar hand en sloeg er met de ring op zo hard ze maar kon.

Een vonk sprong weg, helderrood in het blauwe licht.

'Yes,' zei Dess. 'Heb je die kleur gezien?'

Jessica keek Rex aan. Zij vond het niet zo boeiend.

Zijn mond was opengezakt. 'Vuur,' mompelde hij.

'Ja, maar vonken houden geen leger tegen,' zei Jonathan. 'Dan moeten we een gigantisch vuur maken, dan praten we over een vlammenzee.'

Dess knikte. 'Jammer dat we hier niets brandbaars hebben voor die vonk. Heeft iemand misschien een stuk papier?'

Jessica trok Dess' kaart naar de Slangenkuil uit haar zak. 'Laat mij maar even. Gaan jullie op zoek naar andere brandbare dingen.' Ze knielde neer en legde de kaart op de grond, terwijl ze de steen er dicht bij hield. Ze sloeg met de ring op de steen.

Een paar vonken waren te zien, maar ze sprongen onschuldig van het papier af.

Een schreeuw vanuit de lucht deed Jessica ophouden en naar boven kijken. Een duisterling zweefde recht boven hen. Hij trotseerde de bliksem. De blauwe flitsen sprongen omhoog naar het schepsel en slingerden hem een eind weg. Maar hij kwam terug en beproefde opnieuw de verdediging een aantal malen. De vonken schenen hem tot razernij te brengen.

'Blijf vuur slaan,' zei Dess.

Jessica pakte de steen weer op en probeerde hem in een lage hoek te raken. Ze miste en met haar knokkels duwde ze de steen in het zand. Ze voelde een pijnscheut in haar hand.

Jessica haalde de steen weer uit het zand en sloeg opnieuw met de ring. Er verschenen geen vonken. Haar knokkels deden pijn. Er ontstonden blauwe plekken en de snee in haar ringvinger begon te kloppen.

Dit haalde niets uit.

'Hoe lang nog voor dit heimelijke uur voorbij is?' hoorde ze Jonathan vragen.

'Dat duurt nog wel even,' zei Dess.

Jessica bleef op de steen slaan. Er sprongen nog een paar vonken af, maar het papier begon er niet van te branden.

'Het lukt niet,' zei ze. 'Misschien met twee stenen?'

'Hier.' Jonathan knielde naast haar neer en gaf haar nog een steen. Ze sloeg ze tegen elkaar.

Niets.

Ze keek op haar horloge. Nog twintig minuten, dan was het heimelijke uur voorbij. De lichtflitsen om hen heen namen zichtbaar af.

'Jessica.'

'Ik probéér het, Jonathan.'

'Je horloge.'

'Wat?'

Hij wees naar het horloge. 'Je horloge loopt.'

Jessica keek ernaar en begreep er niets van. Ze besefte dat ze het nooit eerder tijdens middernacht had gedragen. Ze had het altijd afgedaan voor ze naar bed ging.

'Het loopt,' herhaalde Jonathan, 'en het is elektronisch – geen opwindhorloge.'

'Daar komen ze,' fluisterde Dess.

Jessica keek op. De cirkel van blauwe bliksemstralen rond de Slangenkuil was gedoofd. De donkere maan aan de hemel was duidelijk zichtbaar. De duisterling boven hen daalde voorzichtig. De wind van zijn vleugelslagen deed het stof om haar heen opwaaien.

'Jessica,' zei Rex zachtjes. 'We moeten nú vuur hebben.'

Ze pakte de stenen weer op, maar aarzelde.

Ze herinnerde zich het nieuwe gebouw van Aerospace Oklahoma, waar zij en Jonathan het weekend ervoor hun toevlucht hadden gezocht. Toen Jessica het vanavond had gezien was het helemaal verlicht geweest. Ze moesten dat elke avond doen en het licht de hele nacht laten branden.

'Jessica...'

Opeens kwam van alle kanten geluid op hen af. Het was een ruisend, kolkend geluid. De vogelspinnen stortten van alle kanten in de Slangenkuil.

'Nee,' zei Rex zachtjes.

Jessica drukte op het knopje op de zijkant van haar horloge en het kleine nachtlichtje gloeide wit op in het blauwe licht. Het was 00.42 uur.

Jonathan keek haar aan, zijn mond zakte open van verbazing.

'Vergeet deze maar,' zei Jessica terwijl ze de twee stenen op de grond liet vallen. Ze haalde de zaklamp uit haar zak en hield hem tegen haar lippen.

'Serendipiteit,' zei ze.

Ze draaide de zaklamp naar de woelige zee van spinnen en knipte hem aan.

Een kegel van wit licht sprong uit de zaklamp en de spinnen begonnen te schreeuwen.

30 | 24.00 uur

TALENT

De witte zaklamp zwaaide over de bodem van de kuil en de spinnen die hij in zijn kielzog had, leken een grijze hoop as. Schelle, gruwelijke kreten rezen op uit het samendrommende leger, als het geluid van duizend fluiten tegelijk. De stroom harige lijven draaide zich snel om, en keerde terug langs de hellingen van de kuil. Jessica wees met het flitslicht in de lucht. De glibbers die in de lichtbundel kwamen, stonden direct in lichterlaaie en waren opeens rood tegen de donkere lucht. Ze liet het licht recht naar boven schijnen om naar de duisterling boven hun hoofd te zoeken, maar het schepsel was jammerend in de verte verdwenen.

De laatste paar spinnen kropen verdwaasd om de rokende lijven van hun maatjes en Jessica verbrandde ze een voor een met het flitslicht.

Het witte licht leek onwerkelijk en mysterieus in de blauwe tijd en onthulde alles in de ware kleuren. De straal verdreef het blauw uit het landschap, liet de tinten rood en bruin van de woestenij terugkomen en veranderde de verschroeide lijven van glibbers en spinnen in een saai grijs.

Zelfs de maan boven hen leek nu grijs en bleek, niet bedreigend, eerder verzwakt.

Terwijl de aanvallers zich terugtrokken uit de Slangenkuil, werd de nacht stil. Het klikkende roepen van glibbers en de kreten van het spinnenleger stierven weg, tot alleen nog maar het gehuil van een paar duisterlingen kon worden gehoord, kreten van pijn en vernedering in de verte.

'Zet dat ding uit!' klaagde Dess.

Jessica schrok toen ze zag dat de ogen van haar vrienden boos paars fonkelden in het licht. Dess had haar handen voor haar gezicht geslagen. Jonathan, Melissa en Rex hielden allemaal hun ogen bedekt. Hun gezichten waren vertrokken van pijn.

Alleen Jessica kon tegen het licht.

Ze liet het licht op de grond schijnen en knipte het toen uit.

'Sorry.'

Een voor een lieten ze hun handen zakken, terwijl ze pijnlijk met hun ogen knipperden.

'Oké,' zei Rex.

'Ja, maak je er niet druk over,' zei Jonathan.

'We staan quitte,' lachte Dess, terwijl ze in haar ogen wreef. 'We zijn geen spinnenvoer geworden en dat maakt de tijdelijke blindheid goed.'

'Dat zeg jij,' zei Melissa, terwijl ze over haar slapen wreef. 'Maar ik had jóúw stomme pijn nog bij de mijne.'

'Je kunt het echt,' zei Rex zachtjes. 'Jij hebt technologie in het heimelijke uur gebracht.'

Jessica's hoofd liep om. Ze zag nog steeds de kleuren in het witte licht, de nabeelden van brandende spinnen en glibbers. Het leek of de zaklamp tintelde in haar hand.

'Vuur van de tap,' zei Dess. 'Je bent de ergste nachtmerrie voor een duisterling!'

Melissa knikte langzaam en keek naar de lucht. 'Dat is waar. Ze zijn hier niet gelukkig mee. Helemaal niet gelukkig.'

Jessica keek naar haar en toen naar de zaklamp. 'Ja, maar wat zullen ze ertegen gaan doen?'

Dess lachte. 'Daar zeg je wat!'

Jonathan legde zijn hand op haar schouder. 'Het is waar. Jij bent de vuurbrenger. Dat betekent dat je nu veilig bent, Jessica.'

Ze knikte. De zaklamp in haar hand leek nu weer heel gewoon, maar toen hij aan was, had er iets door haar lichaam gestroomd wat groter en krachtiger was dan alles wat ze ooit eerder had gevoeld of meegemaakt. Ze had zich gevoeld als een soort pijpleiding van iets reusachtigs, alsof de wereld van overdag via haar middernacht in stroomde en alles veranderde.

'Veilig,' mompelde ze. Maar niet alleen maar veilig. Wat ze was geworden, voelde groter en angstaanjagender.

'Weet je, Jessica, het zijn waarschijnlijk niet alleen maar zaklampen,' zei Dess. 'Ik vraag me af waar je grenzen liggen. Ik bedoel, misschien kun je een camera gebruiken in de blauwe tijd.'

Jessica haalde haar schouders op terwijl ze Rex aankeek.

'Je kunt er niet achter komen,' zei hij, 'tenzij je het probeert. Ik bedoel, film is een chemisch proces, een beetje als vuur, geloof ik.'

'Hé, alleen een zaklamp is al een machtig wapen.'

'Of walkietalkies!'

'En de motor van een auto?'

'Zeker niet.'

Er viel een stilte. Rex schudde zijn hoofd, verdoofd en blij. Toen keek hij op naar de ondergaande maan.

'Het is laat,' zei hij. 'We kunnen het morgenavond uitzoeken.'

Jonathan knikte. 'Ik moet gaan. De jongens van St. Claire liggen tegenwoordig op de loer. Wil je dat ik je thuisbreng?'

Jessica zuchtte. Ze wilde vliegen om de afschuwelijke dingen die ze vanavond gezien had achter te laten op de grond. Maar ze schudde haar hoofd.

'Ik moet terug naar het feest. Constanza draait helemaal door als ik gewoon in het niets verdwijn.'

'Oké. Tot morgen?'

'Zeker weten.'

Jonathan boog zich naar voren om haar te zoenen en de zwaartekracht verdween toen zijn lippen de hare raakten. Toen hij weer rechtop stond, waren haar voeten weer op de grond, maar haar maag danste nog in haar binnenste.

'Morgen,' zei ze terwijl Jonathan zich omdraaide en sprong. Hij suisde weg uit de Slangenkuil. Nog een sprong bracht hem hoog in de lucht. Toen verdween hij in de verte en in het donker.

'Wij moeten ook gaan,' zei Rex.

'Ja,' antwoordde Jessica. 'Met mij gaat het prima.'

'En meer dan dat!' Dess lachte. 'Haal die glimlach van je gezicht, Jessica Day.'

Jessica voelde dat ze een kleur kreeg en trok haar jack strakker om zich heen.

'Weet je de weg terug naar het feest?' vroeg Melissa rustig.

'Ja.' Ze wees. 'De maan gaat in het westen onder, dus moet ik die kant uit.'

'Niet slecht, Jessica,' zei Dess. 'Je begint iets te snappen van middernacht.'

'Bedankt.'

'Laten we hier een beetje opruimen, mensen,' zei Rex. 'We zouden anders meer rotzooi achterlaten dan anders.' Dess en Melissa stemden in, maar met tegenzin.

'Ik moet terug naar het feest,' zei Jessica. Ze tilde de zaklamp op.

Rex knikte. 'Bedankt dat je hierheen bent gekomen, Jessica. Bedankt voor je vertrouwen in ons.'

'Bedankt dat jullie me verteld hebben wat ik ben,' antwoordde ze en toen fronste ze haar wenkbrauwen. 'Wat het op de lange duur ook zal betekenen, ik ben in elk geval geen volkomen nutteloze middernachter, hè?'

'Dat heb ik ook nooit gedacht.'

Het duurde niet lang voor ze terug was bij het vuur. Hemelsbreed was het maar vijf minuten lopen, zoals Dess had beloofd.

Jessica had nooit eerder een bevroren vuur gezien. Het stelde niet veel voor. De blauwachtige vlammen gaven geen licht. Ze waren nauwelijks zichtbaar, behalve als een kromtrekking van de lucht, zoals de hittetrillingen in de woestijn.

Ze wilde niet kijken naar de bevroren mensen, vooral niet naar hun gezichten, die er lelijk en dood uitzagen als op een slechte foto. Dus bekeek ze het vuur van dichtbij en stak aarzelend een vinger uit om een van de vlammen aan te raken.

De hitte was er nog steeds, maar gedempt en zacht, als een geluid uit de naburige kamer. Haar aanraking liet een gloeiend spoor achter, hangend in de lucht, alsof de rode vlam probeerde binnen te dringen in de blauwe tijd. Ze trok haar vinger terug. Waar ze de bevroren vlam had aangeraakt was die nu rood. Die ene vonk van licht stak af tegen de blauwe sluier die over de woestijnnacht hing.

Terwijl de maan onderging, glipte Jessica terug in de schaduw.

Het heimelijke uur was om.

Opeens voelde ze hoe koud het was en ze huiverde in haar lichte jack.

Rond het vuur sprong alles in beweging: gesprekken, lachen en muziek kwamen tot leven, alsof Jess de deur naar een feest had geopend. Ze voelde zich kleiner; de wereld was opeens dichtbevolkt en duwde haar terug in de schaduw.

'Jessica?'

Constanza keek naar haar op van haar plaats bij het vuur.

'Hoi!'

'Ik dacht dat je een "wandelingetje" maakte met Steve,' zei Constanza glimlachend. 'Ik dacht dat ik je een poosje niet zou zien.'

'Eh... nou, hij... eigenlijk was hij een engerd.'

Constanza kwam een paar stappen in Jessica's richting. Haar handen verdwenen in haar jaszakken toen ze het vuur achter zich liet.

'Hij was wát?' Constanza keek iets nauwkeuriger. Haar ogen werden groot toen ze Jessica's slordige haar zag, haar bloederige knokkels, de vuile vlekken op het jack en de jurk. 'Alles goed met je? Wat is er gebeurd?'

'O, sorry voor je kleren. Ik was niet...'

'Die gluiperd!' riep Constanza. 'Sorry, Jess, ik had geen idee dat hij...'

'Nou, het was niet precies zijn...'

'Kom op, Jess, ik breng je naar huis.'

Jessica zweeg en zuchtte toen van opluchting. Het laatste wat ze nu wilde was feesten. 'Ja, dat zou ik geweldig vinden.'

Constanza gaf Jessica een arm en liep met haar naar de auto's.

'Die jongens van Broken Arrow zijn af en toe verschrikkelijk.' Constanza zuchtte. 'Ik weet niet wat de meiden in hen zien. Ze vinden zichzelf zo cool, maar ze hebben ze niet allemaal op een rij.'

'Maar het vuur is leuk.'

'Hou je van vuren?'

'Ja.'

'Oké. Misschien kunnen we een keer...'

Een stem kwam vanuit het donker voor hen. 'Hé, daar ben je dus.'

Het leek of Jessica's voeten ter plekke bevroren. Het was Steve die terugkwam van de auto's waarheen hij Jessica had meegenomen. Ze voelde de hand van Constanza verstrakken op haar arm.

'Je was opeens verdwenen, Jess. Ik vond het heel raar.' Hij kwam dichterbij. 'Hé, wat is er met...'

Hij zag het niet aankomen. Jessica zelf zag het nauwelijks. In een vloeiende beweging liet Constanza haar los, deed een stap naar voren en gaf Steve een klap in zijn gezicht.

Struikelend over zijn eigen voeten deed hij een paar stappen naar achteren en belandde op zijn kont op de harde grond.

'Hé!' Constanza pakte Jessica's arm, liep door naar de auto's en zette het gesprek voort. 'We halen wat aardige jongens uit Bixby en organiseren een feestje op de zoutvlakte.'

Jessica knipperde met haar ogen en voelde een lach opborrelen. 'Eh, ja, dat is leuk.'

Steves protesten stierven weg achter hen.

'Er gaat niets boven een kampvuur in de woestenij,' riep Constanza.

Jessica glimlachte en trok haar vriendin een beetje tegen haar aan, voor de warmte.

'Fantastisch idee,' zei ze. 'Ik breng de lucifers mee.'

31 21.00 uur
NACHTWACHT

'Ze zijn er nog steeds, daarginds in de verte.'

'Geschrokken, zeker.' Rex leunde met zijn rug tegen de voorruit op de kap van Melissa's auto. Hij legde zijn handen onder zijn hoofd.

Ze proefde de lucht. 'Nee, iets anders.' Het was twee middernachten nadat de vuurbrenger naar Rustle's Bottom was gekomen en de blauwachtig verlichte woestenij zag eruit alsof niets ooit over de harde grond had gelopen. De uitgestrekte leegte van de plek bedekte Melissa's tong met een droge, eenzame smaak zoals poederkrijt en zand. Maar ze kon nog steeds voelen dat de duisterlingen en hun bondgenoten zich hadden verborgen in de heuvels aan de andere kant van de Bottom.

'Ze wachten,' zei ze.

'Waarop?'

Melissa haalde haar schouders op. Het was een smaak, verder niets bijzonders.

'Tot ze weer iets kunnen doen, denk ik.'

'Ze moeten nog steeds in shock zijn,' zei Rex. 'Ik ben het in ieder geval wel.'

Ze schudde opnieuw haar hoofd. 'Nee, ze verwachtten haar.'

'Meen je dat nou?'

Melissa deed haar ogen open en keek haar oude vriend aan.

'Je hebt de duisterlingen nooit geproefd, Rex. Misschien moet je een geestlezer zijn om ze te begrijpen, maar ze zijn niet zoals wij.'

Ze lag naast hem en keek op naar de maan.

'Ze zijn zo oud, zo bang.'

'Tot verleden week heb ik nooit aan spinnen gedacht als angstige wezens,' zei Rex. 'Ik vond ze eerder angstaanjagend.'

Melissa glimlachte. Twee nachten daarvoor had ze Rex' angst voor de spinnen gevoeld, zo heftig en onzinnig als de nachtmerrie van een kind.

'Ze zijn naar de rand van de wereld gejaagd, Rex, samengepropt in één uur per dag. Achtervolgd door het daglicht, door vuur en wiskunde, door een eeuw van nieuwe technologieën. Zo bang dat ze zich verstopten voor een soort die ze vroeger gewoon opaten. Letterlijk.'

'Dat zal wel.'

'Dat is zo. Ik voel het aan ze. Wíj zijn hun nachtmerrie, Rex. Slimme mensen met ons gereedschap en onze cijfers en vuur. Kleine apen die op een dag op hen begonnen te jagen en dat nooit hebben opgegeven. Sinds ze wegrenden in het heimelijke uur, waren ze altijd bang, wísten ze zelfs ergens in hun binnenste dat we hen op een dag achterna zouden jagen hier in de blauwe tijd. Net als jíj altijd weet dat ergens onder je huis een spin kruipt die op zoek is naar jou.'

Ze voelde hoe de huivering langs Rex wervel omhoogkroop en giechelde.

'Hé, hou op, alsjeblieft,' klaagde hij. 'Ik spioneer niet in jouw nachtmerries, cowgirl.'

'Bofkont,' zei ze snuivend, en ze vervolgde: 'Dus wisten ze altijd in het diepste van hun duisterlingzielen dat Jessica zou komen. Een vuurbrenger, die hun laatste schuilplaats binnen drong.'

'Daarom wilden ze haar zo graag om zeep helpen.'

'Wílden?' zei ze zachtjes, en ze glimlachte.

Melissa kon het voelen vanuit de woestenij, de haat daarginds, koud en onbuigzaam. Hij was net zo scherp en bitter als de punt van een potlood op het puntje van haar tong. Helemaal niet hulpeloos of stom. De intelligentie die in die heuvels wachtte, was geduldig en goed voorbereid. Zijn dierlijke kant had eerst blind aangevallen, zoals duisterlingen altijd deden, maar ze waren nog niet verslagen. Ze hadden plannen gemaakt voor deze situatie, back-upplannen voor elke mogelijkheid. Elke donkere en oude geest daarginds wachtte in voortdurende paranoïde bereidheid.

Ze hadden voor deze dag al tienduizend jaar lang plannen gemaakt.

Ze zouden terugkomen voor Jessica Day.

Ze bleven het hele heimelijke uur aan de rand van de Bottom en wachtten om te zien of de duisterlingen terug durfden te komen.

Melissa gaapte. Na verleden week was ze blij met elk heimelijke uur dat saai bleek te zijn.

Ze voelde dat Dess bij de Slangenkuil was. Ze mat de scheur in de steen die Jessica had gemaakt en probeerde de nieuwe verhoudingen wiskundig uit te leggen. Dess was ook op een of andere nieuwe navigatietocht, bekeek sterren met een zelfgemaakte sextant, opgewonden over een nieuw numerologisch geheim dat ze verborgen hield voor de andere middernachters. Haar geest was helemaal in beslag genomen door de pure wereld van hoeken en wiskundige verhoudingen.

Ze voelde dat Jonathan en Jessica terug waren in Bixby, een poosje samen vlogen en toen op een hoge plek gingen zitten om neer te kijken op de wereld. Gewoon gelukkig. Jessica was dolblij met haar nieuwe kracht. Zo verschillend van de angstige vreemde geesten die haar haatten.

Ze voelde Rex naast haar met tientallen vragen in zijn hoofd, met de behoefte meer te lezen en meer te weten. En onder dit alles het rustige vreugdevolle besef dat Rex Greene de ziener zou zijn die de oude kennis bijhield in deze vreemde en opgewonden dagen.

Iedereen was gelukkig, in de verrukkelijke onwetendheid dat deze strijd nog nauwelijks was begonnen.

Middernacht was voorbij.

Dess keerde precies op tijd terug, op het moment dat de auto van Rex en Melissa brommend tot leven kwam. Melissa had de motor van de oude Ford laten lopen – een motor bevroren in het heimelijke uur verbruikte geen brandstof.

Ze sprongen van de motorkap en stapten in. Dess trok een achterportier open met een verdoofde uitdrukking op haar gezicht. Als ze met cijfers bezig was, zei ze nooit veel, dus Rex en Melissa hielden uit respect hun mond.

Melissa bracht hen naar huis door onbekende straatjes en vermeed op haar gevoel politieauto's. Op zondag waren er in Bixby maar een paar mensen wakker rond middernacht, dus ze kon gemakkelijk voelen waar de politie was. Maar af en toe ving Melissa een flard op van een gedachte, een slapeloze zorg, een ruzie laat op de avond, een eruptie van een droom of een nachtmerrie.

Deze rekening kan ik onmogelijk betalen...

Hoe kon ik weten dat ze allergisch was voor pinda's?

Ik kan me niet voorstellen dat het morgen alweer maandag is...

We moeten Jessica Day hebben.

Melissa schrok. Haar handen omklemden het stuur zo stevig dat haar knokkels wit werden bij het horen van die laatste gedachte. Ze zocht naar de bron. Ze probeerde die te distilleren uit het lawaai van zorgen, nachtelijke verschrikkingen en dromen, maar hij was verdwenen in de chaos van Bixby's geestelijke wereld, even snel als hij was bovengekomen. Een steen die in een kolkende zee viel. Ze haalde diep adem en besefte dat het zeventien over twaalf was, niet middernacht. Die gedachte was menselijk geweest.

'Wat was dat?' vroeg Rex.

'Wat bedoel je?'

'Je proefde iets. Daarnet. Je trok het stuur er bijna af.'

Melissa keek naar Rex, beet op haar lip en haalde haar schouders op terwijl ze weer op de weg keek.

'Het was niets, Rex. Waarschijnlijk alleen maar de nachtmerrie van een of ander kind.'

Ben je benieuwd hoe het verder zal gaan met Jessica, Jonathan en de andere middernachters? Lees dan deel 2 van deze bloedstollende trilogie, die in 2009 zal verschijnen! Hier alvast een voorproefje:

'Weet je zeker dat je hier klaar voor bent?'

Voor in de oude Ford keek Melissa hem aan met een chagrijnig gezicht. 'Nou, het is inderdaad wel een heel grote stap.'

Rex voelde dat hij een kleur kreeg. Na acht jaar was hij gewend geraakt aan het idee dat Melissa zijn emoties beter kon voelen en zijn gedachten beter kon lezen dan wie ook. Maar dat wilde niet zeggen dat hij er geen moeite mee had als ze die kracht gebruikte om hem in verlegenheid te brengen.

'Ik bedoel,' ging ze verder, 'dat ik dit alleen maar wil doen als je denkt dat jíj er klaar voor bent.'

'Ik dacht dat jij...'

Zijn kaak verstrakte. Dit was helemaal háár idee geweest en nu spotte ze met hem. Dit was zó helemaal Melissa: zij was degene die middernacht en zijn geschiedenis serieuzer nam dan alle anderen, maar soms moest ze demonstreren dat alles voor haar nog steeds één grote grap was. Het was een verspilling van dat kostbare beetje energie dat ze nog overhad voor haar eigen bestaan.

Zelfs toen hij het nieuws had herhaald dat Jessica die ochtend gebracht had, leek Melissa nog niet erg gealarmeerd. Het was alsof geen enkel menselijk dreigement dit onverstoorbare godinnetje van haar stuk kon brengen.

Ze knikte en trok aan de vingers van haar handschoen. 'Ja, het was mijn idee. Maar misschien hebben we wel te veel haast. Ik zou het vreselijk vinden om een prachtige vriendschap kapot te maken.'

Bij die woorden voelde Rex een onderdrukte lach ontsnappen. Hij keek op en zag dat haar glimlach zachter was geworden. Zijn woede ebde weg, samen met de angst die zich al de hele dag had opgebouwd.

Hij schraapte zijn keel. 'Ik zal je morgen nog steeds respecteren.'

Ze lachte, en even zag ze er stralend uit. Maar toen werd haar gezicht weer ernstig. Ze staarde door de voorruit. 'Dat zien we dan wel.'

Rex zag nu dat zij ook nerveus was. Natuurlijk, als de oude kennis klopte, wist hij bijna precies hoe nerveus. De aanraking van mensen was voor Melissa dubbel zo erg als hun verstoring van haar geest. Ze kon een bezoek aan de dokter nauwelijks verdragen. Maar bij andere middernachters werkte de verbinding twee kanten op en was die ook veel sterker. Rex slikte, en iets van zijn eigen ongerustheid kwam terug en herinnerde hem eraan dat hij dit al heel lang had gewild. Ze wilden experimenteren. Het was een manier om erachter te komen hoe hun talenten op elkaar inwerkten. Misschien was het zelfs een manier om door Melissa's schild heen te breken en eindelijk een verbinding te leggen tussen haar en de rest van de groep.

En misschien, hoopte Rex voorzichtig, zou hij zelf een band met Melissa opbouwen zoals hij altijd gewild had en nog nooit had gekund. Hij verwierp die gedachte meteen weer.

'Kom op, even doorbijten,' zei ze.

'Oké. Is er politie in de buurt?'

'Tjongejonge, niet sinds ik dat drie minuten geleden nog heb gecontroleerd.' Maar ze zuchtte en deed gehoorzaam haar ogen dicht. Ze waren redelijk ver van het centrum van de stad verwijderd, zodat Melissa goed kon aftasten. De drukte die de geesten in Bixby maakten, lag kilometers achter hen en op dit uur sliep het grootste deel van de bevolking al. Bovendien waren de wezens in de woestenij die haar geest vulden met hun vreemde smaken en oude angsten – de dingen van het heimelijke uur – nog niet wakker.

Even later schudde ze haar hoofd. 'Nog steeds geen politie.'

'Oké. Laten we het dan maar doen.' Hij haalde diep adem.

Langzaam trok Melissa haar rechterhandschoen uit. Haar bleke hand was bijna lichtgevend in het donker; zo ver van de stad was er geen verlichting en de maan was niet meer dan een vage vlek op de hoge geschubde wolken.

Rex legde zijn eigen linkerhand op zijn stoel met de handpalm naar boven. Hij zag hem trillen, maar nam niet de moeite zijn hand stil te houden. Met Melissa had het geen zin om te doen alsof.

'Weet je nog de eerste keer?'

Rex slikte. 'Natuurlijk, cowgirl.'

Het was allemaal lang geleden gebeurd, maar hij herinnerde zich hun vroege ervaringen in het heimelijke uur met grote helderheid. Ze hadden een lange wandeling gemaakt door de blauwe en lege straten van Bixby. Melissa liet hem zien hoe haar talent werkte. Ze wees naar een huis en zei: 'In dat huis is een oude vrouw langzaam gestorven. Dat proef ik nog.' Of: 'In hun zwembad is een kind verdronken. Ze dromen er nog elke nacht over.'

Eén keer was ze blijven staan en keek ze een hele minuut lang naar een huis dat er gewoon uitzag. Ze toverde voor Rex de verschrikkelijkste beelden tevoorschijn terwijl hij wachtte. Maar ten slotte zei Melissa: 'Ze zijn in dat huis gelukkig. Dat denk ik in elk geval.'

Op een of ander moment, toen hij acht jaar was, had Rex – onwetend en onschuldig – haar hand vastgepakt. Dat was de eerste en de laatste keer.

'Dat vond ik echt heel erg, cowgirl.'

'Ik ben eroverheen gekomen. Het is niet jouw schuld dat ik ben zoals ik ben.'

'De jouwe ook niet.'

Melissa glimlachte alleen maar naar hem en stak haar hand naar hem uit die even erg trilde als de zijne. Op dat moment wist Rex dat zij dit ook wilde. Gedachtelezen was niet nodig.

Hij durfde zich niet te bewegen, dus deed hij alleen maar zijn ogen dicht.

Hun vingers raakten elkaar en dat gevoel was heviger en intenser dan Rex zich kon herinneren. Hij voelde eerst de wilde honger, haar dierlijke behoefte om zijn gedachten te verorberen. Bijna trok hij zijn hand terug, maar hij bedacht zich en deed zijn best hem stil te houden. Toen drong haar geest de zijne binnen met een krachtige, onstuitbare golf van energie, die zich haastte naar alle hoeken en gaten, en alle lang begraven herinneringen omwoelde. Rex werd duizelig. De auto draaide om hem heen. Hij wilde iets vastgrijpen dat echt was en stevig, maar de nagels van zijn vingers drukten in haar handpalm en maakten het contact heviger.

Melissa's eigen emoties volgden als een bittere reactie. Rex voelde haar voortdurende fobie om aangeraakt te worden, en ook haar nieuwe twijfels over de plotselinge, overweldigende intimiteit tussen hen tweeën. Rex voelde zijn keel dichtknijpen. Zijn maag draaide zich bijna om toen hij haar lang sluimerende angst voor dit moment herkende, en plotseling begreep hoeveel groter haar angst was geweest dan de zijne.

Maar toch had ze hem genoeg vertrouwd om haar hand naar hem uit te steken...

Stukken donkere kennis kwamen door: hoe de geest van een duisterling smaakte; als hij heel oud was; zo bitter als een roestige spijker onder een droge tong. De chaos van Bixby High, even voor de laatste bel ging, bijna hard genoeg om haar geest te breken. De angst dat met één aanraking een van de luidruchtige geesten die haar kwelden, elk moment van de daglichttijd zou kunnen binnendringen. En ten slotte het zoete begin van het blauwe uur, een stilte zó weldadig, dat het was alsof er geen sterveling meer bestond op de wereld en al hun nietige gedachten waren weggevaagd.

Toen was het plotseling voorbij.

Hij keek neer op zijn hand, leeg en plakkerig van het zweet. Melissa had haar hand weer teruggetrokken. Rex staarde sprakeloos naar zijn handpalm en zag vier rode halve manen verschijnen, de sporen van zijn eigen nagels die hij in zijn handpalm had gedrukt nadat zij zich uit zijn greep had losgemaakt.

Maar het was tenminste stil nu. Hij was weer alleen in zijn hoofd.

Hij draaide zich van haar af en keek uit het raampje. Hij was net zo somber als de grauwe woestenij die zich voor hem uitstrekte. Vreemd. Rex had verwacht dat hij zich voldaan zou voelen zodra het voorbij was. Dit was nieuwe informatie, zoals de wijsheid van zijn boeken, of de zekerheid van de oude kennis, dingen die er altijd voor zorgden dat hij zich beter, sterker voelde. Dit was iets wat hij van haar gewild had zolang hij zich kon herinneren. Maar op de een of andere manier had het ondervinden hoe het zou zijn om háár te zijn, hem een leeg gevoel bezorgd.

'Misschien volgende keer,' zei ze.

Hij knipperde met zijn ogen. 'Wat?'

'Misschien is het volgende keer beter.' Ze keek strak voor zich uit en startte de auto. Die kwam trillend tot leven.

Rex probeerde haar gerust te stellen en iets hoopvols te zeggen. Misschien zou ze weerstand opbouwen. Of ze zouden meer controle krijgen. En dan konden ze gedachten en ideeën delen in plaats van rauwe sensaties en blinde angsten. Misschien konden ze op een dag meer dan elkaar alleen maar even aanraken – misschien was alles, wat dan ook, mogelijk. Maar Melissa schudde haar hoofd bij elke gedachte die Rex te binnen schoot, terwijl ze naar de weg bleef kijken. Dit was niet alleen haar gewone gevoeligheid, besefte hij. Melissa had de troosteloosheid gevoeld die ze in hem had achtergelaten.

Er was niets wat hij kon zeggen dat ze niet al wist.